捨てられ幼女は最強の聖女でした
～もふもふ家族に拾われて甘やかされています！～

忍丸

目次

Suterare Yozyo Ha Saikyo No Seizyo Desita
捨てられ幼女は最強の聖女でした
もふもふ家族に拾われて、
甘やかされています!
リリーの師匠
カイ
規格外の魔力を持つクールな狼獣人。
“優しい魔法使い”になりたい
リリーの師匠。常に白狼と一緒。
研究熱心で規格外の魔力
を持つが生活能力は皆無。
リリーには不器用な
物言いだが、実は大切に想っており、
独占欲を覗かせる一面も。
リリーの保護獣人
ヴィクトール
獅子の獣人で、捨て子ばかりの
もふもふ家族の父親。種族を限らず
愛を注ぐ、大きな懐の持ち主。
戦果を評価されて、傭兵でありながら
王から貴族の位を賜っている。
人化ver.
捨てられ悪役令嬢
リリー
家族に捨てられた「悪役令嬢」。
妹の呪いにより普段は6歳程の見た目だ
が、聖女の魔力が覚醒すると
神々しいまでの美少女に変身する。
自分を幽閉し、森に捨てた妹を
裏切られた今も大切に思っている。

シュバルツ家の過保護な兄たち

忍びの血を引く犬獣人
ヴィルハルト

東方の忍びの跡取りだったが、
とある事情があって窮地の場面で
ヴィクトールに拾われる。
情に厚い猪突猛進タイプ。

面倒見の良い猫獣人
ヒューゴ

かつて宗教団体の
シンボル的存在だったが、
組織の解体により命からがら
逃げだした。心に傷を負う
リリーを溺愛する。

おしゃれな鳥獣人
シリル

他国の珍しい種類の鳥人。
過去に好事家の人間に
幽閉されたことがあり、
リリーに一番同情的。母親的役割。
怒らせると一番怖い。

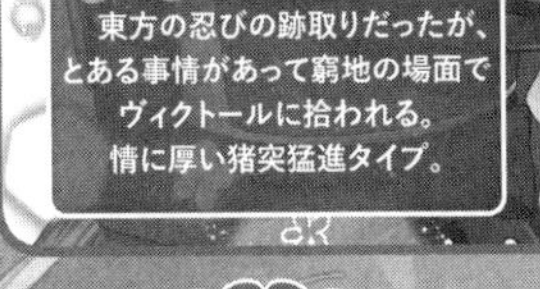

～王国と獣人たちの事情～

人間と獣人の間には深い溝があったが、ヴィクトールの
活躍により関係は友好的に。といっても完全に差別が
なくなったわけではなく、獣人たちは人間にとって
価値のない「魔の森辺境領」に住んでいる。

リリーの双子の妹
ローゼマリー

転生者。乙女ゲームの
ファンディスクルートで、
ヒーローたちとの逆ハーレムルートに
進むためリリーに呪いをかけ、
幽閉する。

森の神に仕える踊り子
マルグリット

獣人の神に捧ぐ祭りで、
奉納踊りをするのが役目。
自分が人間なせいで祭りを
成功させられないのではと
悩んでいる。

獣人と人間を司る王
国王

激戦下で国の領土を守り抜き、
国民に多大なる利益を
もたらした賢王。獣人の英雄で
あるヴィクトールと
良好な関係を築いている。

第一話　姉と妹と、創られた世界と

私は生まれた時から〝お姉ちゃん〟だった。

それこそ、母親の胎の中から出た瞬間から。

私のそばには、いつだって双子の妹がいたのだ。

「リリーお姉ちゃん、大好きだよ！」

「ローゼマリー、私もよ」

薔薇《ばら》色の髪と真っ赤な宝石みたいに綺麗な瞳を持つ、まるで世界に祝福されたみたいにかわいい妹、ローゼマリー。真っ白けな髪と日暮れ前の薄闇みたいな瞳をした私とは、双子なのにまるで違う。鮮やかな色彩を持って生まれた妹は、誰からも愛された。

多分それは、神様だって例外じゃない。

私たち双子が、魔力を持って生まれたのも。

町の教会からお養父《とう》様が私たちを連れ出してくれたのも、ローゼマリーのおかげ。

――私の幸せ。

それはいつだって、ローゼマリーのそばにあったと言っても過言ではない。

私たちは五歳の頃に、身寄りのない子どもを育てていた教会から引き取られた。

お養父様の名は、アルベルト・フォン・クライゼ。国王より男爵位を賜った貴族だ。

結婚はしていたものの、長年の間、子どもに恵まれなかったらしい。

そんな時、魔力持ちの双子がいると聞きつけて、私たちを引き取ってくれたのだ。

魔力は言祝《ことほ》ぎ。魔力は神様からの賜り物。魔力持ちは希少な存在。

魔力があるというだけで、貴族界では引く手あまた。

優秀な魔法使いともなれば、男爵家であろうとも王宮の要職が望める。

有力貴族との婚姻だってありえる。

だから、お養父様は私たちを引き取った。

それは感情に因《よ》らない、自家のことを考えての養子縁組だ。

なのに、お養父様やお養母《かあ》様は私たちを心から愛してくれた。

「かわいい、かわいい娘たち。今日は新しい紅茶を用意したんだ。できたてのジャムもあるよ」

「お姉ちゃん、そのジャムの苺は私が摘んだのよ」

「あら、頑張ったわね。ローゼマリー。でも……お姉ちゃんじゃなくて〝お姉様〟でしょう?」

私たちは貴族の令嬢になったんだから」

「むう！〝お姉ちゃん〟は〝お姉ちゃん〟だもん！　別に今はいいじゃない。お姉ちゃんたらそういうところ頑固よね！」

「ほらほら、あなたたち喧嘩しないの。美味しいスコーンも焼けたわよ」

「わあ！　お養母様、大好き！」

「あ、お姉ちゃんズルい！　私の方がお養母様を好きなんだから！」

四季折々の鮮やかな花が咲き誇る中庭で、私たちはいつだって笑顔でいた。

誰かに守られ、大切にされ、愛される感覚。

それは、親に捨てられた私たち双子にとって未知のものだ。そんな素敵なものを、まるで慈雨のように注いでくれる養父母が好きだった。そして、誰にでも愛される華やかさを持ちながら、私なんかに無邪気な笑みを向けてくれる妹のことはもっと好きで……。

この幸せが一生続けばいい——そんな風に思っていた。

それなのに、六歳になったある日、私の人生は狂わされた。

大好きな、誰よりも大切な妹によって滅茶苦茶にされたのだ。

＊

水音が室内に響いている。

辺りに漂っているのは、鼻を摘まみたくなるようなカビの臭い。

ここは地下牢だ。燭台には蝋燭《ろうそく》のカスがこびり付いているだけで、明かりはわずかに空いた格子窓から差し込む陽光のみ。薄い春の日差しは室内を暖めるには足りず、底冷えする部屋の中で、私は薄汚れた毛布を頭から被ってひとり小さく震えていた。

「〝お姉様〟！　ご機嫌よう！」

その時、コツコツと足音がして、誰かが地下に下りてきた。

鉄格子の向こうに現れたのは……ローゼマリーだ。

妹は、薔薇色の髪によく映える純白のレースワンピースを着ている。

ローゼマリーは指でスカートの裾を摘まむと、淑女らしい気取った礼をした。

「どうかしら？　お養父様に新しく仕立てていただいたの。王宮の姫様と同じデザインなんですって。かわいいでしょう？」

「……ええ。とっても素敵よ、ローゼマリー。あなたの髪の色にぴったりだわ」

「ウフフ！　お姉様も、そのボロ雑巾みたいな服と、灰色の髪がとてもお似合い」

「……っ」

妹と比べると、あまりにもみすぼらしい自分の格好に泣きそうになった。惨めな気持ちを押し隠すために俯くと、ローゼマリーはけらけらと無邪気に笑う。

「お姉様ったら、顔を上げて？　なにも恥じることはないわ。〝悪役令嬢〟のお姉様と〝主人公〟の私を比べるのがそもそもの間違いなのよ」

ローゼマリーは冷ややかに言い捨てると、次に囁くように言った。

「この世界の主役は私。だって、そういう風にできているんですもの。でも、お姉様はそんなでも素敵。だから落ち込むことなんてないわ……」

そこに、私を〝お姉ちゃん〟と慕ってくれていた頃の名残は欠片もない。

泣きそうになるのを必死にこらえ、手触りの悪い毛布を強く握りしめる。

「こんなの全然素敵じゃないわ。ここに閉じ込められて、もう二週間よ。きっと、お養父様たちも心配してる。お願い、ここから出して……！」

「それは絶・対・に・あ・り・得・な・い・わ。嫌だ、お姉様。きちんと説明してあげたでしょう？」

ローゼマリーは視線の位置を私に合わせると、にっこり笑って首を傾げる。

「お姉様。今日も私のことが好き？」

その微笑みに薄ら寒いものを感じながらも、機嫌を損ねないように頷く。

「え、ええ！　好きよ。ローゼマリー。大好きよ！」

ローゼマリーは顔から笑顔を消すと、すっとこちらに手のひらを向けた。

「……そう。さあ、おまじないをかけ直してあげる」

瞳を細め、口の中で小さく呪文を唱える。

「戒めの薔薇。絶望の花びら。かの者を封ぜよ。咲く前に散る蕾《つぼみ》のように」

その瞬間、空中に薔薇の文様が浮かび上がった。

淡い光を放つ紅色の印は、まるで意思を持つかのように私に迫ってくる。

「ひっ……やめ……」

慌てて逃げようとするも、狭い牢の中では隠れる場所すらない。

それは、私に触れた瞬間、棘《とげ》だらけの茨を伸ばして右腕に絡みついた。

途端に、耐えきれないほどの激痛に見舞われ、悲鳴を上げてその場に蹲《うずくま》る。

「あああああああっ……！」

痛みに喘《あえ》いでいる私を、妹はただただ無言で見下ろしている。

肌の下を虫が這いずり回っているような感覚がする。耐えきれずに妹へ手を伸ばすが、彼女は深紅の瞳に仄暗い色を宿して薄く笑んでいるだけだ。

「ローゼマリー！　ローゼマリー、どこにいるんだい！」

すると、階上から優しげな声が聞こえてきた。――お養父様だ！

「あなたのローゼマリーはここにおりますわ！」

上機嫌で答えた妹は、急ぎ足で地下を後にした。

唯一の明かり取りの格子窓から、外の声が漏れ聞こえてくる。

ローゼマリーの嬉しそうな声。どうやら、お養父様と妹が合流したらしい。

「捜したよ。どこに行っていたんだい？　心配してしまった」

「ちょっと散歩をしていただけよ。それでなんのご用かしら」

「美味いケーキがあるんだよ。かわいいひとり娘と一緒に食べようかと思って」

「素敵！　じゃあ、お庭で食べましょう。こんなに天気がいいんだもの！」

「もちろんだ。メイドに支度をさせよう……」

ふたりの声が遠ざかっていく。

私は冷たい石の床に転がったまま、浅い息を繰り返した。

「お養父様……」

弱々しい声で呼んでみても、その声には誰も応えてくれない。

「……どうして？　どうしてなの……」

私の腕には、妹の魔法によってくっきりと痣《あざ》が浮かび上がっていた。

それは美しくも残酷な薔薇の花。

蔓《つる》に生えた鋭い棘は細い腕に食い込み、私という存在そのものを縛り続けている。

「ううっ……。ううう……」

狭い地下牢の中に、泣き声が反響している。

誰も、慰めたり優しい言葉をかけたりもしてくれない。

明かり取りから差し込む仄《ほの》かな陽光だけが、私を静かに見守ってくれていた。

＊

――なぜ、あんなにも私を慕っていた妹がこんな風になってしまったのか。

異変が起こったのは、私たちの六歳の誕生日のことだ。

滅多に病気をしない妹が、珍しく高熱を出した。当時、流行病が蔓延していたから、私や両親は必死になって看病をし、その甲斐もあって妹は数日後には回復した。

それからだ。妹の様子がおかしくなったのは。

夜中に、コソコソとお養父様の書斎へ侵入して、本を読み漁るようになった。

いい香りのする〝石けん〟を開発して、お養父様の事業を助けたり、見たこともない料理を作っては、みんなに振る舞ったりするようになった。

一番の驚きは、魔法の才能を開花させたことだ。

私たちには魔法の先生と呼べる人がいた。彼もそれなりの実力者のはずだったが、知らぬ間に努力を重ねていた妹は、あっという間に先生以上の魔法使いとなっていたのだ。

「ローゼマリー様の才能には感服いたしました。すでに、王宮魔道士に匹敵するほどの実力がございます！　お嬢様は神の寵愛を賜っているに違いありません！」

ローゼマリーの実力はたちまち評判になり、将来は王宮で雇ってもらえるのではないか、なんて話まで出た。そのことを両親はとても喜んだ。もちろん、私もだ。

――ローゼマリーがいてくれたら、わが家は安泰だ。

そんな安堵感が広がっていたある日。ローゼマリーは夜中に私を中庭へ連れ出し、透き通るような月光に照らされた東屋でこんな話をした。

「〝お姉様〟知っている？　ここはゲームの世界なのよ」

「げえ……む？　カードとかボードゲームのこと？」

いつの間にやら〝お姉ちゃん〟から〝お姉様〟へと呼称が変わっていた。

訝しみながらも、妹の話に耳を傾ける。

妹はにっこりと大人びた笑みを浮かべると、そのゲームの話をし始めた。

「違うわ！　ここは出荷本数百万本を超える乙女ゲームの世界なの。すごいでしょう！」

乙女ゲームとは、別の世界の恋物語を体験できる娯楽らしい。

ゲームの内容はこうだ。

物語は〝主人公〟である男爵令嬢ローゼマリーが、魔法学園に入学するところから始まる。

ローゼマリーは、初めは目立たない生徒だったが、とある事件をきっかけに〝聖女〟の資格があることが判明。彼女は王子の婚約者候補となり、有力貴族の子女との交流を経て、大きく成長していく。最終的には好みの男性を選び、その人と恋をするのだそうだ。

そこに大きな事件が起こる。

「王国に恨みを抱いた古代の魔道士が、闇の軍勢を引き連れて襲撃してくるの。もちろん、ローゼマリーも巻き込まれるわ。彼女は聖女の力を覚醒させ立ち向かう。仲間たちは次々と倒れていき……最後に残るのは、〝主人公〟であるローゼマリーと選んだ相手だけ」

妹いわく、その他の〝攻略対象〟はすべて死んでしまうのだそうだ。

「ひどいわね。みんな死んじゃうなんて……」

眉を顰《ひそ》めた私に、ローゼマリーは興奮気味に続けた。

「でも、死闘の果てに見られるエンドスチルが最高なのよね……！　エピローグも泣ける話ばっかり。マジ神ゲーって感じ！　キャラの関係性も、性格も本当によく作り込まれていて……全員大好き。私、このゲームは〝箱推し〟なの！」

妹いわく、〝箱推し〟とは特定キャラにだけ拘《こだわ》らず、そのパッケージに出てくるすべてのキャラクターを愛することなのだという。

「ぱっけーじ……きゃらくたー……。そ、そうなんだ？」

わけもわからず相槌を打つと、妹は私の手を握ってうっとりと目を瞑った。

「初めは、私も疑心暗鬼だったの。でも、この世界の歴史を調べれば調べるほど、確信を深めていった。ここはあのゲームの世界なんだって！　嬉しかった！　大好きなあの世界に私がいる！　私は〝主人公〟に〝転生〟したんだ！　私を中心に回る世界に！　それだけで天にも昇る気持ちだったわ……！」

嬉しそうに語った妹は、しかし次の瞬間には表情を陰らせた。

「あっちの世界で生きていた時みたいに、どうしようもなく行き詰まった私はもうどこにもいない。でも……」

じわりと妹の瞳に涙が滲む。精神状態を不安に思うほどに、感情の変化が激しい。勤勉なローゼマリーのことだ。疲れているのだろうか。

私の心配をよそに、妹はさらに続ける。

「同時に絶望もしたの。だって、シナリオ通りに進んだ場合、私の〝推し〟が……大切な人が死んでしまうんだもの……！　そんなの絶対に嫌。耐えられないわ！」

苦しげに口を閉ざした妹は、パッと私の手を離すと、今度は強く抱きしめてきた。息をするのが難しいくらいにきつい抱擁だ。思わず抗議の声を上げる。

「痛い、痛いよ。ローゼマリー……」

しかし、妹はこれっぽっちも聞く耳を持ってくれない。

「それでね！　私、寝ずに考えたの。そして思い出した。ファンディスクの存在を！」

会話がかみ合っていない。妹は、私には欠片も理解できない話を延々と続けている。

――これはお養父様に相談した方がいいかもしれない。

いよいよ本気で心配になってきた、その時だ。妹がとんでもないことを言い出した。

「ファンディスクの内容は、誰も死なない逆ハーレムルート！　このシナリオ通りに現実が進むようにしたらいいのよ！　だからね、お姉様……」

ローゼマリーは私の耳もとに顔を寄せると、囁くように言った。

「この世界から消えてほしいの」

「えっ……？」

冗談が欠片も感じられない妹の声色に、ぞくりと背中に怖気《おぞけ》が走った。

咄嗟に妹と距離を取ろうとするが、腰をがっちり掴まれていて動けない。

月光を反射して、ローゼマリーの深紅の瞳がぬらりと妖《あや》しく光っている。薄く開かれた口から覗く口内は艶めかしく、ほんのり染まった頬は六歳とは思えぬ色気を孕《はら》んでいた。

「い、意味がわからないわ。ローゼマリー……？」

声が震えそうになりながらも、やっとのことで声を絞り出す。

生まれた時からそばにいるはずの妹。なのに、まるで知らない人のような顔をしている。

それが途方もなく怖くて、けれども彼女はそんな私には構わずに嬉しそうに言った。

「知ってる？　ファンディスクには〝悪役令嬢〟は出てこないのよ。お姉様」

妹がクスクス嗤《わら》う。その体が淡く光り出した。

それが魔法の発動を意味することを知っていた私は、妹から逃れようと必死にもがいた。

その間にも、私の周りには薔薇の花と蔓で形作られた紋章が展開されていく。

紋章にこめられた肌がひりつくほどの魔力を空恐ろしく思いながら、懸命に叫ぶ。

「やめて……！　私になにをするつもりなの！」

かわいらしい顔に醜悪な笑みを浮かべた妹は、まるで囁くようにこう言った。

「お姉様の存在をみんなの記憶から消すわ。少しでも、ファンディスクのルートに入る条件を整えるためよ」

「どうしてそんなこと……！」

「意味ならちゃんとあるわ。ファンディスクでは、メインシナリオにある古代の魔道士関連の事件は起こらない。まったく別のお話が展開されるのよ。そこには、古代の魔道士に誑《たぶら》かされる〝悪役令嬢〟も登場しない。妹の活躍に嫉妬して、禁断の書の封印を解いてしまうリリーはいないのよ‼」

「……え……？」

「リリー、リリー。かわいそうな〝悪役令嬢〟。すべては幸せになるため。これは必要なことなの。だから、許してね？」

妹はそう言うと、紋章に流入する魔力を増やした。

ますます強い光を放ちながら、近づいてくるそれに必死に考えを巡らせる。

相変わらず、妹の言っている言葉の半分も理解できない。

そもそも、まだ通いもしていない学園の話をするだなんて！　あそこに通えるのは、十六歳になってからだ。もしや、ローゼマリーは未来のことを語っているのだろうか……？

――それ以前に、十年後の私が〝悪役令嬢〟になるなんて絶対にありえない！

大好きな妹の邪魔をする自分が想像できなくて、確信を持って妹を見つめる。

今まで過ごしてきた時間を思い出してもらえれば、わかってくれるはずだ……！

「〝悪役令嬢〟？　よくわからないけれど……私はあなたを傷つけるようなことはしないわ！　だって、ローゼマリーのことが大好きだもの。学園へ行くようになっても嫉妬なんてしない。私はあなたの〝お姉ちゃん〟よ！　だから信じて……！」

ローゼマリーが私の言葉を受け入れてくれるのを心の底から願う。しかし――。

「今のお姉様が、私のことを大好きなことくらい、わかっているわ」

ローゼマリーはどこか苦しげに笑うと、私の首もとに顔を埋《うず》めて言った。

「お姉様は、これまで私に本当によくしてくれた。小さい頃から、ずっとずっとそばにいてくれて、大切にしてくれた。お姉様がいるから、今の私がいるの。でも……ゲームでは違う。お姉様は私をいじめたわ。嫉妬をして嫌がらせもしてきた。私を怖い顔で睨《にら》みつけて、耳を塞ぎたいくらいの言葉をぶつけてくるの！　今は優しくても、きっとそうなっちゃうの！　だって……ここはゲームの世界なんだから！」

ひと息で言い放ったローゼマリーは、どこか泣きそうな顔になって言った。

「だから、お願い。これからも変わらないでいて」

――どうやら、私の説得は功を奏しなかったようだ。

バチン！　と紋章が爆ぜる。棘だらけの蔓は、まるで生き物のように地面を這うと、私の腕に絡みついた。焼け付くような痛み。体験したことのないそれに頭が真っ白になる。

「ローゼ……マリー……」

徐々に薄らいでいく意識の中、私は最後に妹の姿を見た。

彼女が浮かべていたのは、苦しげで、哀しそうな……今にも泣き出しそうな顔。

「〝お姉ちゃん〟大好き。大好きだよ……」

その瞬間、私の意識は暗転した。


こうして、王宮魔道士にも匹敵するという実力を持つ妹は、私に呪いをかけた。

家族や男爵家の人々から、私がいたという記憶をも消し去ってしまったのだ。

それからというもの、かつて男爵家で懲罰房として使われていたという地下牢へ閉じこめられ、ただただ、気まぐれに訪れる妹を待つ生活が始まる。

食事は妹が持ってきてくれた。冷めきったスープに、パンの切れ端。

惨めだった。お風呂だって入れない。不潔なトイレに、ダニが巣くうベッド。

真っ白だった私の髪の毛は薄汚れ、みるみるうちに灰色になってしまった。

それとは対照的に、妹は輝かんばかりに綺麗に成長していく。

あの子が〝主人公〟だというのも納得だ。

その美しさ、賢さ、そして膨大な魔力は、あらゆる人を惹《ひ》きつけて止《や》まない。

妹は、物語の主役に足る魅力を日に日に身につけていった。

そんな中、私は日々、ぼんやりと過ごしていた。

初めは感じていた妹への憤りも、外へ出ることが叶わない絶望も、自分が置かれた境遇への苛立ちも……すべてがどうでもよくなっている。

涙なんてとうに涸れ果てた。カサカサに乾ききった心を、冷たい床の上に寝転がって癒やすことくらいしかできない。なぜならば――。

「もうすぐ魔法学園での生活が始まるわ。私、楽しみで仕方がないのよ！」

――閉じこめられてから、すでに十年の年月が経っていたからだ。

私は、いったいいつになったら死ねるのだろう。

頭に浮かぶのは、命の終わりの瞬間をどう迎えるか。ただ、それだけだった。

その時、ふと自分の体が視界に入った。なんて華奢。なんて薄っぺらいんだろう。

妹と同じ歳だとは思えない。まるで子どもみたいじゃないか――。

「お姉様、私、お休みの度に帰ってくるわ。食事もメイドに頼んでおいたし、おまじないもかけ直しにこなくちゃいけないから。ちゃんとお留守番していてね」

妹はそう言うと、新品だという制服のスカートをひらめかせて去って行った。

ローゼマリーの足音が聞こえなくなると、慣れ親しんだ毛布を抱いて目を瞑る。

食事に手をつける気にもなれない。今日はもう眠りたい気分だ。

夢の世界に逃げ込んで、すべてから目を背けたい。そうすれば、十年経ったのにも拘《かか》わらず、あの頃からまるで成長していない自分の姿を見ないでいられるだろう。

――妹が私にかけた呪い。

『だから、お願い。これからも変わらないでいて』

その効果は、私が存在していたという記憶を消すことだけではなかった。

妹は私が成長することすら許してくれなかったのだ。

私の体は、地下牢に閉じこめられたあの日から変わっていない。

いつまでも六歳の子どものままだ。

私はリリー。

リリー・フォン・クライゼ。

妹に〝悪役令嬢〟と呼ばれ、よくわからないまま薄暗い地下牢に閉じこめられた。

狭い世界に囲われ、成長することすらままならず……何者にもなれない無力な女の子だ。

そんな私に転機が訪れたのは――妹が魔法学園へ出発してから一週間後のこと。

突然、王国のはずれにある魔の森に捨てられた時のことである。

第二話　捨てられ悪役令嬢、拾われる

森のざわめき。降り注ぐ木漏れ日。土の匂い。

――外なんて久しぶりだなあ……。

ふかふかの腐葉土の上に仰向けになり、ぼんやりと空を眺める。

十年ぶりに地下牢から出たせいか、太陽の光が眩しくて仕方がない。

頬を撫でる風はどこまでも優しくて、このまま眠ってしまいたいくらいだ。

――寝ている場合、じゃないんだろうけれど。

目だけを動かして、周囲の状況を確認する。辺りには鬱蒼《うっそう》と木々が生い茂るばかりで、民家などは見当たらない。紛れもなく森である。クライゼ家の庭なんかではない。

なぜ、こんなところに私がいるかというと、この場所に〝捨てられた〟からだ。

『あなたを廃棄させていただきます』

これは、ある日地下牢にやってきたメイドが私に放った言葉だ。

妹に頼まれたのだと食事の用意をしてくれていたその人は、まるで温度のない声色で告げると、私を地下牢から連れ出した。馬車へ押し込み、数時間かけて森までやって来るなり、ポイと放り出してそのまま行ってしまったのだ。

「廃棄って……ゴミじゃあるまいし」

はあ、と息を漏らして、葉の間から見える青空を眺める。

どうやら、妹は魔法学園でうまくやれているらしい。

例のファンディスクとかいうものの通りに、立ち回れているのかもしれない。

だから、お荷物な私を生かしておく必要がなくなったのだろう。

本人から直接事情を聞いたわけではないから、確実なことは言えないけれど……。

「最後まで、とことんひどい妹だなあ」

ぽつりとひとりごちて、腕に浮かび上がった薔薇の痣をジッと見つめる。

『〝お姉ちゃん〟大好き。大好きだよ……』

「――……はあ」

ため息をこぼして、ゆっくり目を瞑った。

風の音がする。それに、虫の声。鳥の鳴き声に葉擦れの音。

……ああ、命の音だ。これを聞きながら死ぬのも悪くない。

なにせ、十年間の幽閉生活の直後だ。

まともに動くことすら難しく、こんな森の中で生きていけるはずがない。

森は危険がいっぱいだ。教会にいた頃は、ひとりで入ってはいけないと口酸っぱく言われていたっけ……。

――やっと、終わりだ。

切なくなって、同時に嬉しく思って、けれどもやっぱり哀しい。

なのに、涙を流すことを忘れた涙腺は、どこまでも無反応だ。

「――ワオーーーン……」

狼の遠吠えが聞こえる。かなり距離が近そうだ。

――狼に食べられるのは構わないけれど、痛くなかったらいいな。

そんなことを考えていると、段々と眠気が襲ってきた。長時間の移動で疲れてしまったらしい。命の危機に瀕しているというのに、呑気なものだと呆れる。

でも……この苦しみしかない人生が終わってくれるなら、それでもいい。

意識が徐々に闇の中に沈んでいく。

瞼《まぶた》が重くなっていって、それが二度と開かないことを心から願う。

「これは……」

眠りに落ちる直前、誰かの声が聞こえたような気がした。

＊

『――砂漠の月に会いに行こう。灼熱の太陽に疲れた体を休ませよう』

歌だ。歌が聞こえる。

『砂の海に足跡を残そう。風で流されても、君が歩んできた道は決して消えない』

優しい声だ。低くて、耳に……そして心に心地よく響く声。

『月は君を心待ちにしている。君に会えるのを楽しみに夜空にぽっかり浮かんでいる――』

それは、疲れ切った私の心に優しく沁みた。

――誰？　誰なの……。

思わず、まどろみながらも手を伸ばす。

すると、誰かがそれをそっと握ってくれた。

相手を確認したいけれど、猛烈な眠気に翻弄されて、目を開くことすら億劫だ。

『ゆっくり休め。ここにお前を害する者はいない』

その人は歌うのを止めると、私の頭を撫でてくれた。

ほうと息を吐いて、小さく頷く。するすると温かな手が私の輪郭を撫でる。

私は全身から力を抜くと、安心しきって意識を手放した。


「……はっ……」

目を覚ますと、そこは森の中ではなかった。

自分がどこにいるのかわからず、視線だけを動かして状況を確認する。

私がいたのは、レンガ造りの建物だった。建具はすべてアンティークで揃えられていて、落ち着いた雰囲気の部屋の中には、煙の匂いが漂っている。

――暖炉の匂いだ！

あまりにも懐かしくて興奮してきた。

十年もの間、私の周囲にあったのは、カビと埃のくすんだ臭いだけだったのだ。

思わず鼻をひくつかせて、胸いっぱいにそれを吸い込む。

ぎゅう、と拳を握れば、肌触りのいい寝間着を着ていることに気が付いた。

「綺麗な服……。どこもほつれてないし変な臭いもしない。わあ、わああ……！」

嬉しくなって、パタパタ脚を動かす。

横になっていたベッドだってふわふわだ。お日様の匂いがして、体を優しく包み込んでくれているよう。シーツもクッションカバーも真っ白！　体が痒くない。起きてすぐに、ダニに噛まれた場所の確認をしなくていいのは、いったいいつぶりだろう……？

「夢？　それとも死後の世界？　なんだっていいや、あの地下牢以外なら」

すると右腕が視界に入った。浮かれていた心が一気に沈んでいく。

そこに、呪いの痣を見つけてしまったからだ。

「……どうして？　死んでも逃げられないってこと？」

胸が潰れそうなほどに苦しくなる。痣を指で擦ってみた。

懸命に擦ってみるものの、鈍い痛みが伝わってくるだけで一向に消えそうにない。

「やだ。やだよ……」

あの昏《くら》い地下牢から出られたというのに、私はまだ囚われたままなのだろうか。

途方もない絶望感に襲われ、全身が震えだす。

体を抱きしめて、なにも見ないでいようと目を瞑った——その時だ。

「——あっ‼」

大きな叫び声と同時に、ドサドサとなにかが落ちる音がした。

顔を上げると、ある人物と目が合った。

それは少年だった。茶と白と枯れ葉色の三色の髪を短く切り、軽装鎧を身に纏《まと》っている。ポカンと口を開けたままドアの前で立ち尽くしていたかと思うと、床に落ちて散らばった洗濯物には目もくれずに、勢いよく踵《きびす》を返していった。

「みんなァ！　あの子が目を覚ましたっスよーー‼」

「本当か！」

ドカドカと複数の足音が近づいてくる。

なにごとかと呆気《あっけ》に取られていると、あの少年が人を引き連れて戻ってきた。

彼らは一斉に私に駆け寄ると、怒濤《どとう》の勢いで話しかけてくる。

「君、大丈夫か？　どこか痛いところはないだろうか。苦しかったりは？」

「森で倒れてたのを拾ったんスよ。二日も眠りっぱなしだったんス！　腹減ってるんじゃないッスか？　メシ持って来た方がいいッスかね？　朝飯の残りの肉があるッスよ！」

「馬鹿ね。急にお肉なんて食べられるわけがないわ。お粥《かゆ》を用意しましょう。ミルク粥は甘い方がいい？　ベーコンを入れた方が食べ慣れているかしら？」

部屋に入ってきたのは、全員が男性だった。

ひとりは黒髪で、顔の半分を仮面で覆い、ブレストプレートを着込んだ男性。背中には槍を背負っていて、キビキビした動きから武を嗜《たしな》んでいるのだということがわかる。

先ほどの少年は、愛嬌のある笑みを浮かべて私に向かってヒラヒラ手を振っている。仮面の男性に比べると、かなり砕けた態度だ。

粥を作ってくれると言ってくれた人は、女性かと見紛うほどに美しい。クリーム色の肩口まで伸ばした髪には色とりどりのメッシュが入っていて、彼の華やかな雰囲気を引き立てている。

彼らはすべて獣人だった。黒髪の男性は犬科、茶髪の少年は猫科、クリーム色の髪の男性は鳥類の特徴を持っている。

「えっと……？　えっと……？」

どうやら、死後の世界というのは私の勘違いだったようだ。状況はわからないが、私は彼らに助けてもらったらしい。ならば今、口にするべきはお礼だろう。

しかし、妹以外の人とまともに会話すること自体が久しぶりだった私は、はくはくと口を動かすことしかできない。

――言葉がうまく出てこない……。

「うう……」

――きっと、ローゼマリーだったら百点満点の挨拶をするんだろうけど。

あまりにも自分が不甲斐なく感じて唇を噛みしめる。

すると、途端に男性たちの顔が引き攣《つ》った。

「おっ……おお⁉　どうした！　おい、ヒューゴ。お前なにかしたのか！」

「オレはなにもしてないッスよ⁉　ヴィルハルト兄ィの顔が怖いからじゃないッスか！」

「そうよ、そうよ。小さな女の子からしたら、その仮面は恐怖でしかないわ！」

「シリル兄さんまで⁉　少女よすまない。私の顔が怖いばかりに……そうだ、腹を切って詫びよう。わが故郷ではこれを〝ハラキリ〟と言って謝罪の代わりにするんだ！」

「お、お腹⁉」

とんでもないことを言い出した犬獣人の青年――ヴィルハルトに、猫獣人のヒューゴが慌てて止めに入る。

「ちょ、ヴィルハルト兄ィ、内臓が床にこぼれたら面倒なんでやめてくれないッスか⁉　誰が掃除すると思ってんスか。勘弁してくださいよ～。ねえ、シリル兄ィ」

「そうよ、そうよ。悶《もだ》え苦しむアンタの暑苦しい顔なんて、この子も見たくないわよ！」

「む？　そうか。それはいかんな」

――お腹を切ること自体は止めないんだ⁉

なんだろう。すごく変わった人たちだ。

彼らのやり取りがあまりにもおもしろくて、私は我慢できずに噴き出してしまった。

「フッ……フフフ……！　変なの」

その瞬間、男性たちの注目が一斉に私に集まった。

じい、と見つめられ、さすがに失礼だったかと笑いを引っこめる。

しかし、勢いでしゃっくりが出てしまった。

「……ひっく」

すると突然、ヒューゴが私を抱き上げた。

地下牢暮らしで痩せ細った私はさぞ軽かったのだろう。ひょいと持ち上げられて悲鳴を上げそうになる。そんな私には構わず、ヒューゴはニコニコ笑って言った。

「ひええっ！　見たッスか？　今の。笑顔がかわいい〜！　しゃっくりもかわいい！」

「本当にそうね〜！　ちっちゃい子の笑い顔って癒やされるわあ！」

「なんの穢《けが》れもない。沁《し》みるな……」

「え？　いや、ひえ……」

戸惑っている私をよそに、ヒューゴは愛嬌たっぷりの笑みを浮かべると、私の顔に自分のそれを近づけて訊ねた。

「お嬢さん。お名前は？　いくつかな〜？　五歳くらいッスかね？」

どうやら、彼らは私を小さな子どもだと思っているようだ。

——ああ！　ヒューゴのまっすぐな瞳が辛い。

どう答えたものだろう……。

私は少しの間だけ逡巡すると、隠していても仕方がないと事実を口にすることにした。

「ええと……名前は、リリー・フォン・クライゼ……です。十六歳になりました」

私の答えは、いろんな意味で彼らに衝撃を与えたらしい。

「ええええっ⁉　アンタ、オレと同い年ッスか⁉」

「フォン……って、お貴族様んとこのお嬢様じゃないのっ⁉」

「なんだ君、声もかわいいな‼」

——最後はなんかズレているような気もしたけれど。

彼らは一様に顔を青ざめさせて、再び慌てだした。

するとそこに、冷静な声が割って入った。

「お前たち、落ち着け。馬鹿が露呈している」

現れたのは、まさに太陽が焦がしたような肌を持つ男性だった。

夜色の髪。彷徨い歩く亡霊の魂のように青く輝く瞳。涼やかな目もとには泣きぼくろ。

すらりとした長身で、驚くほど長いまつげに、この辺りで見る男性よりもぽってりとした唇は、異国情緒を感じさせる。布をたっぷり使った黒のローブに、魔力の籠もった貴石のアクセサリー。それらは、彼が魔法使いであることをまざまざと物語っていた。

その人の頭の上にも、ピンと尖った耳が生えている。

ヴィルハルトよりも大きなその耳も、犬科のものに思えた。そこには、瞳と同じ色の石を使ったイヤリングがぶら下がっている。

大きく、フサフサした漆黒の尻尾をひゅん、と揺らした彼は、慌てふためく男性陣に冷たい視線を向けると、こちらに向かって歩いてきた。足もとには、彼の色合いとは正反対の、純白の毛を持った狼が付き従っている。

私の姿を上から下まで不躾《ぶしつけ》に眺めた彼は、どこか不遜な表情で言った。

「見た目と実年齢に差があるのは、おそらく呪いのせいじゃないか。右腕にある薔薇の痣。それが原因だな？　娘」

耳に心地よく響く低い声。

どこか聞き覚えのあるその声に内心動揺しつつも、こくりと頷く。

彼はくるりと背を向けると、顔だけをこちらに向けて言った。

「厄介なことだな。事情を説明してもらう。向こうの部屋で屋敷の主が待っている」

「カイ！　この子、目覚めたばかりなのよ。もう少し様子を見た方が……」

鳥類の獣人の青年……シリルが食い下がると、カイと呼ばれたその人は、不機嫌そうに目を眇《すが》めた。有無を言わさぬ様子で顎をしゃくり、そのまま行ってしまう。

「……はあ。まったくあの男は」

シリルは大きくため息をこぼすと、にっこりと笑って私を見つめた。

「仕方ないわね。終わったらなにか食べさせてあげるから、それまで頑張って。野郎ばかりのむさ苦しい場所だけど、アンタをいじめるような奴はここにいないから。大丈夫よ」

「は……はい」

思いがけずにかけられた気遣いがくすぐったくて、ほんのりと頬を染めた。

すると、ヒューゴとヴィルハルトがクスクス楽しげに笑った。

「おっ、そういう顔もかわいいッスね！」

「うむ。子どもは子どもらしい表情が一番だな！」

「さあ、オレが運んでやるッスから。大人しくしてるッス。寝っててもいいッスよ？」

ニッと笑ったヒューゴに、私は小さく頷くと、素直に体重を預けた。

——優しい。

目を瞑ると、胸の辺りからじわじわと熱が広がっていくのがわかる。

——心がぽかぽかしてる……。

私はヒューゴの服をぎゅうと掴むと、その心地よい感覚に少しの間だけ浸った。

しかし、すぐに不安に駆られて表情を曇らせる。

この屋敷の主——それは、いったいどういう人物なのだろう？

「あ、あの！」

「なんスか？」

「向こうに行く前に、ここがどこで、誰の屋敷なのか教えてもらえませんか……？」

するとヒューゴたちは顔を見合わせ、それからどこか得意げになって言った。

「ここは王国のはずれ、魔の森辺境領にある、ヴィクトール・シュバルツ伯爵様のお宅ッスよ！」

＊

ヒューゴたちに連れられてやってきたのは、屋敷の中にある応接室だ。

大丈夫——そんな言葉をかけられてここにやって来たはずの私は、まるで小動物のように震えていた。

「ひぇえ……」

私の前にいるのは、まるで小山のように巨大な獅子だ。

部屋のど真ん中に鎮座した純白の獅子は、時折、鼻をヒクヒク動かしながら、私をジッと見つめている。突然の肉食獣の出現に、一刻も早くここから離れたいのだが、長すぎる寝間着の裾が獅子の前脚の爪に引っかかっていて、どう足掻《あが》いても逃げられそうにない。

「シュ、シュバルツ伯爵様は……？　ひっ！　近い……！」

——どうしてこうなったの！　思い返してみても、ちっとも状況が理解できない。

少し待っていてほしいと言われ、案内された応接室の真ん中で、ぽけーっと壁に飾られた剥製を眺めていただけなのに！　なぜか、突然現れた獅子に捕らわれてしまったのだ。

「たす……っ！　たす、助けてくださいいい……」

「いやあ……そうは言われてもッス……」

ヒューゴたちに声をかけるも、彼らは少し困ったような顔をしているだけだ。

どうも、私が獅子に襲われるのを黙って見過ごすつもりらしい。

——鬼！　あの人たちは鬼だ……！

さっきの優しい言葉の数々はいったいなんだったのか。

やはり他人を簡単に信じたのは間違いだった……！

「ひうっ！」

本格的に人間不信に陥りそうになった途端、べろん、と大きな舌が顔を舐めた。

ザリザリッと嫌な音がして、肌が痛む。犯人はあの獅子だ。

——私を食べるつもりなんだ……！

これは味見に違いない。私を喰らうべく、とうとう行動を起こしたのだ。

「ラ、ラララララ……ライオンさん。食べるなら痛くしないで……！」

死ぬのは構わないが、さすがに怖くないなんてことはない。

ギュッと目を瞑って、これから来るであろう痛みに備える。

すると獅子は、凶悪な牙が並んだ口を大きく開き――豪快に笑い始めた。

「ワッハハハハハ！　こりゃどういうことだ。貴族のお嬢ちゃんだと聞いたから、面倒にならないように獣姿で登場したってのに。俺に自分を食えとよ！　なんだコイツ！」

――獅子がしゃべった。

もしかして、この獅子も獣人なのだろうか？

きょとんとしていると、獅子の言葉にカイは小さく首を横に振って答えた。

「俺が知るか。どうも、その娘は獣人がどういうものか理解していないらしい」

「ふうん？」

獅子は青灰色の瞳を悪戯《いたずら》っぽく細めると、その巨大すぎる顔を私に近づけて言った。

「驚かせちまってすまねえな。俺はお前を食う気はサラサラねえよ。この国じゃあ、人間の貴族様に獣人が相対する時、身分の上下に関係なく、本来の姿じゃなきゃいけねえっていう、クソみたいな法律があるのさ。だからわざわざ変身したってのに……。お前、ちっこいが十六歳なんだろ？　社交界に出る前に教わらなかったのか？」

私はふるふると首を横に振ると、震える体を抱きしめて答えた。

「わ……私は、六歳の頃から地下牢に閉じこめられていたから。五歳まで教会暮らしだったし、貴族のしきたりとか、そういうことはよくわからない……ん、です」

私の言葉に、みんなが一斉にざわつく。

獅子は片眉を吊り上げると、私の眼前にしっとり濡れた鼻を近づけて訊ねた。

「誰に閉じこめられた。親か？」

私は少しだけ逡巡すると――惨めな気持ちを押し殺して言った。

「い、いいえ。双子の妹に。私が……邪魔だからって」

「なんじゃそりゃ？　双子の妹？　同い年の奴にそんなことできるかよ。親はなにしてた」

「妹は王宮魔道士にもなれるっていうくらい、魔法が得意だったんです。それで……私に呪いをかけました。両親や男爵家の人たちの中から、私に関する記憶を消してしまったんです。私が変わらないようにって、成長しないようにもしました。だから、体がちっちゃいままなんです。家族にも忘れ去られて、昏い地下牢にずっと閉じこめられていました」

今まで妹から受けた仕打ちを思い出して、鼻の奥がツンとする。

普通なら涙が滲むところだが、どうにも瞳は乾いたままだ。

――泣けない……。こんなに泣きたい気分なのに。

絶望的な気持ちになりながら、獅子をジッと見つめた。頭の中の情報を整理する。

泣けないことは、今は置いておこう。死にたいと思っていたことも。

今するべきは、礼を失してしまった相手への謝罪だ。

お養父様にも、お養母様にも、私の存在は忘れられてしまった。

でも――短い間だけだったけれど、私はあの人たちの娘だったのだ。養父母のことは今でも大好きだ。だから、礼節を重んじる彼らが教えてくれたことは守りたい。

「あの……。もしかして、あなたがシュバルツ伯爵様ですか？」

お養母様から教わったのを思い出して、片足をわずかに引き、背筋を伸ばしたまま軽く膝を折る。貴族女性のたしなみ、淑女の礼……これが上手にできたら、第一印象はばっちりだってお養母様が言っていたっけ。

「知らなかったとはいえ、失礼な振る舞いをしてしまいました。申し訳ありません。リリー・フォン・クライゼです。助けていただき、本当にありがとうございます」

獅子は目をまん丸に見開くと、次の瞬間には豪快に笑いだした。

「ワハハハハハハッ！　お前、いいなあ。よほど大事にされていたと見える。それに頭も悪くねえ。見たか、お前たち。おもしれえのが来た！」

――おもしろい？

笑う要素はないと思うのだけれど。

きょとんとしていると、獅子の大きな瞳が優しく細められた。

「うん、うん。大変だったな。それで……うちの領地の森にいたのはどういうことだ？」

どうやら私が倒れていたあの場所は、魔の森と呼ばれていて、ここからそう遠くないところにあるようだった。

上機嫌な獅子の様子に安堵しながらも、素直に答える。

「捨てられたんです。もういらないからって」

「…………………はあ？」

その瞬間、獅子の顔つきが険しくなった。

彼の纏う雰囲気がガラリと変化する。おそらくこれは怒気だ。グルルル……と唸り声が聞こえ、鋭い牙が剥き出しになった。

「ひぇ……」

息が詰まりそうなほどの圧迫感に気圧《けお》され、思わずその場にぺたんと座り込んだ。

「ヴィクトール！　自重しろ」

カイが声をかける。すると、ヴィクトールはハッとしたように目を瞬いた。

「おお、わりい」

苦笑を漏らして前脚で顔を拭うと、尻尾をヒュンと揺らす。すると人形へ変化した。

そこに現れたのは、たてがみのように逆立った白い髪を持つ壮年の獣人男性だ。

体のあちこちに古傷の痕が見て取れる。目尻には笑いじわがあって、長い尾をベルト代わりに腰に巻きつけていた。筋骨隆々で、貴族だというのに、傭兵のようなざっくばらんとした服装をしている。

ポカンとしていると、ヴィクトールは少し照れくさそうに笑い、青灰色の瞳を細めた。

「改めて挨拶をしよう。俺がヴィクトール・シュバルツ伯爵だ」

彼は私をおもむろに抱き上げると、にんまり太陽みたいな笑みを浮かべてこう訊ねた。

「お前、帰るところはあんのか？」

「……っ！」

一瞬だけ言葉を詰まらせ、ふるふると首を横に振った。

リリー・フォン・クライゼという人間を知っている者は、あの家にはいない。

お養父様も、お養母様も……私がいなくなったことに気が付いてすらいないだろう。

かといって、昔世話になった教会に行くわけにもいかないのだ。

養子に出す代わりに、教会には寄付金という名の多額の謝礼が支払われている。

今から戻ったとしても、迷惑がられるだけだ。

――私、どこにも行くあてなんてないんだ。

胸が痛い。心臓が悲鳴を上げている。まるで根無し草のような自分に不安がこみ上げてきて、どうしてこんな辛い世界に身を置かねばならないのだろうと哀しくなる。

けれど、そんな気持ちになってさえも涙は出てきてくれない。

乾いた笑みを浮かべると、弱々しい声をなんとか絞り出して言った。

「私はどこに帰ればいいいんでしょう？」

もう死ぬべきだと、死んだら楽になれるのにと。そう思うほどには心に余裕がない。

すると、今まで優しげだったヴィクトールの瞳に剣呑な色が浮かんだ。

あまりにも鋭い目つきに息を呑む。すると、彼は唸るような低い声で言った。

「まさかおめえ、自分の命を〝捨てよう〟と思ってるんじゃねえだろうな？」

じりじりと肌がひりつくほどの怒気を向けられて、思わず腰が引けた。

けれど、今の私は彼の腕の中だ。逃げ場があるはずもない。

苦しげに視線を逸らすと、ボソボソと乾いた声で答える。

「だ、だって……十年間も閉じこめられていたんです。私にはもうなにもない」

家どころか、待ってくれている人も。生き抜くための体力すらないのだ。

呪いのせいで、このままずっと六歳の姿のままの可能性だってある。

まともな人生を送れるとは思えない……！

「なにもないのなら。誰も待っていてくれないのなら。私がそのままいなくなっても……誰も困らないですよね？」

耐えがたいほどの胸の痛みに苛《さいな》まれながら、必死に言葉を紡ぐ。

すると、黙って私の話を聞いていたヴィクトールが口を開いた。

「じゃあ、俺が拾ってやる」

「えっ……？」

あまりのことに言葉を失う。すぐに意味が呑みこめなくて動揺していると、ヴィクトールはまるで獣が親しい相手に甘えるように、顔を私に擦りつけて言った。

「悪いな。俺は……〝捨てる〟ってことが大嫌いなんだ。なにもないなら、誰も待っていないなら、今日から俺がお前の親になってても構わねえだろう？　獣人に対して、あんなに綺麗な淑女の礼をしてくれた女の子を、森の中に放り出すわけにはいかねえ」

「で、でも……知り合ったばっかりですよ？　私がどういう人間かも知らないのに、それはあまりにも迂闊《うかつ》だと思います。あなた、貴族ですよね？　守るべきものがたくさんあるでしょう？　得体のしれない人間を受け入れている場合じゃない……！」

必死に食い下がる。すると、今まで状況を静観していたヒューゴたちが集まって来た。

「リリー。そんなに不安がることはないッスよ！　ねえ、親父！」

「ああ、父上が誰かを〝拾う〟だなんて日常茶飯事だからな」

「そうそう。お義父様は気に入った相手はすぐに懐に入れようとするのよねえ」

「え、あ、えっ……？」

動揺している私に、ヒューゴたち三人は満面の笑みを浮かべて言った。

「オレたちも、もともとは親父に拾われた子だったんスよ！　兄ィとか呼んでるけど、だ～れも血が繋がってないんス！」

「だが、私たちは誰もそのことを後悔していない。リリー、この家での生活は楽しいぞ。騒がしくはあるが、なににも縛られない！　自信を持っておすすめできる」

「そうよ！　美味しいご飯に、ふかふかのベッド。飢えることもない。寒くて震える夜もない。寂しかったらアタシたちがいるわ。なにせ、この家には鉄の掟があるのよ……！」

するると、三人は横一列に並んで立った。

おもむろに片手を上げると、ひとりずつ掟を語り出す。

「ひとつ！〝早寝早起き、働かざる者食うべからず〟ッス！」

「ひとつ！〝弱き者には優しくあれ。捨てるな、そこに価値を見いだせ〟だ」

「ひとつ！〝他者を理由なしに貶めないこと。理不尽な暴力には鉄槌を、やられたら倍にしてやり返せ〟よ！　……それと最後にもうひとつ。ね、お義父様？」

三人はジッと期待の籠もった眼差しをヴィクトールに注ぐ。

彼は渋みがかった顔をクシャクシャにして笑うと、大きな声でこう言った。

「〝末っ子はとことん甘やかせ〟だ！　お前ら、リリーの歓迎会をするぞ。シリル、コイツに飯を食わせて支度させろ。カイ、お前は呪いの具合を見てやってくれよ。ヴィルハルト、料理人に声をかけてくれ。ヒューゴ、買い出しだ！　肉と酒をたっぷり買ってこい！　さあ、忙しくなるぞ。家族が増えた祝いだ！」

「わかったわ、お義父様」

「了解だ、父上。ご馳走をテーブルいっぱいに並べよう！」

「親父ィ！　いつもよりいい肉にしていいッスか？　いいッスよね！」

「ああ、もちろんだ！」

「やったッスー！　リリー、覚悟しろッスよ。いっぱい甘やかしてやるッスから！」

そう言うと、三人は賑やかに去って行った。

「……まったく、急なのにもほどがある」

最後にボヤいたのはカイだ。白狼を伴って、彼はゆっくりと部屋を出て行った。

ポカンと彼らが部屋から出て行ったのを見送って、恐る恐るヴィクトールの顔を見る。

彼の青灰色の瞳には、今にも泣き出しそうな私の顔が映っている。

「リリー、悪いな。お前がグズグズしてるから決めちまった。今日からお前はウチの末っ子だ。いいだろ？」

「なっ……なんで」

私は小さく息を呑むと、くしゃりと顔を歪めた。

――ああ、胸の奥から感情が溢《あふ》れてくる。

涸れていたと思っていた涙腺が痛いほどの熱を持つ。徐々に視界が滲んできた。

それは、ヴィクトールが持つ色を移し込んで、視界を虹色に彩っていく。

「私を拾っても、あなたにはなんの得もないのに」

あまりにも掠れた声。それに、ヴィクトールはニィと鋭い歯を見せて笑う。

「俺は、頭で考えることは苦手でな。衝動的に行動するから、いつもカイの奴に怒られてばかりなんだ。でも、大事な場面で外したことはねえ。俺の勘が言ってる。お前はきっと、いい家族になるって」

「……か、ぞく……」

――『かわいい、かわいい娘たち……』

ふと、遠い日にお養父様に呼ばれた時のことを思い出した。

あの中庭で家族と過ごした時間のような、温かく、様々な色に彩られた日々が戻ってくるのだろうか？

言う通りに、この家の末っ子になったのなら。

私は――また誰かに必要としてもらえるのだろうか……。

その瞬間、ぽろり、透明な雫《しずく》が瞳からこぼれた。

それがきっかけとなり、涙が絶え間なく溢れ出した。

ぽろ、ぽろ、ぽろり。真珠のような涙は、あっという間に私の頬を濡らしていく。

「ほ、本当に？　本当にいいんですか……？」

小さな手で、ぎゅうとヴィクトールの服を掴んだ。

希《こいねが》うようにジッと彼の瞳を覗き込む。途切れ途切れに、願いのこもった言葉を紡ぐ。

「邪魔だって……いらないって言わないですか？　突然、突き放したりしない？　私、〝悪役令嬢〟なのに。もしかしたら、すごい悪い子かもしれないんですよ？」

するど、今日会ったばかりのその人は、クスクスくすぐったそうに笑う。

「〝悪役令嬢〟？　なんだそりゃ。んなもんは知らねえなあ」

そして私の体に顔を擦りつけて、どこまでも優しい声でこう言った。

「俺を信じてくれ、リリー。いや、まだ知り合ったばかりだ。信じてもらえるようにこれから努力するさ。だから、お前はなんの心配もしなくていい。なあ？　そうだろ」

「……あ、うう……」

大きな指が私の涙を拭う。

この間までは、いくら涙をこぼしても、誰も私を慰めてはくれなかった。

でも――今は。

「我慢すんなよ。いっぱい泣け。そばにいてやるから」

優しくて。どこまでも温かいこの人が、泣いている私を見ていてくれるから。

「――あ、あああああああああああっ‼」

私は大きく泣き声を上げると、思い切りヴィクトールの首にしがみついた。

「おお、おお。元気だなあ。泣き止んだら、お前の新しい人生が始まるからな」

ポン、ポンと優しく背中を叩かれる。
それはまるで、すべてを許すと言われているようで。
私はヴィクトールに抱きつく力を強めると、声が嗄《か》れるまで泣き続けた。

――こうして〝悪役令嬢〟リリーは、ヴィクトール・シュバルツ伯爵に拾われた。
薄暗い地下牢の中で、ひとり震えていた私。
誰からも忘れられ、妹にも捨てられ、世界でひとりぼっちになってしまった私は――。
十年ぶりに、温かな居場所を見つけたのである。

第三話　自称天才魔法使いと上手な呪いの解き方

――まるで物語の〝主人公〟になったみたいだな、なんて思った。

私は〝悪役令嬢〟で〝主人公〟じゃない。

妹じゃあるまいし、そんなことは絶対にありえないのは理解しているのだけれど。

そう思ってしまうくらいに、ヴィクトールに末っ子にしてもらった瞬間から、私の世界はガラリと変わったのだ。じめじめしてカビと埃の臭いが充満していた灰色の世界が、あっという間に様々な色で塗り替えられ、温かなもので満たされていく。

〝末っ子はとことん甘やかす〟

変な掟だなとは思う。でも、それは疲れ切っていた私の心にしみじみ沁みた。

真っ暗でなにも見えないトンネルみたいだった私の人生に、一筋の光が差し込んだように思えたのだ。

＊

ヴィクトールの家でお世話になることが決まった後。

食堂に連れてきてもらった私は、そこで昼食をご馳走になっていた。

鳥獣人であるシリルが用意してくれたのは、ご飯を牛乳で炊いたミルク粥。

中にはたくさんのドライフルーツにカリカリのナッツ。上からたっぷりと蜂蜜がかけてあって、とっても優しい味がする。

「ぐすっ……ぐす……」

泣きはらした真っ赤な目で、洟《はな》をすすりながら匙《さじ》を動かす。

ほかほか、白い湯気が立ち上ったそれをひとくち食べるごとに、私はまた涙をこぼしそうになった。なにせ、温かい食事を食べること自体が久しぶりだ。

「あちっ……」

長いこと冷めた食事ばかり食べていたせいで、舌が慣れていないのがもどかしい。

ふう、ふう、と何度も息を吹きかけて、やっとのことで口に運ぶから、他人からすればじれったいくらいのスピードでしか食事が進まない。

けれど、それでよかったのかもしれない。

体に栄養が染みていく幸福感は、私の許容量を軽く超えそうなほどだったから。

なにもかも、ゆっくりと馴染ませていくくらいでちょうどいい。

「美味しい……」

しみじみと呟くと、隣に座っていたシリルが小さく笑った。

「そう。よかったわね」

「はい……」

なんだか頭がぼうっとする。

——泣くのってこんなにエネルギーが必要だったんだなあ。

ぼんやり考えながら、また粥をひと口。甘くて優しい味がじんと舌に染みた。

「甘いのを食べるのって、いつぶりだろう……」

そう呟くと、再びぽろりと涙がこぼれた。涙を拭うのも億劫だ。ポロポロ泣きながら食べ進めていると、シリルの眉が寄っているのに気が付いた。

——い、いけない！

せっかく美味しいお粥を用意してくれたのに、変なことを口走ってしまった。

恐る恐る、つい先ほど義兄になったばかりの美しすぎる人を覗き見る。

彼は、私の手もとに視線を落として、ジッとなにかを考え込んでいる。その表情はどこか憂いを帯びていて、お世辞にも気分がよさそうには見えなかった。

——もしかして、気分を害してしまっただろうか……？

ハッとして、自分の状況を顧みる。料理を作ってやった相手が、いつまでもメソメソしていたら、そりゃあ嫌な気持ちにもなるだろう。

——ああ！　私はなんてことを！

ギュッと心臓を掴まれたようになる。

「あっ……ああ、あ……な、泣いてばかりでごめんなさい。すぐに泣き止みますから……」

慌てて笑顔を作ろうとする。

けれど、涙が止まらないせいで、不格好な笑顔になってしまった。

――早く。急げ……！

この人に愛想を尽かされたら、また居場所がなくなってしまうかもしれない……！

ゴシゴシと袖で顔を拭う。けれど、どうにも涙が止まってくれない。

「あれ、なんでだろう。どうして。止まれ、止まれ……」

さらに顔を強く拭った。すると、袖が黒くなってしまったのに気が付いて、さあと血の気が引いていく。自分が薄汚れているのをすっかり忘れていたのだ。

「あっ……あっ……！　ご、ごめんなさい！　ごめんなさい！　綺麗なお洋服だったのに。ごめんなさい、ゆ、許してください……」

慌ててシリルに頭を下げると、彼は小さくため息をこぼした。

――怒らせちゃった……？

ああ、胸が潰れそうなくらいに痛い。

脳内で、冷たい表情で私を見下ろしている妹の姿がフラッシュバックする。

ドクドクと心臓が早鐘を打ち始め、汗が全身から噴き出した。

――もう駄目だ。きっとまた、お前なんていらないのだと捨てられてしまう。

そうしたら、なにも持たない私はどうすればいいのだろう。

胸の痛みが増していって、全身から熱が引いていく。

指先がいやに冷たい。まるで、死人みたいな温度。粥の温もりはとうに失われて、私に残っているのは、あの地下牢に似た優しくない温度だけだ。

思わず胸の辺りを押さえると、シリルはおもむろに私の肩を抱いた。

「また、捨てられるとでも思ったの？」

その言葉に、たまらず息を止めた。

シリルは苦い笑みをこぼすと、私を抱き寄せ、コツンと私の頭に自分のそれを乗せる。

「馬鹿ね。これくらいで捨てるわけないでしょう。アンタはアタシの妹になったんでしょ」

「あっ……だ、駄目です。私、汚いですから。シリルさんが汚れちゃう……」

「落ち着きなさい！」

慌てて体を離そうとすると、強い力で引き戻された。

真剣な瞳で見つめられて思わず身構える。シリルはフッと目もとを和らげた。

「なにも気にすることはないわ。アンタは好きなように泣いていいいし、服を汚してもいい。家ってそういうものでしょ？　それに……」

シリルはふうと息を吐くと、どこか遠くを見て言った。

「奇遇ね。アタシもね、小さい頃からずっと閉じこめられていたのよ」

「え……？」

「自分で言うのもなんだけど、アタシってすごい美人でしょう？　鳥獣人の雄はね、そこらの人間の女よりよっぽど美しくなるから、クズみたいな人間の間では人気なの。だから、アタシも知ってるわ。自分の体が自由にならないことへの苛立ち。相手の機嫌ひとつでどうなるかわからない恐怖。相手の顔色を窺っちゃうわよね。生きるために必要だもの」

するとシリルは汚れた私の髪に躊躇《ちゅうちょ》なく触れ、くすりと小さく笑った。

「まあ、アタシは馬鹿だから、相手のご機嫌とりに飽きて反撃しちゃったんだけど。結果、ボコボコにされて辺境に捨てられたの。まるでゴミみたいにね。その前までは、あんなにかわいいかわいいって愛でていた癖にねぇ。お人形に意思があるってわかったら、いらなくなっちゃったみたい」

なんて悲惨な過去だろう。

もしかして彼は、私の姿に過去の自分を見ていたのだろうか。

「だ、大丈夫だったんですか……？」

心配になって、シリルの黒目がちの瞳を覗き込む。

彼は黒曜石みたいな瞳を一瞬だけ丸くすると、プッと小さく噴き出して笑った。

「もう過去の話だわ。このとおり、今はお義父様に拾われてピンピンしてる」

「で、でも。その時はとっても辛かったですよね？　嫌だったですよね？　なんで……？　ひどいよ。どうしてそんなことするの……」

また涙が溢れてきた。ついさっきまでちっとも泣けなかった癖に、私の涙腺は随分と緩くなってしまったらしい。

溢れてくる涙を手のひらで拭っていると、シリルがハンカチを差し出してくれた。

「こんな状況の時に、他人のために泣けるなんて。アンタってば呆れるほどお人好しね」

そして心の底からおかしそうにクスクス笑うと、一転して穏やかな声色で続けた。

「なにはともあれ、そんなに怯えなくてもいいわ。他人の顔色を窺う必要なんてない。誰かに生殺与奪の権を握られていたんだもの。他人の感情に過敏になるのは仕方がないけれどね。お義父様は本当にすごい人よ。拾ったものをとっても大切にしてくれる。アタシも、ヒューゴもヴィルハルトもカイも、それを知っているからここに居続けているのよ」

——なにがあっても、絶対に捨てたりはしないから。

言外にそう言っているのがわかって、ぐっと奥歯を噛みしめて小さく頷く。

するとシリルは、まるで子守歌を歌ってくれる母親みたいな声色で言った。

「いつか、辛い日々を過去にできる日がくるわ。それまで頑張りましょうね」

「……はい」

小さく答えた私に、シリルは嬉しそうに微笑んだ。

スプーンを手にして粥を掬う。

なにをするのだろうと不思議に思っていると、それを私の口もとに差し出してきた。

「ちょっと甘やかしが足りなかったみたいだから。はい、あ～ん」

美しい義兄の顔に浮かんでいるのは、悪戯っぽい笑みだ。

「いっ……いやっ……!?　そそそ、それはやめてくださ……っ！」

反射的に拒否すると、シリルはぷうと頬を膨らませた。

「いいじゃない、別に。減るもんじゃなし」

「だって私、こう見えても十六歳なんですっ……！　あーんは……」

「ええ～。つまんなあい！　じゃあ、アタシのことは〝シリルさん〟じゃなくて、〝お義兄《にい》様〟と呼んでくれる？　そうしたらやめてあげるわ」

「うっ……」

――嵌《は》められた……っ！

今日会ったばかりの人に、お義兄様呼びはハードルが高い。

先ほどとは違う意味で汗が滲む。けれど、見蕩《みと》れるほどに美しい顔に、期待たっぷりの眼差しを向けられると、拒否するなんてことはできなくて――。

「わ、わかりました。シリルお義兄様……」

息も絶え絶えにそう言うと、シリルは顔を手で覆って、天を仰いだ。

「ど、どうしたんですかっ⁉」

「……お義兄様……！」

どうやら、私の呼び方が琴線に触れたらしい。ほんのり頬を染めたシリルは、私をぎゅうと力強く抱きしめると、ぐりぐり頬ずりしながら言った。

「アタシ、一度でいいからお義兄様って呼ばれてみたかったのよねえ！　最高。いいわあ！　リリーったら、素直でかーわーいーいー！　決めたわ。兄弟の中で一番、アタシが甘やかすんだから。ウフフフフフ！」

「お、おにい、さま。落ち着いて」

「ああん！　もっと呼んで！」

「ひいいいいい……」

シリルから紡がれる、まるで雨のように降り注ぐ優しい言葉。

それと、なによりも温かな抱擁。

――いいなあ。優しいなあ。気持ちいいなあ。

まるで空腹時に山盛りの甘いお菓子を目の前にした時のよう。

私はシリルの腕の中で顔を緩めると、こっそりともう一粒、温かな涙をこぼした。

＊

ミルク粥でお腹を満たした私は、次に屋敷の中のとある一室へ連れて来られた。

「ねえ、シリルお義兄様。これからなにをするんですか？」

「なにって、お姫様になるための準備よ」

「お、お姫様……？」

きょとんと、美しすぎる義兄を見上げる。

「お義父様に支度をさせろって言われたからね。ご期待に添うためにも完璧にやるわ」

「だからなにを……」

シリルはぴたりと足を止めると、私を薄目で見下ろす。

「……アタシ、アンタを甘やかすって言ったわよね？」

そう言って、にっこりと笑った。

「ひっ……!?」

言葉とは裏腹に、殺人でも犯しそうなほどに凄みのある笑みに思わず後退《あとずさ》る。

その瞬間、シリルはパンパンと何度か手を打った。

「お呼びでしょうか。シリル様」

そこに現れたのは、揃いの給仕服を着込んだ三人の獣人の女性だ。

いや、給仕服だけではない。顔までそっくりだ。

あまりのことに驚いていると、シリルが小声で教えてくれた。

「あれはうちのメイドよ。鳥獣人の三つ子なの」

そして、シリルは彼女たちの方へ私の背を押しやると、いやに上機嫌に言った。

「お前たち。――この子を、世界で一番綺麗にしてあげて！」

「かしこまりました」

角度もタイミングもまったく同じ礼をした女性たちは、素早い動きで私を取り囲んだ。

「リリーお嬢様、失礼いたします」

「あわ……あわわわわ……なにを……ひえ」

四方八方から手が伸びてくる。抵抗しようと試みるも、まったく通じずに涙ぐむ。

なにせ、私の身体能力は長年の幽閉で地の底を這っているようなものだ。

体格や体力で勝る獣人の彼女たちに敵うはずがなく――。

「お、お義兄様。た、助けてええええええ……」

私は、必死に義兄に助けを求めることしかできなかった。

「ウフフ。楽しみにしているわ～」

――まあ、私をここに連れてきた張本人が助けてくれるはずがないんだけれど。


二時間ほど経った頃。

色々と弄くられている間に眠ってしまっていたらしい私は、ぱちりと目を覚ました。

「あら、起きたのね。おはよう」

笑顔のシリルに出迎えられた私は、いまだ覚めきらぬ目を擦りながらぼんやりする。

すると、自分の格好が変わっていることに気が付いて、ぱちくりと目を瞬いた。

「かわいくできたわよ！　ほら、見てご覧なさい」

状況が把握できずに固まっていると、シリルは私の前に手鏡を持って来てくれた。

そこに映っていたのは、見違えるほどに変わった自分の姿だ。

「髪が」

汚れで灰色になってしまっていた髪が白さを取り戻している。

脂で固まっていた部分もあったのに、今はその面影がないくらいにふわふわだ。

髪に指で触れると、驚くほど軽やかに手から滑り落ちて行く。

その時、ふんわり香ったのは甘い花の匂いだ。

「……わ……」

ドキドキして、思わず口を手で覆った。

そっと視線を上げると、そこにかわいらしい花を見つけて、また胸が高鳴る。

瞳の色に似た紫の花飾り。花弁の中央には、ビーズで作られた雄しべと雌しべ。

私が動く度にちかちか瞬いて、まるで星のようだ。

その輝きに見蕩れていると、しゃらりと袖が軽やかな音を立てた。

視線を落とせば、あまりにもかわいらしいデザインにほうとため息を漏らす。

私が着ていたのは薄花色……くすみがかった紫のレースワンピースだ。

ふんわりとした軽めのシルエットのそれは、腰の辺りに濃紺のリボンが結ばれていた。

大ぶりのリボンには、薄紫の糸で刺繍がされている。一面の花畑に、たくさんの蝶。

一目でひと縫いひと縫い丁寧に刺されたとわかる刺繍は、心躍るくらいにかわいらしい。

「………」

思わず言葉を失っていると、シリルは私のそばにしゃがみ込んで言った。

「アンタ、そんなに綺麗な髪色だったのね！　似合う色がなかなかなくって、服選びが本当に大変だったんだから」

その口ぶりとは裏腹に、シリルはとても楽しげに見える。

彼は私の髪をひとふさ手に取ると、そっと唇を落として微笑んだ。

「素敵な白。ワンピースの色にぴったりだわ。これ、隣国に嫁いだ姫様が愛用していたデザインなのよ。とっても似合う。本当のお姫様みたいだわ！　かわいいわよ、リリー」

「……！」

パッと顔が熱くなった。シリルの言葉に、どう答えたらいいかわからない。

私がかわいい？　お姫様みたい？

『お養父様に新しく仕立てていただいたの。王宮の姫様と同じデザインなんですって』

そういえば、昔、妹も同じ仕立ての服を着ていた。

それを……今、私が着ている？

なんだか妙な気持ちになって、そっとシリルの顔を見つめる。

彼は小さく笑うと、リボンの刺繍を指差しながら言った。

「といっても、そのまんまじゃないけれどね。この刺繍は、三姉妹がついさっき刺したのよ。すごいでしょう！　きっと本物のお姫様より素敵になっているわ」

「え……？」

驚いて、壁際に立っていたメイド三姉妹を見ると、彼女たちは澄ました顔のまま、まるで小鳥がさえずる時のように早口で答えた。

「あら、シリル様。仕方ありませんわ。あのままでしたら、お嬢様の愛らしさに服が負けてしまいそうだったんですもの」

「ええ、ええ。図案がすぐに脳内に浮かびましたわよね！　花の妖精のようにかわいらしいお嬢様ですから、蝶がいいんじゃないかしらって」

「ちょうど、ぴったりな糸もありましたしね。驚くほど手が早く動きましたわ……。わたくしたちはもっとやれるのだと、自分の才能を再認識したような気持ちでした」

三人はほうと同時に息を吐くと、にっこり笑って私を見つめた。

「「「フフフ。わたくしたち、大満足ですわ！　最高傑作と言っても過言ではありません！」」」

三人同時に、一言一句同じ台詞を向けられて目を瞬く。

すると、じわじわと頬が熱くなってきた。

「あ、ありがとう……」

しどろもどろにお礼を言うと、三姉妹はまた同時ににっこり笑った。

きゅん、と胸が苦しくなって。恥ずかしさのあまり俯く。

お世辞だろうなとも思う。

でも、もしかしたら……。

――妹には負けるかもしれないけど、私もかわいくなれるのかしら。

胸の真ん中に、ひとつ明かりが灯ったようだ。

ほんのりと笑みを浮かべていると、コンコンとノックの音が聞こえた。

扉が開いて顔を覗かせたのは、どこか不機嫌そうな仏頂面。

「オイ、いい加減終わったのか」

「あら、カイ。レディの身支度には時間がかかるものなのよ。ご存じない？」

「……それにしても待たせすぎだ。俺だって暇なわけじゃない」

「あら～。アタシがアンタの都合を考えて行動する必要性なんて、どこにあるのかしら？」

「お前は相変わらずピーチクパーチクとうるさいな。鳥は口を閉じていられないのか」

「まあ〜〜！　減らず口なのはアンタも同じでしょう！」

――なんだか火花が散っている……。

ふたりは仲が悪いのだろうか。

先ほどまで優しげだったシリルが浮かべた怒りの表情に、思わず身を縮めた。

シリルが言っていたように、どうにも他人の感情に過敏になっているらしい。怒りが交じったシリルの言葉が、そして表情が怖くて、耳と目を塞ぎたくなる衝動に駆られる。

――どうしよう。不安で手が震えてきちゃった……。でも、心配させたくないし。

どうすれば収まるだろうと悩んでいると、しっとりと濡れたなにかが私の頬に触れた。

「グル……」

それは、カイが連れている白狼の鼻だった。

「わ」

白狼は私の手を鼻面で押し上げると、ぐりぐりと大きな体を擦りつけてきた。

柔らかな、それでいて滑らかな純白の毛が肌に触れて、驚きよりも先に笑みがこぼれる。

――私を慰めてくれているのかな……？

どうやら、効果は抜群だったらしい。気が付けば手の震えは収まっていた。

「あなた優しいのね。ありがとう」

お礼を言うと、アイスブルーの瞳で私をジッと見つめた白狼は、尻尾をひと振りした。

この子は獣人じゃないのだろうかなんて思っていると、ひょいと抱き上げられる。

「え、うわ」

私を抱き上げたのはカイだ。

「とりあえずコレをもらっていくぞ」

「カイ、優しく扱ってあげなさいよ！　小さい女の子なんだから！」

「うるさい。俺の好きにさせろ」

カイの手付きは、シリルやヴィクトールに比べると随分と雑だった。視界がぐらぐら揺れている。思わずカイの首に掴まると、獣の耳がピクリと動いた。

「ご、ごめんなさい」

苦しかっただろうか。咄嗟に謝ると、カイの瞳と視線がかち合う。

その瞬間、あまりにも不思議な瞳の色に目が奪われてしまった。

長いまつげに縁取られた瞳は、驚くほどに明るい青。昔、お養父様が語ってくれた、珊瑚礁に囲まれた南の海の色というのは、こんな色なのかもしれない。

しかも、瞳の中に——うっすらと魔法陣が見える。

「不思議。綺麗……」

ぼんやり見蕩れていると、「なんだ」と眉を顰められてしまった。

恥ずかしくなり、慌てて視線を逸らす。

カイは私の姿をまじまじと眺めると、フッと小さく笑みをこぼした。

「見られるようになったじゃないか」

「……はあ」

やたら上から目線な言葉に、お礼も忘れ、曖昧に相槌を返してしまった。

クツクツと喉の奥で笑ったカイは、そのまま部屋の外へと歩き出す。

「え……っ！　ど、どこへ行くんですか！」

「身支度が済んだんだ。ならば、次は呪いの件だろう。まさか放って置くつもりか？」

「い、いえ。ありがとうございます……」

モゴモゴとお礼を言うと、カイは歩くスピードを速めた。

私は彼の腕の中で、徐々に遠くなっていくメイド三姉妹とシリルに視線を送ると、精いっぱいの声で叫んだ。

「あ……ありがとう！　綺麗にしてくれて！」

懸命に手を振る私に、四人は笑顔を向けてくれたのだった。

＊

カイに連れられてやってきたのは、屋敷の敷地内にある彼の研究所だった。

大きな煙突が特徴的な一軒家で、青い屋根の軒先には様々な薬草がぶら下がっている。カラコロとドアベルを鳴らして入ると、先導していたカイはぶっきらぼうな口調で言った。

「本の山を崩すなよ。順番が乱れると困る」

「は……はい」

「そこのまじないには触れてくれるな。今、実験中なんだ」

「わかりました」

スタスタとカイが奥に入って行くのを見送って、私はその場に立ち尽くした。

カイの研究所は不思議がいっぱい溢れていた。

天井に届きそうなほど積まれた古びた本たち。キン、と涼やかな音を上げているのは、部屋中に設置された色水晶を組み合わせた飾りだ。それらは風もないのにクルクル回って、澄んだ音を響かせている。壁一面には棚が設えられ、様々な薬品や材料入りの瓶が並んでいた。液体に浸かっているのは、見たこともない魔法生物。鳥かごの中には極彩色を持った蛙たち。天井は蜘蛛《くも》の巣だらけで、つうと目の前に小蜘蛛が下りてきた。

まるで色の洪水みたいな部屋だ。そこにある品々がそれぞれ強烈に主張しているのに、けれども絶妙にしっくりくるような、そんな不思議な空間。

部屋の中に満ちているのは、インクと薬品の匂い。

私はそれを胸いっぱいに吸い込むと、しみじみと言った。

「魔法使いの家だ……！」

じわじわと感動が広がっていって、きゅうと手を握りしめた。

昔見た、絵本の挿絵のような光景に興奮が抑えきれない。

魔力は神からの賜り物。魔力を持つこと自体が希少なこの世界で、魔法使いは特別な存在だ。

しかも彼らは悉《ことごと》く秘密主義。己の研究成果や魔法の秘密が眠る研究所へ他人を招いてくれることなんて滅多にない。昔は、自分が魔法使いになった姿を夢想して、胸を高鳴らせたものだ。

ああ！　本当にすごい……！

ポカン、と口を半開きにして眺めていると、奥からやや苛立った声が聞こえた。

「オイ、なにをしている。入ってこい」

「あっ、あっ……ご、ごめんなさい！」

飛び上がりそうなほどに驚いて、慌てて奥を目指して歩き出した。

山のように積まれた本の向こうにカイの姿が見える。

しかし、あまりにも物が散乱していて、足の踏み場もない。

ジッと目を凝らして、カイの生活動線らしき細い道をつま先で踏みながら進む。

山積みにされた羊皮紙のスクロールを崩さないようにそろそろと進んでいくと、本に埋もれかかっているソファを見つけた。毛布が一枚かけられていて、もしかしたらカイはここで寝ているのかもしれないな、なんて思う。

カイは、愛用しているらしい椅子に腰かけ、黒縁眼鏡をかけて羊皮紙を眺めている。

「そこにかけろ」

「はい！」

スプリングがギシギシ言っているソファにそっと腰かける。

すると、あの白い狼が素早く走ってきてソファに乗った。

その場でぐるぐる回ると、私の隣に狙いを定めて、ぽふん、と丸くなる。真っ白な尻尾が私の膝に乗っている。そっと手で撫でると、狼は、くああと大きくあくびをした。

「さて……あれはどこだったか」

カイはブツブツ独り言を言いながら、棚の中を漁っている。

「ああ、あった。まったく手間のかかる……」

目的のものを見つけたらしいカイは、山盛りの道具を手にしてこちらにやってきた。

しかし、ソファの前にあるテーブルの上を眺めると足を止めた。手にした荷物を置きたいようなのだが、様々なもので溢れていて、これ以上なにかを載せられそうにない。

「…………」

むっつりと押し黙ったカイは、おもむろにしゃがみ込むと、腕全体でテーブルの上の荷物を床に落とした。ドサドサと鈍い音がして、ふわりと白い埃が舞い上がる。

「なっ……！　えええええ？」

思わず絶句していると、埃で白く染まった袖を払ったカイは、どかりと床に座り込んだ。

そのまま、澄ました顔をしてテーブルの上に黒い布を広げた。

――すごく大雑把だわ……。魔法使いってみんなこうなのかなあ。

どちらかというと几帳面そうなのに、本人は細かいことに頓着しない性格らしい。

たまらず変な顔になると、カイが「なんだ？」と不機嫌そうに首を傾げた。

「片付けないんですか……？」

恐る恐る訊ねてみれば、カイは片眉を吊り上げた。

ジロリと辺りを見回し、フンと小さく鼻を鳴らす。

「片付けなぞ、俺のすることではない」

「じゃあ、誰かお掃除をしてくれる人がいるんですか？」

「…………。それはいないが」

カイは口の中でモゴモゴ言って、フイと視線を逸らした。

――だから、こんな状況なんだ……。

彼も他の兄弟と同じく、ヴィクトールに拾われたはずだ。前にいたところでは、片付けをしなくてもよかったのだろうか？　その場合、かなり身分が高かった可能性がある。

「なにを考えている」

ぼうっと考え込んでいると、カイの鋭い声が飛んできた。

「い、いえ……。別に」

彼の過去を勘ぐっていたことがバレてしまったのだろうか。

慌ててごまかすと、カイはどこか物憂げに言った。

「……シリルからは、俺のことをなにか聞いたのか？」

「お義兄様ご自身のことは聞きました。他の人のことはなにも」

すると、カイは心底嫌そうに片眉を吊り上げた。

「お義兄様？　アイツ、お前にそんな風に呼ばせているのか。悪趣味だな」

「え、あ。そうですか……？」

「ああ、まったくもって虫唾が走る。オイ、俺もヴィクトールの子ということにはなっているが、まかり間違ってもそんな風には呼んでくれるなよ」

「はあ……」

曖昧に頷くと、カイは盛大にため息をついた。無言のまま作業を再開する。

――ううう。ちょっぴり怖いかも……。

愛想のない相手……それも、初対面に近い人と、狭い室内にふたりきりということの状況は、私の精神をひどく疲弊させた。でも――。

『――砂漠の月に会いに行こう。灼熱の太陽に疲れた体を休ませよう』

あのまどろみながら聞いた歌声。カイの声は、それにとてもよく似ていた。

だから、私が眠っている間、そばにいてくれたのはカイではないのかと思っていたのだ。

しかし彼の態度からは、あの声に滲んでいたような優しさは感じられない。

他人を寄せつけようとしない頑なな冷たさに、別人だったのだろうかとも思う。

——お礼を言いたかったんだけど……。残念だな。

なんだか哀しくなってきた。

しょんぼりと肩を落としていると、ふと視線を感じて顔を上げた。

「………」

ばっちりとカイと目が合って、思わず身を硬くする。

カイはわずかに眉をよせると、どこか気まずそうに視線を彷徨わせたまま口を開いた。

「——ああ、なんだ。その。俺は昔から言葉が悪くてな」

私の頭にポンと手を置く。そして、クシャクシャと不器用な手付きで撫でた。

「怯えなくてもいい。——大丈夫だ。ここにはお前を害する者はいない」

「……！」

——やっぱり、あの歌の人はこの人だ！

聞き覚えのある言葉に、私はこくりと小さく頷いた。

お礼を言わなくちゃ。彼さえよければ、あの優しい歌をもう一度聴きたい。

興奮で頬が熱くなった。口を開こうとして——けれど、カイに先を越されてしまった。

「さて、準備は整った。呪いの正体を探ろう。お前を忌まわしい呪いから解き放つために」

どうやら、すでに支度が終わっていたらしい。

テーブルの上に広げられた黒い布には、宝石を砕いたようなキラキラした粉と、魔石がいくつも置かれている。それはまるで、月のない日に眺める夜空のようだ。

布の横には、透明な水が満たされた水盆があった。おそらく、なにがしかの理論に沿って用意されたのだろうが、高度すぎて私にはさっぱり理解できない。

カイは私に向かって手を差し出し、「ん」と顎をしゃくった。

「……えっと」

どうすればいいかわからずに戸惑っていると、カイは深くため息をこぼした。

「呪いがかかった腕を出せと言っている」

「あ、はい」

服の袖を捲《まく》る。呪いの薔薇の痣を目にしたカイは、不快そうに顔を顰めた。

「なにがあろうと大人しくしていろ。わかったな」

そして私の腕を鷲掴みにすると、黒い布の上までぐいと引っ張った。

「――我は王の秘密を守る者。鍵を開けよう、貴石の欠片が宝物庫を開く」

呪文を詠い、輝く粉を私の腕にかける。

すると、ふわりと優しい風がカイを中心にして巻き起こった。

風に煽《あお》られた色水晶たちが、お互いにぶつかり合って、キン、キンと騒ぎ始める。

「こめられるは拗くれた想い。濁った呪詛、隠された涙、幾ばくかの慈しみ」

カイの不思議な色をした瞳が、わずかに光を放つ。

その瞬間、パチンと粉が弾けた。七色の光を放ちながら火花が散る。

放物線を描いて飛んだ火花は、布の上を遊ぶように跳ねると儚《はかな》く消えていく。

火花の弾ける音、水晶がさざめく声、カイの耳に心地よく響く低音の声。洪水のような音に包まれながら不思議な光景に見蕩れていると、突然、激痛に見舞われた。

「うう……っ！」

呪いの痣が、まるで苦しむように肌の上で蠢《うごめ》いている。

咄嗟に手を引っこめそうになるが、カイに掴まれていて動かすことができない。

痣を中心に焼け付くような痛みが広がっていき、あまりの痛さにうめき声が漏れる。

カイは眉を顰めると、腕を握る力を強めて呪文の続きを唱えた。

「――我は王の宝物庫の守護者。月の影、地平線まで続く砂。飢えと渇きの大地。憩いのオアシスに穢れきった想いを溶かせ」

つう、とカイの長い指が水盆の淵を撫でる。

すると、まるで生きているかのように水滴が飛び跳ねて、踊った。

「ひっ……！」

その瞬間、私は痛みを忘れて息を呑んだ。

水盆の中に、漆黒に染まった薔薇の花が一輪、浮かび上がったのだ。

それはゆらゆらと水の中を揺蕩《たゆた》っていたかと思うと、とぷん、と水の中に沈んだ。

まるで絵の具のように水に溶け、清らかなそれを汚していく。

そして真っ黒に染まりきった水は、まるで意思があるが如く蠢いて、ざあ、と別の形を取って再び浮かび上がってきた。

「お……ねえ、さま……」

「ローゼマリー……！」

それは明らかに妹だった。真っ黒で……小さな、小さな人形サイズの妹。

水盆に浮かんだローゼマリーは、苦しげに私に向かって手を伸ばすと、次の瞬間には耳をつんざくほどの悲鳴を上げた。

「おねええさああさまあああ‼　どこおおおおおおおお‼」

——怖い。

「い、いや……っ！」

「——フン」

すると、すかさずカイが動いた。

片手で水盆を払ってテーブルから落とす。

水のこぼれる音。水盆が床で乾いた音を立てて回っている。

どうやら、それであの妹らしきものは消えたようだ。

部屋の中には、色水晶が奏でる、キン、キンという金属の音だけが響いている。

「あ……う……うう……」

――頭が真っ白だ。

全身から汗が噴き出し、意味もなく体が震えて仕方がない。

「大丈夫か」

ようやくカイが腕から手を離してくれた。私は白狼にしがみつき、柔らかな毛に顔を埋める。

「……あれが術者か。どうやらお前を捜しているようだな。心当たりは？」

無言のまま首を横に振る。私を捨てたのはローゼマリーだ。あの子が私を捜す理由なんてこれっぽっちもわからないし――わかりたくない。

カイは濡れた床に視線を落とすと、再び椅子に腰かけた。

「なるほど、面倒な呪いを受けているようだな」

「……はい」

「だが、解除はできる」

「えっ……？」

勢いよく顔を上げる。カイは黒縁眼鏡を外すと、机の上に放り投げて言った。

「あの呪いは、魔力の循環を妨げる類いのものだ。魔力を持つ者にとって、身体の成長と魔力には密接な関係がある。全身に魔力を行き渡らせるための回路が備わっているからだ。魔力は四六時中体内を循環している。それを糧に細胞が大きくなったり、分裂したりする。魔力持ちとそうではない者では成長の仕組みが違うということだ」

ふむ、と口もとに手を当てたカイは、ひそりと眉を顰めた。

「お前にかけられているのは、〝出来損ない〟の不老不死の呪いだ。魔力を心の臓にとどめ、体中に行き渡らせないようにする。それによって、体が成長しないようにしているのだな。だが脳や内臓の老化は防げない。結局は体が幼いまま死ぬだけだ。大昔の賢者が作り出したもので当時は大量の金塊と同等の価値があったはずだが……どこで見つけてきたのやら。禁術だぞ」

「あの……私に関しての記憶を消すっていう効果は……？」

「それはない。おそらく、術者である妹が直接関係者に魔法をかけ、記憶を奪ったのだろう。対象者の存在を他人に知覚させないようにする呪いもあるにはあるが、大がかりな儀式と希少な材料が必要になる。お前と同い年の妹が用意できるとは思えないな。意外と、王宮にある貴族名鑑なんかをみたら、お前の名前が載ったままかもしれんぞ」

「……ほ、本当ですか！」

――私の存在を証明するものが残っているかもしれない……!?

思わず目を輝かせると、カイは呆れたような眼差しを向けてきた。

「なぜ喜ぶ？　それが今のお前になんの価値が？　養父母が間違いであったとしらを切り通せば終わる話だ。おそらく、引き取られた家にお前の痕跡は欠片も残っていないだろう。その妹とやらが、そうそう証拠を残しておくとは思えない」

「そ、そうですね……」

がっくりと肩を落とす。カイの言う通りだ。一瞬でも期待してしまった自分が愚かしい。

「…………」

俯き、黙りこくってしまった私に、カイは居心地悪そうに身を捩《よじ》った。

棚からガラスの瓶をひとつ取り出すと、それをテーブルの上に置いた。中に入っているのは、海のように深い藍色を持った花びらだ。

「青薔薇の花びらだ。呪いを解きたいのならこれを使えばいい」

「呪いが解けたら、私も普通の人間のように成長できますか？」

「ああ。数年もすれば、年齢相応の見た目になるだろうな。十六歳。花盛りじゃないか。思う存分、青春を謳歌しろ。術者の屍を踏み台にしてな」

「しか……ばね……？」

物騒な言葉が飛び出してきて、思わず目を瞬く。

「なんだ、わかっていなかったのか」

カイは、椅子から降りて私の前にしゃがんだ。

わざわざ視線の高さを合わせると、意地悪そうな顔になって、私の腕の痣を指差す。

「人を呪わば穴ふたつと言うだろう。リリー。お前は運がいい。俺にかかれば、この呪いを解くことは簡単だ。この痣とは明朝にもおさらばできる。解かれた呪いは、当たり前だが術者へ向かう。それも二倍にも三倍にもなって、だ。お前の妹は王宮魔道士にも匹敵する実力者だそうだが、突然、全身の魔力の循環を阻害されたら……わかるだろう？」

――ローゼマリーが死ぬ。

言外に、彼はそう言っているのだと理解した途端、さあと血の気が引いていった。

「目の前で術者が悶え苦しむのを見られないのは至極残念だが、致し方あるまい。気になるのなら、誰かに様子を探ってもらえばいい。なあに、獣人はこの大陸のどこにでもいる。ヴィクトールが声をかければ、たちまち情報が入って……」

「待って！」

私はカイの言葉を遮ると、彼をまっすぐに見つめた。

乾いた口内を唾で湿らせる。相変わらず、うまくしゃべる自信がまるでない。

浅く息を繰り返し、意を決してカイに訊ねた。

「そ、その。妹が死なないように呪いを解くことはできますか？」

私の言葉に、カイは美しい青を湛えた瞳をまん丸にした。

ピン、と黒く大きな耳が立ち、尻尾が膨らんでいるのがわかる。

「……ハハ。お前、なにを言い出すんだ」

その瞬間、背筋に悪寒が走った。

カイが、うっすらと目を細めて笑っている。

もともと顔の作りが整っているのもあり、思わず見蕩れてしまうほどに美しい表情だ。

しかし、顔は笑んではいても目は決して笑ってはいない。

青く輝く瞳の奥には、ひどく冷たい炎が垣間見える。その炎は、私を焼き尽くさんとするばかりに轟々《ごうごう》と燃えさかっていた。それはまるで、腹の中に隠していた醜い感情が、表面に浮かび上がってきてしまったようだ。

「馬鹿なことを。ソイツのせいで長い年月を無駄に過ごしたんだろう？」

静かな口調の中に、恐ろしいほどの怒りを感じて体が震える。

涙が滲んで、けれど泣くまいと必死に耐えた。

カイは、私の腕を強い力で掴むと、まるで見せつけるように眼前まで持ち上げた。

「お前の不幸は、なにもかもソイツが作り出したんじゃないか。復讐はお前の権利だ。誰も咎《とが》めはしない。なら……やらない理由がないだろう？　それとも、復讐なんて虚しいだけだと、綺麗ごとを並べるつもりか？」

――ああ。泣きそうな、苦しそうな、哀しそうな。そんな顔をしている。

鬼気迫るカイの様子に、私は胸が痛むのを感じていた。

きっと、彼も誰かに裏切られ、陥れられ、苦しい想いをしたのだろう。

だからこそ、私の甘すぎる発言にこれほどまで怒っている。

「わ、私は……」

こくりと唾を飲み込んで、固く拳を握った。

彼の瞳から視線を逸らすまいと心を決めて、慎重に言葉を選びながら言う。

「綺麗ごとなんて言うつもりはありません。い、妹を許すつもりなんて欠片もないんです」

「ならば、なぜ呪い返しを厭《いと》う？」

「ちゃ、ちゃんと理由があります。話を聞いてください」

カイの表情が曇る。

小さく舌打ちをした彼は、渋い顔をしながらも腕から手を離してくれた。

――カイの言う通りだ。私の人生が狂ったのはすべて妹のせい。

生まれた時から一緒にいた、あのローゼマリーという存在のせいだ。

でも、だからこそ私は。もう二度と……妹に囚われるわけにはいかないのだ。

「確かに、妹があんなことをしなければ、私の人生は全然違うものになっていたはずです。恋をしたり、舞踏会に出たりしていたかもしれないし、魔法学園で友だちを作っていたかもしれない……私にもいろんな可能性があったんじゃないかって思うと、苦しくて哀しくて悔しくて」

ああ、涙がこぼれそうだ。視界の中で、ゆらゆらと涙が揺れている。

けれど、きちんと気持ちを伝えたい。泣いている場合じゃないのだ。

だから私はゴシゴシと涙を拭うと、改めてカイを見た。

「でも、どんなに相手を憎んだとしても、奪われた時間は戻ってきません。だからこそ、もう妹に関わり合いたくないんです」

「……どういうことだ？」

渋い顔したカイに、私は無理矢理笑みを浮かべる。

「妹が死んだら、きっとその時だけは気分がスッキリするんでしょうね。〝ざまあみろ〟って思うかもしれません。でも――それからずっと〝妹は私が呪いを解いたから死んだ〟っていう事実が残り続けるんですよ。開き直れるほど、私は強くありませんから」

そっと白狼の尻尾を撫でる。

――ああ。私の心も、この子の毛並みくらいに綺麗だったなら。

そうだったなら、もっと違う結論に至るのだろうけれど。

でも、私は変わってしまった。

私の髪は長い幽閉期間を経て薄汚れ、それに比例するように心もくすんでいった。

十年間。地下牢で過ごした時間は、この心を様変わりさせてしまったのだ。

純粋に相手の善意を信じられた、あの頃の私はもういない。

――真っ白でいたかったなあ。穢れのないまま、まっすぐに前だけを向いていたかった。

今更、どんなに後悔しても意味がない。別の色が混ざった白い絵の具が、二度ともとの色に戻れないのと同じ。なにもかも取り返しのつかないことだ。

あの頃の私は、自分が〝悪役令嬢〟にならないと確信を持って言えた。

でも、今は違う。

私なら――〝悪役令嬢〟たり得るかもしれない。

だって私は、物語の〝主人公〟みたいに綺麗な心は持っていない。

私にあるのは、どろりとした……目を背けたくなるようにくすんだ色をした心だ。

「妹が呪い返しで死んだら、きっと罪悪感を覚えてしまう。そんなのごめんです。お義父様は〝新しい人生が始まる〟と言ってくれました。彼が導いてくれた新しい人生にローゼマリーはいりません。私はあの子を忘れてしまいたい。あの子がいないところで笑顔で暮らすんです」

ひと息で言い切って、小さく息を吐く。

トクトクと心臓が高鳴っている。こんなに長く話したのはいつぶりだろう。

自分の想いを言葉に乗せる感覚が懐かしすぎて、めまいがしそうだ。

でも――これが紛れもない私の気持ちだ。

私は間違っていない。多分……間違っていないはずだと思うから。

新しい人生が始まった今こそ、他人の思惑なんて関係なく自分の道を選びたい。

「だからお願いします！　カイ……！」

願いをこめて、カイを見つめる。

彼は私の視線を真っ正面から受け止めると、小さく肩を竦めた。

「はあ……」

——呆れられてしまったかな……？

不安になりつつも、黙って返答を待つ。カイは山積みになった本を遠くから眺めると、その中から一冊の本を取り出し——私に向かって放り投げた。

「まったくもって人間〝らしい〟人間だな、お前は」

「へっ……？」

慌てて本を受け止めて、革表紙に視線を落とす。

そこには〝低級魔道書〟と書かれていた。

「これは……？」

恐る恐るカイを見つめると、彼は再び私の頭を撫で、ニッと悪戯っぽい笑みを浮かべた。

「お前の望みを叶えるために必要なものだ」

「え？　えっと、これが……？」

「呪い返し……すなわち、それは無理矢理呪いを解こうとするから起きる〝反動〟だ。それなしに解くためには魔法の構造、理論、実践……すべてにおいて術者よりも優れていなければならない。魔法は想像力だ。相手の意図しない部分を突き、反動が起きないように呪いを解く。

言っておくが、簡単なことじゃない。……つまりだ」

カイは私の胸の真ん中を人差し指でとん、と突くと、確信を持って言った。

「それはお前が、妹よりも優れた魔法使いになることと同義だ」

――私が、ローゼマリーの上をいく……？　〝主人公〟である妹の？

呆気に取られて、次の瞬間には心臓がとくとくと早鐘を打ち始めた。

「な、なれると思いますか？」

声がうわずりそうになりながら訊ねる。

自分は主役じゃない。〝脇役〟だ。そう思って生きてきたからこそ、ローゼマリーよりも優れている自分なんて想像もつかない。けれど、王宮魔道士にすらなれると言われた妹よりも、すごい魔法使いになれたなら……？

――私は、私だけの人生を歩めるかもしれない。

すると、カイは片眉を吊り上げて鼻で笑った。

「できる、できないはすべてお前のやる気次第だ。お前はどういう自分になりたい？　言っただろう。魔法は想像力だと。明確な目標を掲げることが大事だ」

私はごくりと唾を飲み込むと、ドキドキしながら考えを巡らせた。

自分に魔力があるとわかった時の喜び。遠い昔に読んだ絵本。幼い頃から育んできた憧れ。

私の理想。――そう、そうだ！

「カイ、私……かっこよくて、優しい魔法使いになりたいです！」

「ほう？」

「とっても強いんですよ。誰かの危機には派手な魔法を使って助けます。魔法の薬も、おまじないも強力で、みんなから頼られる素敵な魔法使い……！」

誰の干渉にも左右されず、しっかりと大地に根を下ろしている。

そんな魔法使いに私はなりたい！

「……クッ」

すると、私の願いを聞いたカイは小さく噴き出した。

青く輝く瞳を和らげ、屈託のない笑みを浮かべる。

——あれ。

その瞬間、私の心臓がとくんと高鳴った。

カイの瞳の奥に垣間見えた光の温かさに、刹那の間、見蕩れる。

「よく言ったぞ。そこまではっきり言えるなら……きっとなれるさ」

先ほどまでとは打って変わって、優しさが滲んだ声で呟いたカイは、近くにあった椅子にどかりと座った。長い脚を組んで不敵な笑みを浮かべる。

「なるほど、理解した。お前が望むのなら、この俺が導いてやるのもやぶさかではない。その呪いにも興味があることだしな。任せておけ。なにも不安がることはない。お前の目の前にいる男は――」

カイは長い脚を組み替えると、ふてぶてしい表情になって言った。

「天才だからな」

「…………」

自信たっぷりに言い放ったカイを、ポカンと見つめる。

――い、今のは……冗談、じゃないよね？

私の視線を真っ正面から受け止めてなお、カイに恥じる様子はない。

紛れもなく、本気で自分を天才だと思っているらしい。

「さて、どうする？」

「……よ、よろしくお願いします……？」

思わず疑問形になりつつも頭を下げる。

すると、カイは心底愉快そうににんまりと笑んだ。

「そうか、そうか。では、今日からお前は俺の弟子だ。滅多にないことだぞ。なにせ天才には
やることが多い。本来ならば弟子をとる暇などないのだ。だが、研究所の片付け要員を探して
いたところだったからな」

「へっ……？」

「十年間幽閉されていたんだろう？　体力も落ちているだろうし、掃除なんかはいい運動にな

るだろうよ。早速、明日からはどうだ。本来なら、授業料をせしめるところではあるが、妹であるし家事奉仕で勘弁してやろう。ああ、俺はなんて寛大なんだ！」

「ちょっ……まっ……！」

――私がなにも言わないうちに、ドンドン話が進んでいる……！

このままでは、大変なことになりそうだ。

戦々恐々としていると、机に向かって座ったカイは、分厚い本に目を通しながら、こちらに一瞥もくれずに言った。

「さっそくだが弟子」

「で、弟子……」

「お前の歓迎会とやらで出た料理を後でここに持ってこい。それとヴィクトールには欠席だと伝えておいてくれ。俺は行かない。なにせ、重要な研究の続きがある。ぜっっっったいに行かないからな！」

「ええええ……？」

いきなり駄々をこね始めたカイに、私は困惑しきりだ。

すると突然、研究所の扉が開いた。

ガラン、ガラン！　とドアベルが悲鳴のような音を上げて、闖入者を迎え入れる。

「オッスー！　そろそろいいッスかね。歓迎会の準備ができたッスよ！」

「なんだ、相変わらずここは汚いな！　部屋の汚れは心の乱れ！　片付けろ、カイ！」

「あら、やだ！　リリー、そんな埃っぽいソファに座るんじゃないの！　せっかくのかわいい服が台無しじゃない！　こっちにおいで。綺麗にしてあげるから……！」

入ってきたのは、ヒューゴたち三兄弟だ。

ドヤドヤと部屋の中に入ってきた彼らは、好き勝手なことを言っている。

三人を見た途端、カイは整った顔を引き攣らせると、勢いよく立ち上がった。

「お、お前ら……！　なにをしに来た！　帰れ。頼むから帰ってくれ……！」

「ウォン！　ウォン！」

白狼が激しく吠え立てる中、カイは真っ青になってあわあわしだす。

彼のあまりの豹変ぶりにポカンとしていると、ドサドサと雪崩《なだれ》のような音が聞こえた。

「あああああああああああああああああああっ！」

その瞬間、カイの悲鳴が研究所の中に響き渡った。

彼の視線の先にあるのは、見るも無惨に崩れた本たちだ。

「あ、悪ィッス」

犯人であるヒューゴは、軽く謝るだけで悪びれる様子もない。

その横で、ヴィルハルトは好奇心で目をキラキラさせながら、カイが触るなと口酸っぱく言っていたまじないを弄っている。

「おお……綺麗なものだな。なんだこれは！」

「そ、そのまじないに触れるな馬鹿……！　それは五年がかりで星明かりを集めた石……ああっ！　位置を変えるな愚か者！　法則がバラバラになるだろうが！」

「ん？　なんだ？　なにか言ったか、カイ。この青い石もらってもいいか？」

「いいわけがないだろう……！　その石にどれだけの価値があると思っている……！」

「えっ、ガラス玉じゃないのか？　近所のガキどもにあげようかと思ったのに」

「……めまいが」

がくりとその場に膝をついたカイに、そっとシリルが近寄って行った。

彼はポン、とカイの肩を叩くと、にっこりと慈愛に満ちた笑みを浮かべる。

青白い顔をしていたカイは、ホッとした様子でシリルに手を伸ばした。

もしかしたら、他の兄弟をたしなめてくれるかもと思ったのかもしれない。

「ひっ！」

しかし、その期待は淡くも消え去った。

シリルはカイを後ろから羽交い締めにすると、素早く他のふたりに目配せをしたのだ。

「ほら、あんたたち早く！」

「シリル兄ィ、了解ッス！　カイ、観念するッスよ～」

「暴れるなよ。ひ弱なお前が、日々鍛錬を重ねている私たちに敵うと思うな」

「おい！　お前ら！　い、いいいい、いったいなにを……！」

ヒューゴとヴィルハルトはカイの足を持ち上げると、素早く立ち上がった。

「やめろ、離せ！　この天才をなんだと思っている！」

真っ青になって叫んだカイに、シリルはにっこりと美しい笑みを湛えた。

「うるさいわね。アンタは黙って抱えられていりゃいいの。リリーがアタシたちの妹になるっていう大事な日のお祝いよ？　アンタだけ欠席なんて絶対にありえないわ！」

「いや、俺には大事な研究が……」

「そんなもん、明日やればいいでしょう。末っ子はとことん甘やかす！　シュバルツ家の鉄の掟のためにも、必ず来てもらうわよ……！」

「やめろ。俺には関係ない。絶対に行かないぞ！　行かないんだからな……！　やめ……っ、う、うわあああああああああああっ！」

カイの抵抗もなんのその。三人は、慣れた様子で研究所を出て行ってしまった。

「……あちゃあ」

私はその場に立ち尽くすと、途端に静かになった部屋で苦笑をこぼした。

「なんというか……本当にアクの強いお義兄様たちだわ……」

「ウォン！」

そんな私の独り言に答えるかのように、白狼が大きな声で吠えた。

ちょこんとお座りした白狼は、期待に満ちた瞳で私を見上げている。

もしかしたら、彼も歓迎会のご馳走を楽しみにしているのかもしれない。

「じゃあ、私たちも行こうか！」

私は白狼の頭を撫で、ゆっくりと歩き出した。

研究所を出ると、世界は茜色に染まっていた。

思わず筆を執りたくなるほどに美しい夕陽。

眩しいくらいに光に満ちあふれた世界だ。

あの昏い地下牢からは、絶対に見られない光景である。

――新しい人生が、本当に始まったんだ……。

「いつか……かっこよくて、優しい魔法使いになれたらいいなあ」

私はぼんやりとその光景に見蕩れると、じわりと涙を滲ませながら、軽い足取りで大騒ぎしている兄たちのもとへと向かったのだった。

挿話　夜深の会合

月のない夜は、シュバルツ家の屋敷は闇に沈む。

なにせ、夜目が利く獣人である彼らは、あまり明かりを必要としていないからだ。

しかし、ここ最近は屋敷の一角には煌々と明かりが灯されていた。

そこには、つい一週間ほど前に家族の一員となった少女の部屋がある。

少女は人間であるから夜目なんて利かない。絶対に明かりが必要だし、さらには少女に対して過保護過ぎる男たちによって、必要以上に松明《たいまつ》や蝋燭が用意されていた。

まるで昼間と見紛うばかりの一角の反対にあるのが、屋敷の主であるヴィクトールの部屋だ。

今宵《こよい》は、その部屋に幾人かの客人が訪れていた。

「いやあ！　驚いたよ。カイの言う通りクライゼ家の家系図を調べたら、本当にリリーという少女がいた。五歳の頃、魔法の才を見いだされて養女になったようだね！」

客人のひとりは壮年の男だった。男はやけに芝居がかった仕草で手を広げると、舐めるように酒を味わっているヴィクトールに微笑みかけた。

「だが、屋敷に働いている者は誰も彼女の存在を知らない。クライゼ当主はもちろん、侍従、洗濯女から出入りの業者まで話を聞いたが、誰ひとりとして、だ！　なんとも用意周到なことだね。……が、家系図を書き換えるほどの頭はない。いやそれとも、そこまでする必要を感じなかったのかな」

「ハッ！　そんなもんどっちでもいい。それで、呪いをかけた奴の名前は？」

「ローゼマリー。リリー嬢の双子の妹だ。今は、魔法学園に通っているようだね。そりゃあそうだ。我が国に住まう魔力持ちは、十六歳になると漏れなく魔法学園へ行かなければならない。あの子も、本当なら今頃楽しい学園ライフを送っていたというわけだ。かわいそうに。リリー嬢は当然の権利すら奪われてしまったんだね！」

「…………」

ヴィクトールは、男の言葉には応えずちびちびと杯を傾けている。

しかし獅子らしい筋骨隆々のしなやかな体からは、陽炎《かげろう》のような怒気が立ち上っていた。およそ並の人間であれば、恐怖のあまり逃げ出したくなるに違いない。

だが、男はそれをまったく意に介していない。よほど肝が据わっているのか、それともヴィクトールの怒気など気にする必要がないほどに実力者なのか。どちらなのかは判断しかねるが、彼はペラペラと上機嫌に話し続けている。

「ローゼマリー・フォン・クラウゼ。どこかで聞いた名前だと思ったんだ。調べてみたらね、うちの諜報部がピックアップしていた人物だった」

「――諜報部？」

「ああ、そうさ！　ヴィクトール、君もご存じのとおり、我が国の諜報部は非常に有能でね。この国のことなら隅から隅まで把握している。要注意人物のあぶり出しだってお手のものさ。例えば――不自然なほどに優秀すぎる魔力持ちの少女とかね。もちろん、血を分けた双子の姉だって対象さ」

「とんでもない！」

ヴィクトールは指先で杯の中の氷を弄ると、ジロリとその人物を睨みつけた。

「お前は、あの子が他国のスパイの一味かなにかかと思っているのか」

怒気のなかに仄かに殺気が滲む。男は、即座に否定の意思を示した。

踊るような軽やかな足取りでヴィクトールのそばに寄ると、胸に手を当てて礼をする。

「あのリリーという少女に関しては、僕はなんの含みもない。獣人の大英雄に対して、嘘や偽りを述べるなんて恐ろしいことはしないよ。僕はあなたの力になりたいんだ。わかってくれ」

「……チッ！　相変わらず、うさんくせえ男だ。弟とは全然違うな」

「ハッハ！　それは褒め言葉と受け取っておくよ！　……それで、カイ」

陽気に笑っていた男は、一転して声のトーンを落とした。

星明かりのみが差し込む部屋の中で、最も闇が濃い部分に立つ人物に声をかける。

「彼女は本当に呪い返しを拒否したんだね？」

「………………」

その言葉を受けて、カイは一歩前に踏み出した。

暗闇の中で、彼の青い瞳だけが不自然に煌々と光っている。

「殺すよりも忘れたい。そう言っていた」

温もりの欠片もない。どこまでも平坦な声。

リリーが聞いたら別人のものだと判断しそうなほどの声色に、その人物は小さく頷きを返すと、再びヴィクトールに向かい合い——。

「それは僥倖《ぎょうこう》だ！　僕としては、かのローゼマリー嬢に死なれてもらっては困るのでね。互いの意見が一致して本当によかった。万が一にでも呪い返しをすると言い出したら、この僕の全力で以て——」

くすりと笑みを浮かべる。

「あの子を排除しなければならないところだったよ」

その瞬間、鋭い切っ先がふたつ、男の首もとに突きつけられた。

ひとつは、ヴィクトールが手にした短剣。もうひとつは……カイが握る短杖だ。

「あの子は俺らが〝拾った〟んだぜ？　てめえ、わかっているんだろうな」

「…………」

「おやおやおや！　冗談だよ。冗談。ハッハ！　相変わらず身内には過保護だね！」

男はパッと両手を挙げると、戯《おど》けるようにふたりから距離を取った。しかし、星明かりに照らされた顔からは、わずかに焦りが見て取れる。

「失礼した。ローゼマリー嬢の存在は、僕の計画に必要なことだったからね。少々、口が過ぎたようだ。いやはや、本当にあなたがたは慈悲深いね。森で拾った子どもにそれほどまで情をかけるなんて、普通ならばできないことさ！」

クスクス笑った男に、ふたりはそれぞれの武器を仕舞い、顔を顰《しか》めた。

ガリガリと頭をかいたヴィクトールは、窓の外へ視線を投げる。

遠くには、まるで夜を忘れたかのように明るい部屋が見える。そこにいるはずの、放って置けばすぐにでも死んでしまいそうな少女に想いを馳せた。

「別に。あの子だけが特別だってわけじゃねえよ。俺は——誰かが誰かを〝捨てる〟のが心の底から嫌だってだけだ」

「……そうだったね」

男はヴィクトールに微笑みを向けると、舞台役者のように気取った礼をして言った。

「迂闊だったよ。非礼を詫びさせてくれ。年月というのは残酷なものだね。絶対に忘れまいと心に誓ったことすら薄れさせる。そうだ、改めて心に刻もう。この僕という存在そのものが、あなたのその御心に救われたのだと」

そして晴れやかな表情で顔を上げると、闇夜の中でも青灰色の瞳を爛々《らんらん》と光らせている獅子の獣人へ、まるで誓いの言葉を述べるかのように言った。

「血で汚れ、思惑と死の匂いが充満するあの場所で、僕もまたあなたに〝拾われた〟んだ。絶対にその恩に報いてみせる。そのためならなんでもするさ」

「…………。チッ！」

するとヴィクトールは苦々しげに舌打ちをした。

「とんでもねえもんに懐かれちまったもんだ」

「ハハハ！　それは褒め言葉として受け取っておくよ！」

男は心から愉快そうに笑うと、くるりと踵を返した。

「さて。必要な話は済んだようだし、そろそろお暇《いとま》しようかな！」

「なんだ？　泊まっていかねえのか」

「ありがたい申し出だが、色々と立て込んでいてね。なにせ……例のローゼマリー嬢が思ったよりも〝お転婆〟なもので、少々手を焼いている」

男は沈黙を守っているカイの隣に立つと、ポンと肩に手を置いて言った。

「リリー嬢だが、君のところで魔法の修行をしているんだって？　それはいいね！　ぜひとも頑張っていただきたいものだ。あのローゼマリー嬢の姉だ。さぞかし優秀なんだろう？」

「……そんなことはない。アレは俺と違って凡人だ」

「なんと！」

わざとらしく驚いて見せた男に、カイはため息をひとつこぼした。

「どうせ、誰かに見張らせているんだろう。わざわざ聞くな。面倒だ」

「それはそうなんだがね。直接本人から聞くのとは、情報の〝鮮度〟が違う」

カイは渋い顔をすると、まるで虫を払うかのようにヒラヒラ手を振った。

「不愉快だ。早く帰れ。あの娘は、お前が興味を持つような人材ではない」

「ふうん？　そうだね。そうだろうね。今・の・と・こ・ろ・は・ね――」

男の言葉に、カイの頭上の耳がピクリと反応した。

無言のまま睨みつけてくるカイに、男はまるで友人に向けるような気安い笑みを浮かべると、ヒラヒラ手を振って再び出口へ向かって歩を進める。

その瞬間――ぬらりと部屋の隅の闇が動いた。

姿を現したのは、全身を給仕服で固めたひとりのメイドだ。

彼女は足音ひとつ立てぬまま、男の後に続いた。

パタン、と静かに扉が閉まると、残された獣人ふたりは盛大に息を吐いた。

「……クッソ疲れたぜ……」

「同感だ。ヴィクトール」

そして互いに苦笑を浮かべると、同時に窓の外へと視線を向けた。

普段よりも濃厚な闇が世界を覆う新月の夜。

「カイ。あの娘を守ってやれよ」

「……わかっている」

煌々と明かりが灯されたその一角は、まるで伝説の黄金郷のようだと、ふたりはどちらともなく思ったのだった。

第四話　精霊の踊り手

ヴィクトールの領地である魔の森は、まさに初夏を迎えようとしていた。

緑の葉は日を追うごとにその色を濃くしていき、春に生まれた雛たちは、一人前の顔をして森の中を飛び回る。朝露でキラキラ輝く森は、命の息吹で溢れていた。

夏は領民たちにとっても嬉しい季節だ。日々の糧を求めて毎日のように森へ赴き、木々を切り開いて作った畑では、多くの野菜が実りの時期を迎えている。

それらは領主の館からほど近い広場で売られ、景気のいい声があちこちで飛び交う。

人々は色鮮やかな夏の恵みに感謝し、穏やかに笑いさざめく。

それが鬱蒼と茂る森の中にあるシュバルツ領の、夏の始まりの光景だ。

そんな中、私とヴィクトール、そして三兄弟は広場へ〝視察〟に訪れていた。

「おう、お前ら。調子はどうだ」

「ヴィクトール様。おかげさまで売り上げも上々です」

「今年は作物のできがよくて！　味もいいと評判なんですよ！」

「そりゃあよかったな。景気がいいのはいいことだ！　なにか問題があったら言えよ」

「はい、ありがとうございます！」

ヴィクトールが声をかけると、商人らしき男たちは感涙に瞳を滲ませて頭を深く下げた。

会話が終わったのを見計らったかのように、今度は別の人々が集まってくる。

「領主様、ヴィクトール様！　どうか、こちらの品を」

「こないだ、うちの娘に子が生まれたんだ！　名付け親になってくれねえかね、伯爵様！」

「聞いてくださいよ、ヴィクトール様。うちの亭主ったらね」

「おお、おお。わかった、わかった。とりあえずひとりずつ話を聞くからな。落ち着け」

丁寧に対応するヴィクトールに、領民たちは心からの笑顔を向けている。

そんな義理の父の様子を、私は少し離れた場所から見守っていた。

「お義父様って、すごくみんなに好かれているんですね……」

すると、ヒューゴは心底嬉しそうに胸を張った。

「そうッスよ。親父ほど領民から慕われてる領主を他に知らないッスね」

「本当！　お養父様と領地を巡ったこともありますけど、こんなに人が集まってくることはなかったです……！　それだけ愛されてるってことですよね」

すると、私を抱っこしていたシリルが教えてくれた。

「そりゃあそうよ、ここの領民たちは、お義父様が傭兵時代から面倒を見ていた人たちが多いからね。恩に報いようと、みんな一生懸命なんだわ」

「えっ？　お義父様は傭兵だったんですか？　だって、今は貴族でしょう？」

それも伯爵だ。貴族の中でも低い位だとは言い難い。

「われらの父上は、それだけ偉大な方だということだ。リリー」

ヴィルハルトは言った。

——ヴィクトールは、獣人の〝英雄〟なのだと。

このリスリム大陸における獣人は、いわゆる先住民だ。

数百年前。外海からやってきた人間に侵略され、彼らは住み慣れた土地を追われた。

家を燃やされ、畑を壊され、あらゆるものを搾取された。その際に、獣人たちは人間にひどい扱いを受けたのだ。人身売買は当たり前。街の中に住むことは許されず、外壁の外で眠ることを強いられた。一時は、獣人を殺しても罪にならなかったらしい。

身体的特徴は違えども、人間も獣人も同じ人類だ。であるというのに、同じ生き物のようには扱われなかった。今思うとひどい話だ。しかし、これはれっきとした史実である。

数百年経った今はそうではない。

長い歴史の中で、獣人たちは己の権利回復に努めてきた。

彼らの境遇がいまだに国ごとに異なるのは事実だが、この国では獣人と人間は等しく同じ権利を有するとされている。

しかし、それが通用しないのが貴族社会だ。

血筋をなによりも尊重し、矜持で凝り固まった貴族の間では〝獣人は人間よりも劣っている〟という考えが今もなお主流であるらしい。

獣人の社会進出は進んではいるものの、貴族社会に属した獣人は、ヴィクトール以前にはいなかった。だから、彼は〝英雄〟であり、獣人たちの憧れの的なのだ。

「お義父様ってすごいんですね……！　でも、どうして伯爵になれたんですか？」

「先の戦乱のことは知っているか、リリー」

「あ……はい。十五年前に終結した、大陸中を巻き込んだ大戦乱のことですか？」

「そうだ。大陸中を焼き尽くしたと言われるかの戦乱で、幾度の侵攻に耐え、我が国の領土を守り抜き、国民に多大なる利益をもたらしたのが、今代の王。そしてかの王の剣と評されたのが父上だ。父上はその功績を認められて、王より伯爵位を賜った」

「当時、ものすごく荒れたらしいわよ〜。獣人ごときに、爵位は相応しくないとかなんとか。保守派の貴族たちが大騒ぎして王宮は大変だったみたい」

「でも、さすが〝賢王〟ッスよね！　ちゃんとそこんとこを考えて、この〝魔の森〟を親父の領地にしたんスから！」

貴族になったからには、領地が与えられるのが通例だ。しかし、獣人であるヴィクトールを貴族にすることへの反発を鑑みて、今代の王はここを領地として与えた。

誰も欲しがらない〝厄介な〟土地を、体面的には〝押しつけた〟形を取ったのだ。

「この場所は龍脈の要所にあって、大量の魔力が噴き出すんッス。そのせいで定期的に魔物が湧いてくるから、近隣の領主も頭を悩ませていたみたいッスね。しかも、樹齢何百年っていう馬鹿デカイ木ばっかりで、開墾しようにも労力が馬鹿にならない。貴族たちからすれば、厄介極まりない場所だったんス。そこで王は、ここを親父に領地として与え、管理させることにしたんス。貴族たちは大笑いしたらしいッスよ。貧乏くじを引かされたって、だ～れも爵位を反対しなくなったそうッス」

「へぇ……」

〝賢王〟と呼ばれるだけあり、今代の王はなかなかに頭が切れる人物らしい。

爵位を与えられると、傭兵団の頭領として名を挙げていたヴィクトールは、自身の仲間たちを引き連れて魔の森の開墾に乗り出した。それが十年前のことだ。この領地の住民は、もれなく傭兵団の関係者か、それ以降に移住してきた者たちで大半が獣人だ。

その時点で、すでに獣人の〝英雄〟として知られていたヴィクトールに悪感情を抱く者はそうそういない。だからこそ、あれほど慕われているのだそうだ。

でも――。

「せっかく伯爵になったのに、そんな大変な場所を押しつけられるってひどい気がする……」

いくら他の貴族たちの不満を解消するためとはいえ、伯爵位を与えるまで活躍した人物への境遇としてはあんまりではないだろうか。そんなことをつらつら考えていると、シリルはどこか悪戯っぽく笑って教えてくれた。

「そんな顔をしなくても大丈夫よ。獣人からすれば、ここは最高の場所だったんだから」

「そうッス！　なにせ魔の森は……獣人にとっての〝聖地〟なんスよ！」

その時、集まっていた群衆の中から歓声が起こった。

なにごとかと視線を向けると、ある人物がヴィクトールへ向かって頭を垂れている。

それは老女だった。小麦色の大きな耳、ふんわりとした尻尾から見るに、狐の獣人のようだ。細く長い吊り目には、どこか人を食ったような雰囲気がある。

骨で作った装飾を全身に身につけ、森の緑を思わせる独特な文様が描かれた麻の服を纏ったその人は、長い袖で隠れた両手を合わせると、やや癖のある口調で語り始めた。

「英雄殿、今年も精霊祭の時期が近づいて参りました。われら森の巫女《みこ》は、粛々と、かつ順調に準備を進めておりまする」

「おお、祭祀アンニーナ。もうそんな時期か。去年の祭りは素晴らしかったな！　まるで昨日のことのように思い出せる。今年も期待しているぞ」

「ありがたいお言葉。誠心誠意、素晴らしい舞いを捧げられるように努力して参りまする」

アンニーナが深く頭を垂れると、集まった領民たちが笑顔になった。「楽しみだ」とか「酒を飲みすぎるなよ」なんて軽口をたたき合って、どこかソワソワしている。

「精霊祭ってなんですか？　シリルお義兄様」

「獣人の神様に一年の感謝を伝えて、また新しい一年を健康に暮らせますようにって祈願するお祭りのことよ。ここ魔の森では毎年行われていて、その時期は大陸中の獣人たちが集まってくるの。ほら、さっきも言ったでしょう。ここは〝聖地〟だって」

「オレたち獣人は、この森で生まれたって伝承があるんスよね」

「ああ。この森は我々獣人にとって、先祖代々続く信仰対象だ。だからこそ、人間に奪われるわけにはいかなかった。父上がここの領主になったことは、獣人にとって非常に意味のあることだったと思う」

彼らの説明を聞き、ようやく合点がいった。思わず熱い息を漏らす。

「……はああ。それってつまり、他の貴族の目を眩ませるのと同時に、王は多大なる戦功を稼いだ傭兵団と獣人の英雄を。お義父様はお義父様で、獣人にとって一番重要な場所を手に入れたってことですよね？　なるほど。すごいなあ……」

——双方にとって利益しかない。こんなことができるんだ……！

なんとも巧みな政治的手腕にうっとりとしていると、シリルたちが驚いたような顔で自分を見ているのに気づいた。

「な、なあに……？」

思わず怯えの混じった視線を向けると、彼らは一様に苦笑を漏らした。

「いやあ。アンタが十六歳だってこと忘れてたわ……」

「見た目ちっちゃい子ッスもんね。いきなり裏の思惑まで読んだんでビビったッス」

「いやいや、幽閉されていたんだぞ。その間、ろくな教育も受けられなかっただろうし、もしやこれは地の頭がいいということでは……？」

ヴィルハルトの言葉に、シリルとヒューゴはハッと目を見開いた。

そして三人で手を合わせると、しみじみと深く息を吐く。

「うちの末っ子が優秀すぎる……‼」

その瞬間、彼らの背後にぶわわっと花が散ったように思えた。

――ああ、また始まった！

ここ最近、よく見られる〝甘やかし〟の兆候に警戒心を露わにする。

〝末っ子はとことん甘やかす〟

それは、シュバルツ家に伝わる鉄の掟――。

彼らは実に掟へ従順だった。甘やかしという名目のもと、散々褒め殺しをされてきた私は、今日こそは殺戮《さつりく》を事前に防ごうと決意を固くする。

「な、なに言い出すんですか、お義兄様。私が優秀なわけないです。見て！　優秀っぽさなんて欠片もないでしょう？」

そうだ、そうなのだ。優秀なのは妹で私ではない！

褒められるのは嬉しい。甘やかされるのも悪い気はしない。

けれど――十年間の幽閉生活を経た私は、誰かに構われ倒すということにまったくの耐性が

なかった。くすぐったくて、ふわふわしてたまらなくなるので勘弁してほしい！

だから、優秀なんかじゃないぞと胸を張る。すると三人の兄の顔がデレッと緩んだ。

「ひい、うちの末っ子がかわいい。照れてる顔までかわいいわ！」

「ほっぺがリンゴみたいッスね～！　かわいいから、飴ちゃん買ってあげるッスよ～」

「ぬっ！　ヒューゴ、ズルいぞ！　私も妹になにか買ってやりたいのに！　ええい、売店の肉焼きを買ってやろう！　腹いっぱい食え！」

「アンタら馬鹿ね～。女の子には肉よりオシャレよ！　あっちに装飾品の店があるから、一緒に見に行きましょうね～。その白くてふわふわな髪に似合う髪飾りを買わなくちゃ！」

どうやらそれは逆効果だったらしい。さらにボルテージを上げた義兄たちは、近くの売店から商品を山ほど購入すると、興奮気味に私の手に色々と握らせ始めた。

……うっ！　飴はともかく肉串は勘弁して！

「ま、待って！　お義兄様がた、冷静になって……！」

必死に抵抗を試みる。

しかし体格もなにもかも彼らに劣っている私は、ただただ甘やかしに翻弄されるのみだ。

「泣きそうな顔までかわいいッス！」

「肉串を拒否する態度もかわいい！」

「うちの子が世界一かわいいわ！」

「ひえええええ……」

なでなでなで。三人がかりで頭を撫でられて目が回ってきた。

――甘やかすって言っても、これじゃ小動物扱いじゃない……！

内心とても複雑に思っていると、そこにどよめきが届いた。

「え……？」

慌てて声がした方に目を向けると、アンニーナと呼ばれた老女の隣にひとりの少女が立っているのが見えた。深くフードを被っていて、表情はよく見えない。

領民たちは、少女にどこか不安げな視線を向けていた。なにかあったようだ。

「……本気か？　アンニーナ」

いつになく深刻な表情のヴィクトールに、アンニーナは鷹揚に頷いた。

「もちろんでございますする。精霊祭での踊り手は、森の巫女の中で最も優れた者が務める決まりとなりますれば、適任はこの者しかおりません」

すると、少女が一歩前に踏み出した。

フードを下ろす。癖が強い赤茶の髪がこぼれ、日に焼けた浅黒い肌が姿を現した。

少女は十代後半くらいに見える。吊り上がった赤い瞳。頬にはソバカスが散っていて、どことなく気の強そうな印象がある。少女の持つしなやかな肢体は、それだけで人の目を集めるほどに魅力的だ。しかし私は、少女のある部分に目が釘付けになっていた。

そう、少女の頭には、獣人の証たる獣の耳がなかったのだ。

「……人間……？」

ぽつんと呟くと、義兄たちの表情が曇ったのがわかった。

──聖域。獣人にとって大切な神事。信仰対象。人間に迫害されてきた過去を持つ獣人たち。

それらが導く答えは……。

ギュッと胸が苦しくなって、シリルに抱きつく力を強める。

どうやら私の推測は当たっていたようだ。獣人たちの間からは動揺の声が漏れている。

「……おい、本当に踊り手を人間がやるのか？　神聖な祭りを穢すことになるのでは」

「ハハッ！　アンニーナも耄碌《もうろく》したか。こんなの冗談に決まっている」

「どうするんだ。万が一にでも精霊様がお怒りになったら！」

広場に不穏な空気が流れる。しかし、少女は堂々としたものだった。優雅な仕草でその場に膝を突くと、改めてヴィクトールに頭を垂れ、言った。

「お久しぶりです、ヴィクトール様。このマルグリット、あなた様に拾っていただいたご恩に報いるためにも、誠心誠意役目を務めさせていただきます」

さらにどよめきが大きくなる。

「………………」

そんな中、ヴィクトールはただただ無言でマルグリットを見つめていた。

＊

「人間が踊り手をやるって、やっぱり複雑なものなんですか？　師匠」

「当たり前だろう。強者は弱者を虐げていたことを簡単に忘れるが、弱者は受けた仕打ちを忘れることはない。たとえ、マルグリットとかいう娘がどれだけ美しい踊りを披露しようとも、その者が人間である限りは、獣人主体のコミュニティからすれば異物に違いないからな。アンニーナも面倒なことを考えたものだ」

「そういうものですか……」

「そういうものだ」

その日の昼下がり。私はカイの研究所にお邪魔して、ひたすら作業に勤しんでいた。

ぷちん、ぷちんと地道に緑色の鞘から虹色の豆を取り出す。

これはカイの魔法薬作製に必要な材料だ。白狼――ヴァイスという名前らしい――を隣に侍らせ、山のように積まれているそれに臨む。せっせせっせと手を動かすが、一向に減る様子がない。爪が真っ黒になって、正直なところちょっぴり心が挫けそうだ。

「特に伝統芸能となると喧《やかま》しいのが増えて困る。古来からのしきたりだの、慣例だの。変に熱くなる奴らが多いからな。ああ、嫌だ。面倒ごとが起きそうで吐き気がする」

そんな私の近くで、カイはひとりお茶を嗜んでいた。黒縁眼鏡をかけて、床には山ほどのクッション。そこに寄りかかって分厚い本を眺めながら紅茶を口にしている。フッドレストに足を乗せて飲んでいるのは、お養母様がとっておきだと以前言っていたのと同じ高級銘柄の紅茶。なんとも優雅な午後のひとときだ。

それなのに――彼の行動がすべてを台無しにしていた。

カイは、お茶が溢れそうなほどに大量の砂糖を入れていたのだ。

「いっ……」

水面から砂糖の山のてっぺんが顔を覗かせるレベルの暴挙に、思わず顔が引き攣る。澄ました顔をして、スプーンでかき混ぜてはいるものの、明らかにカップの底に砂糖が溶け残っていて、見ているだけで歯に染みそうだ。

「まあ、そういう厄介ごとを調整するのも領主の役目だ。上に立つ者の宿命だな。仕方ないだろう。それ相応の対価を得ているのだし」

お茶を啜《すす》ったカイは、眉を微かに寄せた。どうやら砂糖が足りなかったらしい。

再びシュガーポットに手を伸ばしたのを、さりげなく阻止する。

「し、師匠。病気になっちゃうから駄目です」

サッと仔犬の形をしたかわいいデザインのそれを背中に隠して取れないようにする。するとカイはあからさまに不機嫌な顔になった。素知らぬふりをして会話を続行する。

「師匠だって上に立つ者の一員ですよね？　義理とはいえ領主の息子なんですから」

「たまたま父になった男が、勝手に爵位を得たのだ。俺には関係のないことだろうが。まったく、ヴィクトールも面倒なことをしてくれたものだ。傭兵団に紛れていれば、色々と便利だと思っていたのに、こんな森の奥に落ち着かれてしまった」

「ここは獣人にとっての聖地だと聞きました。師匠も獣人ですし、嬉しくないんですか？」

思わず首を傾げると、カイは少し遠くを見た。片眉を吊り上げて鼻で笑う。

「……俺は信心深い方ではなくてな。正直どうでも――いいっ！」

「あぁっ！」

すると、カイはなに食わぬ顔をして私の手からシュガーポットを奪った。

にやりと不敵な笑みを浮かべると、鼻歌交じりに砂糖をカップに追加する。

紅茶の海に沈み、脆くも崩れていく砂糖の末路を目にしてしまった私は、ついつい非難めいた声を上げた。

「もうっ！　シリルお義兄様に、お砂糖は控えなさいって言われていたじゃないですか！」

「子どもじゃあるまいし、糖分の量くらいは自分で管理できる。口うるさいぞ、リリー。あまりしつこく言うようなら――」

上機嫌でカップをかき混ぜていたカイは、ちらりと視線を上げた。

その瞬間にギョッと目を剥く。

「……うう……」

なぜならば、私が今にも泣きそうな顔になって黙り込んでいたからだ。

「ちょっ、待て。ああもう、まったく！」

カイはカップを放り出して私に近寄ると、素早く抱き上げた。

強く抱きしめて、背中をポン、ポンと叩く。

「悪かった。言いすぎた。大丈夫だ。絶対に〝捨てない〟から……」

「わかってます。わかってますし、な、泣いてません。泣いてませんから！」

慌てて否定すると、カイは盛大にため息をついた。

「この馬鹿者め。全然、ごまかせていないからな。この程度で泣いていたら、またシリルやらヒューゴやらに赤ちゃん扱いされて、人形のごとくかわいがられるぞ」

「そ、それは嫌です……！　ううう……っ！」

「おいっ！　泣き止めと言ったのになんで泣く⁉　涙を止めろ、洟をかめ。あああ、俺はアイツらと違って泣く子どもの相手の仕方なんて知らんのだ！　ヴァーイスッ！　そこに伏せろ、リリーの抱き枕になれ。文句は言わせんぞ。後で上等な骨をくれてやる！」

「ウォン！」

カイにヴァイスがいる方にポイッと投げられて、そのふかふかの白い毛に埋もれる。

「くうん？」

すかさず、私の頬をヴァイスが舐めた。それがどうにもくすぐったくて。

同時に、あまりにも涙もろい自分が逆におもしろくなってきた。クスクス笑う。

そんな私を、カイは呆れ混じりに見つめている。

「まったく。これではいつまで経っても魔法の修行が始められないぞ」

「うっ……！　それは嫌です……」

「だから泣くなと言っただろう。……はあ。前途多難だな」

――この家に来てから一カ月が経過した。

魔の森に捨てられ、ヴィクトールに拾われた私は、以前とはまるで違う色鮮やかな日々を過ごしていた。十年間、外界から隔絶された世界で生きてきたのもあり、周囲の環境から与えられる刺激には戸惑うばかりだったが、徐々に慣れてきたようにも思う。

朝、目が覚めたら清潔な服に着替えられる。

お腹が空いたらご飯を食べられる。

眠るための綺麗なベッドがある。

たったそれだけのことだ。それだけのことがなによりも嬉しくて。

ここはまるで天国だ。枯れかけた花が、久しぶりに得た水を吸い上げていくように、慎重に色々なものを取り込んでいく。けれど――どうにも情緒が不安定で困っていた。

たいしたことでなくても、すぐに涙がこぼれる。哀しくなってしまう。

あの地下牢から出てきてから、まだ一カ月だ。まだまだ傷が癒えきらないのは理解できるのだが、さすがに自分のこととはいえ、うんざりする。

しかもこの状況は、私が掲げた〝かっこよくて優しい魔法使い〟になるという目標を達成するのにも支障をきたしていた。

「魔法を行使するのに絶対に必要となるのが、成熟した精神だ。子どものように癇癪《かんしゃく》を起こしているうちは、魔法を暴走させてしまう可能性があるからな。こんな状況では、初歩の初歩ですら危険で教えられんぞ。わかっているのか」

魔法は想像力。同時に、それをコントロールするのに必要なのが理性だ。だからこそ、王国では十六歳になってから魔法の教育を施す。貴族や裕福な家庭では、あらかじめ家庭教師を雇ったりもするのだが、その場合でも実践はそれなりに年齢を重ねてからだ。

「私、もう十六歳のはずなんですけどね……」

ため息と共にこぼすと、カイは嫌みったらしく口もとを引き上げた。

「六歳の間違いじゃないか？　うん？」

「師匠、意地悪……」

「フン。事実を言ったまでのことだ」

体は六歳のまま。けれど、心は十六歳。

きっと、この変調はそのチグハグさからくるものなのだろう。

体の幼さに、精神の成熟具合が見合っていないのだ。

それは理解できているのだが、頭でわかっていたとしても簡単に呑みこめる類いのものでもない。少しずつ慣らしていくしかないのだと思う。

その考えは、師匠でもあるカイとの共通認識だった。けれど――。

「早く魔法の修行がしたいです。座学と雑用ばかり。研究所もだいたい掃除し終わりましたし、実践に移りたいです……」

初めは、のんびりと魔法を学べればいいと思っていたのだが、憧れの魔法使いへの想いは募るばかり。入り口がすぐそこにあるというのに、いつまでも足踏みしていないといけないこの状況は、非常にもどかしい。

「私も、手から火とか出してみたい……」

「馬鹿者、今のお前には火花ひとつ出せるものか。大人しく魔道書でも読んでいろ」

こちらに背を向けたまま冷たく言い放ったカイに、私はぷくりと頬を膨らませた。

「低級魔道書なら、もう一冊丸暗記しましたよ」

「その熱意は認めるがな……」

「もどかしいです。師匠、新しい本をください。おもしろそうな本はありますか？」

「まったく、わかった、わかった。いくつか見繕ってやろう。難解で読みづらいのをな」

「うっ……難しいの……私に理解できるんでしょうか」

「いずれは読まねばならん本には違いないのだ、えり好みをしている場合じゃないだろう」

「そうですね」

しょんぼりと肩を落とした私を、カイは楽しげに見つめている。

「――お前ならできるさ。この天才は、不可能なことは要求しない」

「……！　は、はい」

私はパッと顔を赤らめると、照れ隠しにヴァイスの白い毛に顔を埋めた。

「頑張ります。時間はたっぷりありますもんね」

――ああ、新しい人生はまるで奇跡みたいだ。

魔法の修行が進まないのは嫌だし、不安に駆られることもまだまだ多い。

でも、私はシュバルツ家の人々にたくさん甘やかされて、大切にされて。今という時を思う存分満喫していた。それはなによりも幸せなことだ。たったひとつ――。

「……ッ、痛……」

右腕の痣が時々痛むことを除いては。

「くうん？」

「ヴァイス、大丈夫だよ……」

心配そうに鼻を鳴らしたヴァイスの頭を撫でる。

呪いが解けていないのだから当たり前だが、私の腕には、相変わらず黒い薔薇の呪いが染みついたままだ。

――妹は、まだ私を捜しているのかな……。

痣を摩《さす》って、ため息をこぼす。

呪いから解放されたい。そのためには、一刻も早く優秀な魔法使いにならないといけないのに、私の情緒がそうはさせてくれない。

体と心のアンバランスさは、私の未来へも暗い影を落としていた。

「早く体も大人になりたいな……」

ぽつりとこぼすと、ヴァイスの耳がピクリと動いた。

――カラン、コロン。

ドアベルが鳴って誰かが扉を開けた。入ってきたのは、ヴィクトールだ。

「邪魔するぜ！　カイ、暇か？」

「暇なわけがないだろう。なんの用だヴィクトール。適当な用事だったら容赦せんぞ」

「えっ。甘いお茶飲みながら読書してただけのような……」

「ワハハ！　そりゃ忙しいな。カイ、大丈夫だ。すぐに済む」

豪快に笑ったヴィクトールは、ニッと白い歯を見せた。

途端、カイの獣耳がピクピクと動く。

彼はヴィクトールの背後を睨みつけると、不機嫌そうに言った。

「……おい。まさかここに来たのは、お前の背後にいる娘の件ではないだろうな」

その時、ヴィクトールの背後からひょいと誰かが顔を覗かせた。

癖が強い赤茶の髪、日に焼けた浅黒い肌。ソバカスが散った頬に真っ赤な瞳。

ニパッと太陽みたいに笑うと、ヒラヒラ手を振って言った。

「やあやあ！　カイ兄さん久しぶり。あたしが来たらなにかまずかった？」

ヴィクトールはその人……マルグリットの肩を抱くと、鷹揚に頷いてこう言った。

「折り入って頼みたいことがある。悪いんだが、天才魔法使い様に手助けしてほしくてな」

瞬間、カイは盛大に顔を顰める。

「嫌な予感がしてたんだ……」

そして忌々しげに天を仰ぐと、大きくため息をこぼしたのだった。

＊

――精霊祭を成功させたいから協力してほしい。

ヴィクトールの申し出に、初めのうちカイは散々渋っていた。

忙しいだとか、大事な研究があるだとか……受けたくない理由がポンポン口から出てくるのには、逆に感心した。そんなカイの話を、「うんうん」と静かに聞いていたヴィクトールが、彼の肩をポンと叩いて「やってくれるよな？」と言った途端、苦虫を噛み潰したような顔になって了承したのにには驚いたけれど。

『この借りは絶対に返してもらうからな……！』

『ワッハハハハ！　お前ならなんとかしてくれるって信じてるぜ、カイ！』

まるで地獄の底から響いてくるような声で宣《のたま》ったカイ。それに陽気に笑って返すヴィクトール。ふたりの関係性は義理の親子というよりかは相棒のようで、私の知らないところで、しっかりとした信頼関係が築かれているのだなあと感じた。

というわけで、私たちはマルグリットと一緒に精霊祭の会場を訪れていた。

そこは、森の奥にある広場だ。獣人たちから「世界樹」と呼ばれている巨大な木のもとにあり、石で作られた円形の舞台が設置されている。

祭りの当日は、そこで巫女の踊りと共に神へと感謝を捧げるのだそうだ。

踊りが奉納されるのは日が沈んでから。明かりひとつない舞台の周りに、踊りに誘われた〝精霊〟が集まってくる様は美しく、獣人たちの間では、一生のうちに一回は見ておくべきだといわれているらしい。

「いやあ、あたしもね。せっかく巫女に選んでもらったんだから、祭りを成功させたいと思ってるんだけどさあ」

舞台の淵に腰かけたマルグリットは、ショートパンツからすらりと伸びた足をプラプラ揺らして、どこか気まずそうに笑った。

「あたしが踊っても、全然、精霊様が寄ってこないんだよね。困っちゃったよ」

その瞬間、彼女は足を大きく振り上げてくるりと一回転した。

足の勢いと腕力だけで舞台上へ上がったマルグリットは、ぴんと背筋を伸ばしたまま、細くしなやかな手足を優雅に動かす。しゃらり、金属製の腕輪が軽やかな音を立てる。大きく一歩を踏み出し、その場でターンをすると、ゆっくりと膝を折った。

「踊りに関しては、誰にも負けないって自負はあるんだけどさ」

「わあ……！　素敵」

すべての動きが見蕩れるほどに洗練されている。

パチパチと勢いよく拍手すると、マルグリットは嬉しそうにはにかんだ。

「だが、いくら踊りがうまかろうと、精霊を呼び込めねば意味がないだろうが」

しかしカイの無神経な発言のせいで表情が曇る。へなへなとその場に座り込んだマルグリットは、困り切った顔で舞台を撫でた。

「本当だよねえ。あたし以外の子が踊った時は、多かれ少なかれ精霊様が現れるのに」

「そういえば、精霊ってどういうものなんですか？」

思わず首を傾げると、あからさまにカイが不機嫌になった。

「オイ、まさかわからんなどと言うんじゃないだろうな、リリー。思い出せ。低級魔道書二十項、四行目！」

「……あ。そっか。ええと……『精霊とは、空中に浮遊する魔法物質が集まったもの。魔力が豊富に噴出している場所で発生し、暗い場所では発光しているように見えることから、ところによっては信仰対象とされている』でしたっけ……」

「上出来だ、弟子。つまりは自然現象のようなものだ。そしてここらの獣人も、ただの魔法物質の固まりをありがたがっている一員ということだ。わかったか」

カイはにんまり笑うと、私の頭をわしわしと乱暴に撫でた。

頭がぐわんぐわんと揺れて、目が回りそうだ。思わず、やめてえ、と悲鳴を漏らすと、私たちの様子を見ていたマルグリットが感心したような声を上げた。

「へええ！　ちっちゃいのに、アンタすごいのね！　そんな小難しいことスラスラ答えられるなんてさ！　カイ兄さんとまともに会話が成立しているし。やるじゃん！」

「オイ。人聞きの悪いことをいうな。コイツは魔法使い未満ではあるが、俺の弟子である以上は優秀でなくてもらわねば困る。天才の弟子が愚鈍では困るのだ」

「うっわ。でたよ、カイ兄さんの天才発言〜。まあ、あんたがすごい魔法使いだってことは知ってるけどねえ。それにしても」

マルグリットはカイの背中を叩くと、にんまりとどこか含みのある笑みを浮かべた。

「相変わらず、カイ兄さんは淡泊。精霊様を自然現象だなんて。同じ獣人のことなのに〜」

「…………。そんなもの俺には関係ない。知るか」

プイとそっぽを向いたカイに、マルグリットはクスクス笑っている。

「あの、ひとつ聞いてもいいですか？」

見るからに親しげなふたりに、私は脳裏に浮かんだ疑問をぶつけた。

「師匠のことを、マルグリットは〝兄さん〟と呼んでますが……どういうことです？」

「ああ、それ？　あたしもね、昔……ヴィクトール様に拾われたんだよ。一時期、あのお屋敷で暮らしていたの」

「ええ……!?」

マルグリットは世界樹を見上げると、どこか寂しげな表情になった。

「あたしはもともと旅芸人の一座にいたんだ。母親がそこの踊り子で、物心ついた頃には踊ってた。いろんな場所で興業をして……一生踊りで生きていくんだって思ってたんだけどね」

マルグリットが十四歳になった頃。

舞台の〝主役〟になれるチャンスが巡ってきたのだという。

マルグリットの実力は一座の中で抜きん出ていて、仲間も認めるところだった。一座一丸となって興業の成功目指して努力を重ねていたのだが、青天の霹靂が訪れる。ある日、外部からやって来た踊り子に主役の座を奪われたのだ。

「ソイツは高位のお貴族様の愛人だったんだよね。しかも、あたしよりも下手くそ。なのに、お貴族様が一座のパトロンになってくれるからって、無理矢理主役の座に納まったってわけ。そんなの、納得できるわけないじゃんね」

もちろん、マルグリットは反発したらしい。しかし、座長は諦めの一点張りで、ちっとも取り合ってくれない。仲間うちで結託し、興業をボイコットしてやろうなんて話が出たところで——何者かに攫《さら》われてしまった。

「お貴族様の手先だったんだろうね。大勢の男たちに捕まってボコボコにされた。あたしが邪魔だったみたい。意識がないうちに娼館に売られちゃったんだよね！　アハハ！」

「わ、笑ってる場合じゃないんじゃ……!?」

「まあね！　でも安心して。娼館で客を取る前に逃げ出したから。そんで道端で野垂れ死にそうになっているところを、ヴィクトール様に拾われたんだよ」

そこまで語り終えると、マルグリットは困ったような笑いを滲ませた。

こちらへ手を伸ばすと、私の濡れた頬を指で拭う。

「……どうしてあんたが泣くのよ。おもしろい子」

私は嗚咽《おえつ》を必死にこらえながら言った。

「だ、だって。理不尽じゃないですか。マルグリットが努力の果てに手に入れたものを、全然関係ない人がかっさらって。〝主役〟は、それに相応しい人がなるべきなのに……！」

「アハハハ！　世の中、理不尽なことの方が多いでしょう？　うまくいく直前で、裏切られるなんてよくあることだよ。そんなに甘くない」

真っ赤な瞳を細めたマルグリットは、ひょいと舞台から下りると私を抱き上げた。

「それでも、手足を折られなかっただけラッキーだと思わなくちゃね。ヴィクトール様に拾っていただけたし。まあ、養子になるのは辞退したけど。自分がお貴族様になるなんて、まっぴらごめんだもの！　そんなあたしを引き取ってくれたのがアンニーナの婆様でさあ。踊り手の家系だって聞いた時は嬉しかった！　あたしは踊ることしか知らないから」

くるりと回る。細く、しなやかな体。なのに、私を抱えたままでもその動きは軽やかで、力強い。それは小さい体のままの私には持ち得ないものだ。

「あたしはまだ踊れる。ここの舞台の上で、もう一度〝主役〟になるんだ」

そう言ってふんわり笑ったマルグリットの笑顔が眩しくて。

――とっても素敵。羨ましい……。

きゅう、と胸が締めつけられる感覚がした。

するとカイがため息と共に言った。

「だが、精霊を呼べない踊り手など、とんだ欠陥品じゃないか。獣人どもには重要な祭なんだぞ。アンニーナはどうしてお前なんぞを選んだ」

「婆様はね……あたしならできるって、そればっかり。正直、意味わかんない」

唇を尖らせたマルグリットは、じとりと石の舞台を睨みつけて言った。

「……みんな噂してる。精霊が現れないのは、あたしが人間だからだって。獣人の神様に愛されていないからだって。仲間は否定してくれるんだけどね……」

その瞬間、カイはフンと鼻で笑った。

「馬鹿らしい。アレはただの魔力物質の固まりだ。なんの意思も持たないことは、研究で明らかになっている。〝獣人の神の眼だ〟などという馬鹿もいるが、迷信にもほどがある。ただの自然現象だ。愛などとくだらない感情で左右されるものか」

悪態をつきながら、ひょいと舞台の上にのぼる。

「ふうん」

「マルグリット、精霊が寄ってくるのはこの舞台の上で踊った時だけか？」

「そうだね。地面で練習している時は、獣人の踊り子でも精霊様は現れないかな」

カイはジロジロと石の舞台を眺めていたかと思うと、靴の踵で蹴りつけ始めた。

マルグリットは、アハハ！　と愉快そうに笑う。

「うわあ。神聖な舞台なのに。婆様が見たら、怒りで寿命が縮みそう」

「えっ!?　止めなくてもいいんです!?」

「いいんじゃない？　アレでも領主の息子だし」

「えええ……」

ハラハラしながらカイの行動を見守る。

四方八方から舞台を眺めたカイは、やがて思案顔でこちらに戻ってきた。

「一見、なんの変哲もない舞台に見えるが、わずかに地面との間に隙間がある。体重が加わると舞台が沈んで、微細な音を立てるようだな」

「音……？　なにも聞こえませんでしたけど」

「ああ、人の耳には聞こえないくらいの音らしいよ。婆様が言ってた。踊り手は、舞いを奉納するのと同時に招きの音楽を奏でるのだ～とかなんとか。へえ、本当だったんだ」

「舞台を踏む場所によって音階が変わるようだ。振りつけ通りに寸分の狂いもなく踊れば、その音が呪文の代わりとなり、内蔵された魔石が刺激され魔法が発動する。これで周囲に漂っている精霊を集めているらしい。踊りが狂えば呪文の効力が落ちる。踊り手の実力によって、集まってくる精霊の数が変わるのはそのせいだろう」

「へえ！　見ただけでそこまでわかるんだ。さすがは自称天才！」

「師匠……！　すごいです。天才って本当だったんですね……！」

「待て。聞き捨てならんぞ。お前らは俺をなんだと思っている……！」

一瞬だけ怒りを露わにしたカイは、コホンと咳払いをすると続けた。

「つまりこれは、簡易的な詠唱機というわけだ。なら――答えは簡単だ。なぜ、マルグリットが踊る時だけ精霊が寄ってこないのか。それは……」

ビシッとマルグリットへ指を突きつける。

「お前が人間で踊りが下手くそだからだ。以上！」

「し、師匠！」

とんでもなくデリカシーのない発言に、思わず慌てる。そろそろとマルグリットの様子を窺うと、彼女はジッとなにか考え込んでいるようだった。

「あの、マルグリット……？」

恐る恐る声をかけると、彼女はハッと顔を上げた。

「ああ、ごめんごめん。ちょっとぼうっとしちゃった」

そして私を地面に下ろすと、ニッとどこか楽しげに笑う。

「うん！　なんか、どうすればいいかわかったかも。ありがと、ふたりとも！」

「えっ？　今の話で……？」

「フン、それならば俺はもう用なしだな。オイ、弟子。さっさと帰るぞ」

「……あ」

カイはそう言うと、さっさと屋敷へ向かって歩き出した。後を追わねば、と思いつつも、ジッと舞台を睨みつけているマルグリットが気になって仕方がない。

その思い詰めたような表情に、胸の奥がちくりと痛んだ。

＊

——眠れないや。

その日の晩。私は自室でため息をこぼした。

かわいらしい天蓋付きのベッドから降りて、窓辺に寄る。

そっとカーテンを開けると、煌々と満月が輝いていた。

「綺麗な月」

ぽつりと呟いて、市街地の方に視線を向ける。

領主の館は小高い丘の上にあり、領民たちの家を一望できるようになっていた。

夜もだいぶ更けている。家々の明かりはどれも落ちていて、明かりひとつ見えない。

森の木々の間に建てられた、領地をぐるりと囲む障壁部分もだ。見張りの兵士たちがいるはずなのだが、どこにも松明などの照明はない。

「……獣人っておもしろいな」

夜目が利く彼らからすれば、明かりはかえって眩しすぎて邪魔なのだという。

だから魔の森辺境領は、日が落ちると途端に闇に沈む。

黒く塗りつぶされた世界で光を放っているのは、獣たちの対の瞳だけだ。

……そのはず、だったのだが。

「あれ？」

暗闇の中に明かりを見つけて、ジッと目を凝らした。

そこは、昼間にカイたちと一緒に行った場所だ。

森の中でひときわ目立つ巨木の下がほんのりと明るい。

――マルグリット?

昼間の彼女の様子を思い出して、胸がざわついた。

「……ええい、行こう!」

いても立ってもいられなくなり、カーディガンを羽織って部屋を出る。

そっと足音を消して廊下に出ると、誰の姿もない。

――満月のおかげで、外も普段よりかは明るい。多分……大丈夫。

私はごくりと唾を飲み込むと、意を決して一歩を踏み出した。


使用人たちに見つからないように慎重に進み、なんとかして屋敷を抜け出した私は、息を切らしながら森の中を走っていた。

辺りには虫の声が満ちていて、冷たい夜風が頬を撫でている。

月光に青白く輝く木々の間を駆け抜けると、遠くに目的の明かりが見えてきた。

「はあっ……しんどい……」

幽閉されていた頃よりかは体力がついてきたものの、体を動かすのはまだまだ苦手だ。

汗を拭って、足を緩める。

やはり、石の舞台の上にはマルグリットらしき姿が見える。

こんな時間だというのに、彼女は踊りの練習をしているようだ。

――〝主役〟になれたはずのマルグリット。〝人間だから〟なんて自分にはどうしようもない原因を突きつけられて、彼女はどうするつもりなのだろう。

私はきゅう、と拳を握りしめると、彼女のもとへ向かって一歩踏み出した。

その瞬間、ぬうと黒い影が目の前に立ちはだかった。

それは見上げるほどに巨大な黒狼だ。普通の狼のサイズからはほど遠く、ヴァイスが仔犬に思えるほどの巨躯に足が竦む。暗がりの中で爛々と冷たく光る青い瞳は、まるで獲物を品定めしているかのように鋭い。

「……あ、ああ……」

あまりの恐怖に数歩後退る。

すると、走り疲れてくたくただったこともあり、足がもつれて体勢を崩してしまった。

「わっ……」

「ウォン！」

背中に冷たいものが伝った瞬間、なにか柔らかいものが体を支えてくれた。

転ばずにすんでホッとする。慌てて背後を確認すると、視界に入ってきたのはまるで初雪のように穢れのない白い体毛。――ヴァイスだ！

「まったく。なにをしているのだ、馬鹿者が」

するとと、目の前の黒狼が呆れたような声を上げた。

盛大なため息と共に、体をブルブルと震わせる。

その瞬間、黒狼はあっという間に姿を変えた。現れたのは……カイだ。

「こんな夜更けにどこに行くつもりだ。家出なら服くらいは着替えていけ。馬鹿者」

「し、師匠だったんですね……よかった……って違います。家出じゃありません！」

慌てて否定すると、眠れずにいたら明かりが見えたこと、それがマルグリットではないかと思ったことを説明した。

カイは再び大きなため息をこぼすと、じとりと青く輝く瞳で私を睨みつける。

「ならば、誰かを供に誘えばいいだろう。ひとりで夜中の森を歩くなど言語道断だ」

「でも、こんな夜中に起こすのは申し訳ないなって思って……」

「フン、あの馬鹿どものことだ。黙って出かけた方が怒るに決まっている。逆にこのことを知られてもみろ。明日から添い寝を強要されるぞ」

「……そ、それはさすがに遠慮したいです……。師匠、秘密にしていてください……！」

思わず青ざめると、カイはクツクツと喉の奥で笑った。

私を抱っこして、今も明かりが漏れている大樹へ向かって歩き出す。

「ど、どこに行くんです？」

「マルグリットのところだ。ついでだからな。連れて行ってやる」

「それはありがたいですが……ひとりで歩けます。大丈夫ですから」

「なにを言う。見るからにフラフラだろうが。黙っていろ」

「うっ。はい……」

走っただけで足にきているのを見破られていたらしい。

――体力をつけなくちゃなあ。

しみじみ思いながらカイの首にしがみつく。すると彼はどこか不機嫌そうに目を眇めた。

「なにをしにきた。マルグリットとは、今日知り合ったばかりだろう。屋敷を抜け出してまでここに来る理由はないはずだ」

私は何度かパチパチと目を瞬くと、途切れ途切れに言った。

「あの、なんというか。マルグリットのお手伝いをしたくて」

「……手伝い？」

「はい。マルグリットが、本当の〝主役〟になるために。彼女……少し思い詰めていたようだったので。私にできることがあるかわからないんですけど……」

「たしかお前は、昼間もそう言っていたな。〝主役〟はそれに相応しい人がなるべきだと。なぜそこまで拘る？　〝主役〟が誰かなんて、どうでもいいことだろうが」

「普通はそう、ですよね。でも……私は少し思い入れがあって」

私は、カイに妹のローゼマリーから言われたことを教えた。

「妹いわく……あの子は〝主人公〟で、私は〝悪役令嬢〟なんだそうですよ」

「……なんだそれは？　双子の姉を幽閉するような奴の考えは本当に理解に苦しむ」

「ああ、確かにそうですね……。私も最初はよくわかりませんでした」

私の不幸の発端でもあるこの話が、事実かどうかなんて確かめる術《すべ》はない。

けれど、その言葉は呪い同様に私の芯まで染みついている。

「妹の言葉を信じるなら、私は〝脇役〟です。今までの人生を思い返してみると、確かに〝主役〟じゃないなとは思うんです。別に自分がなりたいわけじゃないんですけど、〝主役〟ってそれだけですごいじゃないですか。誰にでもなれるものじゃない。なら、〝主役〟たる資格を持つマルグリットには、絶対にチャンスを掴み取ってほしいなって……」

気が付けば、石の舞台までかなり近いところまで来ていた。

煌々と松明が燃える中、マルグリットは一心不乱に踊っている。

女性らしい丸みを帯びた体。しかし四肢は驚くほど筋肉質だ。長い脚は軽やかに持ち上がり、手のひらはまるで清流のように淀みなく流れ、松明の明かりを反射した金属製の腕輪が、太陽のごとく輝く。日に焼けた肌の上には玉のような汗が浮かび、それは宝石のように煌《きら》めいて、引き締まった肢体を彩っている。

「……本当に綺麗。なんて楽しそうに踊るんだろう」

激しく動き回っているというのに、マルグリットの表情に苦しげな雰囲気は見えない。

まるで愛の言葉を囁く瞬間のように、頬を薔薇色に染めてうっとりと目を瞑る様は官能的だ。

――いったい、どれほどまで研鑽《けんさん》すれば、この域まで達せられるのかなあ。

「妹の言葉は今でも理解できません。でも〝主役〟たるべき人というのは、マルグリットみたいな人を言うんじゃないかって思ったんです」

そう言うと、眉を顰める。

懸命に踊るマルグリット。簡易詠唱機である舞台上で見事な舞いを披露しているのに、辺りを見回してみても、どこにも精霊は見当たらない。素人目からしても、彼女の踊りの実力は確かなものに思えるのに――精霊だけが現れないのだ。

「師匠、どうしてでしょう？　あんなに素敵な踊りなのに、私にはどこが悪いのか……」

「ホッホ。わかりませぬか？」

するとそこに、朗らかな声が響いた。

声がした方に目を遣《や》ると、そこには祭祀アンニーナが立っている。

食えない表情をした老婦は、糸のような目で踊るマルグリットを見遣りながら言った。

「お嬢さん、獣人と人間の決定的な違いというのがわかりますかな」

「……獣形態に変身できることですか？」

「まあ、それもありまするが。五感の強さ、と申しましょうか」

アンニーナはにこりと笑むと、どこか意味ありげに口の端を吊り上げて続けた。

「われら獣人は、わずかな明かりでものが見え、人には聞こえない音を感じ、過敏に匂いを察知することができまする。実力以前に、あの舞台はそれを最大限に活用しませんと、うまく作動しないのでござりまするよ」

「ならば、なぜあれを踊り手として選んだんだ。万が一にでも失敗してみろ。いまだ人間へ複雑な感情を抱いている獣人も少なくない。マルグリットの立場どころか、領内の人間の立場すら危うくなるぞ。それとも失敗すればいいとでも思っているのか」

カイの言葉に、アンニーナは小麦色の狐耳をぴんと立てて首を横に振った。

「いえいえ。マルグリットはわたくしめのかわいい娘でござりまする。成功を望みこそすれ、失敗しろとなどとは欠片も思ってございません。あの子なら絶対にやってのけるはず。能力に見合った、納得ずくの選抜でする。同門の踊り手たちからも不満は出ておりませぬ」

「しかし、いまだに精霊は呼べていないのだろう。どうするつもりだ」

「ええ。ですので、ヴィクトール様にカイ様への協力をお願いしたのでするが……」

アンニーナに言葉に、カイは一瞬だけ黙り込んだ。

じい、と石の舞台を見つめると、ひどく面倒そうに視線を逸らす。

「まあ……。この俺ならば、うまいこと精霊を呼び寄せられるとは思うが」

「――婆様、ちょっと待って！」

するとそこにマルグリットが割って入った。

息を弾ませてやってきた彼女は、アンニーナへ猛烈に抗議し始める。

「カイ兄さんからは、成功のためのヒントをもらった。これ以上の協力は必要ない。感覚で劣ろうとも、踊りの精度を上げればいいだけの話だわ。あたしにだってできる！」

「言いたいことはわかるが……。己の立場を弁《わきま》えるのだ」

「立場ってなによ‼」

その瞬間、激昂したマルグリットはアンニーナに掴みかかった。

「あたしはそんなもののために踊ってなんかない。獣人の神様への真摯な祈りを、踊りに乗せて捧げる……それだけよ。本番は真っ暗。足もとも見えない。舞台が奏でる音も聞こえない。風の匂いもあたしにはわかんない。確かに、今は無理かもしれない。でも、もっともっと練習を重ねたら！」

「――無理だろうな」

すると、非情な声が辺りに響いた。

ぴたりと動きを止めたマルグリットは、ノロノロと声の主を見遣る。

その視線の先にあったのは、魔法陣が浮かぶ青い瞳に冷淡な光を湛えたカイだ。

「お前の踊りの腕は確かなのだろうな。そこらの奴らよりかは、うまく舞えているんだろう。だが……絶対的に足りないものがある。時間だ」

「な、なによ！　そんなの……間に合わせてみせるって言ったじゃない！」

「無理だと言っているんだ。事実、お前はいまだに精霊を一体も呼べていないだろう？　お前はどうしたって人間で、獣人が当たり前に持っているものを持ち合わせていない。それが、たかだか数日練習しただけでどうにかなると思っているのか？」

あまりにもキツい物言いに、マルグリットは俯いて下唇を噛んだ。

見ていられなくて、すかさず割って入る。

「し、師匠……。言いすぎです。失敗するかどうか、まだわからないじゃないですか」

「なんだ、弟子よ。なにを言い出すのかと思えば。考えが甘すぎる。それに、踊るのはマルグリットでお前じゃないだろう。なんの根拠があってそれを口にする？」

怒りの矛先がこちらに向かってきて、心臓がキュッと縮んだ。

怖い。恐ろしい。頭がぐるぐるするけれど、必死に言葉を紡ぐ。

「……で、でも、それでも、頭ごなしに否定するのは違うと思います。マ、マルグリットはあんなにも努力しているじゃないですか。〝主役〟になろうと懸命に！」

「実らない努力は成果とは呼べない。フン、そんなこともわからんか」

「……ッ！」

頭が真っ白になって、みるみるうちに視界が滲んできた。

するとカイは、底意地の悪そうな笑みを浮かべると、ゆるゆると首を横に振る。

「また泣くのか。これだから、いつまで経っても魔法の実践に入れないんだ。己の感情も制御できない奴が偉そうなことを言うな」

「な、泣いてません。それとこれとは……」

「違うというのか？　泣き虫の未熟者と交わす言葉はないと言っている」

「かっ……感情の制御くらい、私にもできますっ！」

売り言葉に買い言葉。

……ああ！　ムキになってしまった。泣かない自信なんて欠片もないのに。

己の発言を思い出して青ざめていると、カイの笑みが深まった。

「ほう。そうかそうか。ならば今回はお前に任せるとしようかな。どうだ、アンニーナ」

「そうですなあ。それはいい考えでござりまする。リリー様は、お体はともかく実年齢は十六歳とマルグリットに近うございまするし、互いにいい影響を与えましょうな」

「えっ……えっ……？　な、師匠？　いったいなにを……」

ひとり戸惑っていると、カイは親指で石の舞台を指差して言った。

「言うのが遅くなったが、あの舞台にはもうひとつ仕かけがあってな。一定量の魔力を流し続けると、舞台上の踊り手の感覚を鋭敏にするという効果がある。踊り手は神を下ろすための依り代だ。かつて、トランス状態にするために使用したのだろうな。どうだ、不肖の弟子よ。おあつらえ向きだとは思わないか？」

私はこくりと唾を飲み込むと、慎重に言葉を選びながら言った。

「そっ……その機能を使えば、舞台上のマルグリットは、一時的に獣人なみの感覚を得られるということでしょうか」

「正解だ！　実際は、獣人なみとは言えぬだろうがな。それでもなにもしないよりかはマシだろう。ふむ。不肖の弟子から、まあまあな弟子に格上げしてやろうじゃないか」

カイは私の答えに満足げだ。

確かに、この機能を使えば……うまく行くかもしれない！

でも――それをマルグリットが受け入れてくれるのだろうか。

不安になって、先ほどから黙ったままのマルグリットを見上げる。

彼女の顔色は真っ青で、拳は白くなるほどに強く握りしめられていた。

当たり前だ。自分の力でやってみせると豪語した彼女に、お前の実力では絶対に無理であると突きつけたようなもの。マルグリットのプライドはズタズタだろう。

――ううん。それ以前の問題もある。

ちっちゃなことで、ボロボロ泣いてしまう弱い私。

私が――彼女の舞台を滅茶苦茶にしてしまうのではないか。

悔しげなマルグリット。不安で押しつぶされそうになっている私。

そんな中、上機嫌なのはカイだけだ。

「よしよし！　丸く収まったな……！　これで、不出来な弟子の修行も進むだろうし、俺は魔力の無駄遣いをしなくてすむ。精霊祭も成功するだろう。一石二鳥。いや、一石三鳥とはこのことだな。ワハハ、さすが俺。やはり天才だ！」

あんまりな口ぶりに、私はたまらなく哀しくなってしまった。

「……師匠はひどいです」

ぽつりと呟いた独り言を、耳ざとく聞きつけたカイは、どこか得意げに笑う。

「ひどい？　なにを言う。充分優しいではないか。少々伝わりづらいかもしれんがな。優しさの種類が違うのだ」

すると、カイはなにかを思いついたのか、人差し指を立てて調子よく言った。

「弟子よ、お前は先ほど、自分が〝悪役令嬢〟で、妹が〝主人公〟だと言ったな？　それに倣って、俺自身を物語のポジションにたとえてやろう。そう、俺は……」

カイは、青く輝く瞳を細め、悪戯っぽく笑った。

「言うなれば、〝悪い魔法使い〟だ。物語の裏で暗躍する、理知的で利己的な悪者よ。そんな俺の考えなど、凡人にはわかるまい」

そして、やたら上機嫌に高笑いしたのだった。

＊

その日から、私とマルグリットはひたすら練習に明け暮れた。

精霊祭まであと数日しかない。それまで、マルグリットの踊りで精霊を呼べるようにならなければいけないのだから必死だ。マルグリットは舞台上で踊り続け、私は舞台へ魔力を流し込む。初めて魔法を行使する興奮も喜びも感じる余裕はまるでなく、懸命にスパルタなカイの指導に食らいつく。

「オイ、また魔力の供給が疎かになっているぞ！　一定量を心がけろ。揺らぎはそのまま効果の乱れに繋がる。マルグリットを酔わせるつもりか、凡人！」

「ううう……」

ぐっと奥歯を噛みしめて、体の内に存在する魔力を手のひらから放出する。

私は、呪いの効果で生まれつき備わった魔力回路を使えない。体の中に新たな回路を作りながらの魔法の行使は、恐ろしく煩雑な思考が必要で、頭は今にもパンクしそうだった。

——どうしてうまくいかないの……！

「ふぐっ……」

自分が不甲斐なくて、涙がこぼれそうになる。

途端にまた魔力に揺らぎが生まれた。舞台上で踊るマルグリットの動きが乱れる。

「感情制御は完璧じゃなかったのか。失望させるな、弟子！」

カイの檄が飛ぶ。ぐっと奥歯を噛みしめる。

――駄目。心を強く持って。私がやらなくちゃならないことだもの。頑張らないと。

脳裏には、妹に呪いをかけられた日の光景が浮かんでいた。

今思い出しても忌々しい記憶だ。けれど、たった六歳であれだけの魔法を操った妹に対しては、素直に尊敬の念さえも覚えていた。

――私は〝主人公〟じゃない。でも……双子だもの。きっと私にもできるはず！

根拠なんてなにもない。けれど、そう思わなくてはやっていられなかった。

しかし私の努力も虚しく、祭りの前日まで精霊は一体も現れることはなかったのだ。

「どうしよう……」

練習終了後。煌々と松明の明かりが灯る中、私とマルグリットは暗い表情で舞台上に座り込んでいた。頭をフル回転させ続けていたからか、頭痛がひどい。マルグリットも疲労困憊《こんぱい》の様子で、全身から汗を滴らせている。

「マルグリット、ごめんね。本当にごめんなさい。私のせいで……」

失敗の原因は、私の魔力操作にあるように思えた。どうしても、感情が安定しない。なにかのきっかけで動揺して、魔力にムラができる。そのせいで、魔法の効果が不安定になり、マルグリットの踊りが乱れてしまう。

あまりにも申し訳なくて頭を下げると、マルグリットは小さく噴き出した。

「あ〜！」

そして大きな声を上げると、舞台上に足を投げ出して笑った。

「うん、もうちょっと！　あともうちょっとなんだけどな！」

「……へ？」

予想外に晴れ晴れとした様子に、私が呆気に取られていると、マルグリットは頬を伝う汗を拭いながら言った。

「気にしないでよ。もともとは、あたしが未熟だったのがいけないんだからさ」

「でも……」

「ストップ、ストップ。でも……じゃないってば。リリーはあくまでも補助的な役割でしょ。この舞台の〝主役〟はあたしなんだから。失敗したら、その責任はあたしにある」

そして夜空に瞬く星を眺め、うっすらと目を細めた。

「正直、カイ兄さんに、お前が人間だからだって言われた時は頭にきたけどね。まあ、それは事実だし。人間以上の感覚を身につけるなんて、そうそうできることじゃない。うん、普通だったらできないんだよねえ……」

マルグリットは両手を広げると、優しく自分を抱きしめ、うっとりと頬を染めた。

「でも――踊りは無限の可能性を秘めている。限界まで研ぎ澄まされた踊りってさ、常識を超えるんだよ。そこにあと少しで到達できそうな予感がしてる。……ああ、あたしにもっと時間があれば。踊りの神様が振り向いてくれそうな感じがしてるのに」

――優れた踊りは常識を超える。

その言葉に、ドキンと胸が高鳴った。

確かに、彼女の踊りには、なにか普通じゃないことをやってのけそうな雰囲気がある。

ほう、と熱い息を漏らしたマルグリットは、ニッと笑った。

「いつかは魔法の補助なしに精霊を喚《よ》んでみせる。でも、今回は仕方ないね。あまりにもあたしが未熟すぎた。悔しいけど……本当に心から悔しいけど。リリーの力を借りて踊る」

マルグリットは私に手を差し伸べ、小首を傾げて言った。

「お願い、リリー。あんたがあたしを〝主役〟にして。祭りを成功させよう」

私はマルグリットの手を見つめて、くしゃりと顔を顰めた。

「マルグリットは強い、ですね」

彼女の手を取るのが怖い。のしかかってくる責任に、今にも押しつぶされてしまいそう。

「……私が、マルグリットくらいに心が強かったら、足を引っ張ることもなかったのに」

ツン、と目頭の奥が熱くなってきた。

――どうしてこんなに涙もろいの。私の心は柔らかすぎる。もっと強くなりたいのに。

「プッ……」

すると突然、マルグリットが噴き出した。

肩を小刻みに揺らして、クスクス小さく笑っている。

きょとんとしてその様子を見つめていると、マルグリットは笑いながら言った。

「馬鹿だね。誰だって最初は弱いもんだよ！」

「え……？」

「あたしだってそう。初舞台に上がる時は逃げ出したくなったし、まるで自分に自信がなくて泣いてた。娼館に売り払われた時もそうだよ。自分の不幸を嘆いたし、厳しすぎる運命を呪ったりもしたね。いっぱい泣いて、いっぱい苦しんだ。心は傷だらけ。誰かの足跡だらけ。綺麗なところなんて残ってない。でも――それがあったから強くなったんだよ」

「…………」

思わず言葉を失っていると、マルグリットは私の頭をそっと撫でて言った。

「大丈夫。自信を持って。カイ兄さんがあれだけアンタを信じてるんだもの」

「師匠が……？」

予想外の名前に目を丸くしていると、マルグリットはクツクツと喉の奥で笑った。

「あんなに、他人ごとで一生懸命になってるカイ兄さんなんて初めて見たよ。わざと悪役っぽいこと言っちゃってさ。かわいい子に試練を与えて強くしようとしてる。あの人は、誰よりも知ってるんだ。心は、経験を積まなくちゃ強くならないってこと。誰よりも踏みにじられてきた人だから」

にんまり笑う。マルグリットの瞳はどこまでも優しげだ。

「兄だねえ。すごいねえ。いつも……他人になんて興味ないような顔をしてた癖に」

ドキン、と心臓が高鳴った。

「師匠がですか……？　あの人が他人に興味がない？」

思わず首を傾げる。私の記憶にあるカイは、いつだってブツブツ文句を言いながらも、私の相手をしてくれていたからだ。

「ふふ。妹ってだけで、カイ兄さんにとっては大切にしたくなるのかもしれないね。ああ、あたしも養子縁組を受けてたらなあ。ま、自分が貴族になるなんて勘弁してほしいけど」

「……？」

「わからなくてもいいさ。そのうちきっと、本人が教えてくれる」

にんまりと笑ったマルグリットは、私の胸をトンと指で突いて続けた。

「この奉納踊りを成功させたら、アンタの心はきっとちょっぴり強くなってる。まあね、今日まで一回も精霊を喚べてないし、不安になる気持ちもわかるんだけどね。あたし、こういう崖っぷちの状況に燃えるタイプなんだよねえ。アッハハハ！」

まるでヴィクトールのように豪快に笑ったマルグリットは、私の手を強く握ると、深紅の瞳を宝石のように煌めかせて言った。

「やってやろう、リリー。初成功が本番ってかっこいいじゃない！」

「……っ！」

とくん、とくん。胸が高鳴っている。

まるでマルグリットの内に秘めている熱に当てられてしまったかのように、私の体までじんわりと熱くなってきた。

――ああ、やっぱりこの人は〝主役〟になるべき人だ。

その実感がじわじわと胸に沁みてきて、私はこくりと頷く。

「わ、わかりました。やってやりましょう……！」

「ハハッ！　いいね。見かけに寄らずノリがいい！」

マルグリットはぎゅうと私を抱きしめると、バンバンと背中を強く叩いた。

「痛っ！　いたたたたっ！　マルグリット、やめ……」

「ああ〜。やっぱり末っ子はかわいいもんだねえ。あたしも甘やかそうかな」

「あ、甘やかしはもう間に合ってます……！　そ、それよりも！」

私はマルグリットの腕の中から抜け出すと、両拳を握って言った。

「――もうひとつ、成功へ近づくために手を打ちませんか」

すると、マルグリットは何度か目を瞬かせると――心底楽しそうに笑った。

「おもしろそうじゃないか。話を聞かせておくれよ」

そして——祭り当日。

夜が更けた森の中には明かりひとつない。

新月のその日は、普段よりもさらに闇が濃いように思えた。石の舞台の周りには観客たちが大勢集まり、彼らの妖しく光る瞳だけが暗闇の中で浮かび上がって見える。

「お前ら、どうだ調子は」

舞台袖に控えた私とマルグリットに、ヴィクトールが声をかけてきた。

まじまじと私たちの姿を眺めると、ニィと鋭い牙を口から覗かせ笑う。

「おお。ふたりとも雰囲気出てるじゃねえか。いい感じだぞ！」

ガハハ！と笑って、大きな手で私たちの頭を撫でる。

今日の私たちは、儀式へ臨むための衣装へ着替えていた。マルグリットは、英雄譚《サーガ》にでも出てきそうな、透け感のある生地をふんだんに使った踊り手の衣装。私は体をすっぽりと覆った、フード付きの魔法使いのローブを着ている。

そして——私とマルグリットの腕には、揃いの金の腕輪が嵌まっていた。

それはマルグリットが母親から譲ってもらったという品だ。星明かりに鈍く光る金の円環は私の腕には大きすぎて、落ちてしまわないように細心の注意を払わねばならない。

「——どうだ。緊張してるか？」

ヴィクトールが私たちの顔を覗き込む。

私とマルグリットは顔を見合わせると、小さく頷いて言った。

「そりゃあね。失敗したら大変なことになるらしいですし？」

「私……精いっぱい頑張るつもり、です。でも……ねえ、マルグリット」

「うん。あたしたちは自分なりに最高のパフォーマンスをする。かといって、どうなるかはわかんないよね。だから……万が一の時はお願いしますね？　ヴィクトール様」

マルグリットが茶目っけたっぷりに片目を瞑る。

ヴィクトールは一瞬だけ虚を突かれたような顔をすると、次の瞬間には豪快に笑った。

「ワハハハハ！　任せとけ。なにかあったら、な。それが俺の仕事だ。大船に乗ったつもりでいてくれ！」

ニッと鋭い犬歯を見せて笑ったヴィクトールは、私たちを逞しい腕で強く抱きしめる。

「あらゆる責任は俺が持つ。心配すんな。これでも、一応は〝英雄サマ〟だからな」

「え～。自分で言うの？　ヴィクトール様ったら！」

「俺はな、使えるもんはなんでも使う男だぜ。……さあ、そろそろ時間だ」

ヴィクトールは腕の力を緩めると、青灰色の瞳に優しい色を宿して言った。

「俺のかわいい娘たち。お前らの努力の成果を見せてくれ」

その言葉に、かあと顔が熱くなる。

かわいい娘という単語が耳の奥に残って、体がソワソワしてくる。

驚いたのは私だけではないらしい。マルグリットも戸惑った表情をしていた。

「あたし、養子縁組は断ったのに」

「俺はな、拾ったモンはずっと大切にすることにしてんだ」

「……もう」

マルグリットは恥ずかしそうに瞼を伏せ、ふいに私の手を握ってきた。

そっと見上げると、ルビーのように煌めいた瞳と視線がかち合う。

私は小さく頷き、ヴィクトールに言った。

「……お義父様、頑張ってきます。どうぞ見守っていてください」

「もちろんだ！　期待してるぜ」

「「はい！」」

私たちは同時に返事をすると、舞台に向かって歩き出した。

「おい。本当に人間の娘が踊り手をするのか」

「今回は最近迎え入れた養女も儀式に参加させるらしい。その娘も人間だとか」

「ヴィクトール様はなにをしているのだ。さすがに身内びいきが過ぎるのではないか？　戦乱の終焉からかなり経っている。最近は戦もない。平和ボケをしておられるのでは。我らの神聖な儀式に人間を入れるだなんて……ああ！　忌々しい！」

チクチク、耳に痛い声があちこちから聞こえる。

苦しくて、辛くて仕方がない。不快な気持ちでいっぱいになっていると、マルグリットは私と繋いだ手に力をこめ、耳もとに顔を寄せて小声で囁いた。

「ねえ、リリー。ああいう手合いって頭にこない？」

「……はい。気持ちはわからなくもないですけど……私たちが人間ってだけで、お義父様のことを馬鹿にするのは、違うと思います」

「だよねえ。ああ、腹が立ってきた。ヴィクトール様はあたしたちを信用してこの役目を任せてくれたのに。人間だの獣人だの……そんなの関係ないよねえ？」

「私もそう思います。でもね、マルグリット」

マルグリットをジッと見つめ、決意をこめて言った。

「彼らは獣人で、私たちは人間。それはずっと変えられない。哀しい歴史をなくすこともきっとこれからも、ああいう風に言われ続けるんじゃないかって思うんです」

この大陸の獣人にとって、人間は侵略者で自分たちを虐げてきた存在。

いくら獣人の地位が向上してきたからと言って、それを簡単に忘れられるはずがない。

でも……きっとマルグリットなら。

「ねえ、マルグリット。踊りは常識を超えることができるんですよね？」

期待をこめた眼差しで見つめる。

彼女は、プッと小さく噴き出すと――心底嬉しそうに笑って言った。

「もちろんだよ！　リリー。あんたも言うようになったじゃない。踊りに不可能はない。儀式が終わった後、あの声を歓声に変えてやろう。ああ、楽しみじゃないか！」

「……！」

私はパッと顔を上げ、こみ上げてくる笑いを必死にこらえた。

——強いなあ。眩しいくらいに強い。かっこいい……！

その強《したた》かさに憧れを抱きながら、私はまっすぐ前を向いた。

頑張ろう。これを乗り越えたら、きっと自分は少し逞しくなっているはず。

ちょっとずつ強くなっていくんだ。

そしていつか、忌々しい薔薇の呪いから解放される。

今日は……そのための最初の一歩だ。

「マルグリット。私、絶対に今日の〝主役〟をあなたにしてみせます」

私の言葉に、マルグリットは顔をクシャクシャにして笑った。

「うん。よろしくね。期待しているよ、リリー！」

決意と共に舞台へ進む。わずかな星明かりだけに照らされている舞台は、どこか冷たい印象を私に与えた。けれど、そこをマルグリットの踊りで熱狂の渦に巻き込んでみたい。そんな想いも胸の中に芽生え始めていた。

舞台の中央に立ったマルグリットが、魔法の発動を今か今かと待っている。

同じく舞台の隅に立った私は、腕に嵌まった金の円環に指先で触れる。

「……ふう」

大きく息を吸い込んで、顎を引く。すると、観客の中にカイがいるのが見えた。

……ああ、シリルやヒューゴ、ヴィルハルトもいる。

カイ以外の義兄たちは、私の視線に気付くと勇気づけるかのように手を振った。

みんなが私を応援してくれている。気持ちがふんわり持ち上がってきて、緊張がやや解れた。

カイは相変わらず仏頂面のまま、ヴァイスを従えて腕組みをしている。他の義兄たちがどことなく不安そうなのに対して、いつも通りの表情なのがちょっとおもしろい。

――心を落ち着けて。期待に応えよう。私の精いっぱいを詰め込もう。

腕輪に魔力を流し込んでいく。すると、ぼんやりと光り始めた。

それは私のだけではない。マルグリットが身につけたものもだ。

「……ほう？」

カイがおもしろそうに口の端を吊り上げたのが見えた。

これは術者と対象者を繋げるための魔法だ。至って仕組みは簡単。同じものを身につけて、ふたりの間に魔法回路を作る。これにより魔法の効果が伝搬しやすいようにするのだ。

これを利用すれば、感覚を鋭敏にする作用をさらに強めることができる。

つまり、マルグリットはより獣人の感覚に近づけるのだ。

だが、これには大きな副作用があった。

普通に魔法を行使するよりも負担が大きくなる。さらには、対象者と感覚を共有してしまうのだ。踊っているマルグリットの感情、疲労感などをダイレクトに感じてしまう。心が弱く、体力のない私からすれば、致命的だと言えるだろう。

魔法の行使に最も必要なのは冷静さだ。私のような未熟者がこれをしたとして、成功するかどうか怪しい。だからこそ、カイは私にこの方法を提案しなかったのだと思う。

けれど、今まで一度も成功していない以上は、なにかしらのリスクを負ってでも手を打つべきだ。絶対に心を乱さない。それがマルグリットを〝主役〟にするための私の覚悟だ。

リスクに関しては、マルグリットも了承済みだった。彼女は「あたしたち一蓮托生でしょ?」と笑ってくれた。それからふたりで朝まで練習を重ねたのだ。だからきっと大丈夫。

「……始めよう。マルグリット」

大きく息を吐く。その場に跪き、舞台に手を当てて呪文を紡ぎ始める。

「無垢な心をあなたに捧げましょう。白い花弁に想いを乗せて」

体の奥底に眠る魔力を引っ張りだし、舞台に注いでいく。

その瞬間、金環が小さく震え、視界にちかちかと星が飛んだ。暗闇に沈んでいた光景が一気にクリアになる。観衆たちの囁き声が、彼らの服の擦れる音が、呼吸の音が耳に飛び込んできて、あまりの音の大きさに耳を塞ぎたくなった。すん、と鼻で息をすると、噎《む》せかえるほどの森の匂い。それがあまりにも強烈で、息を止めたい衝動に駆られるが必死に耐えた。

——これが、今のマルグリットが見て、感じている世界。

魔法で獣人なみに増幅された五感。己の許容量をはるかに超えた情報量にめまいがする。

——シャン！

すると、マルグリットが踊り始めた。

朝方まで練習していたというのに、まるで疲れを感じさせない動きだ。じわっと、見ている方が息を呑むほどに腰を落とし、次の瞬間には素早く舞台を蹴って高く跳ぶ。その度に金の腕輪が鳴る。甲高い金属音は、まるで神へと捧げる歌のようだ。

遊ぶように、祈るように。マルグリットの踊りは、見るものすべての目を惹きつける。

最初のうちはざわついていた観衆だったが、やがて誰もが口を閉ざした。

ただただ、舞台上で繰り広げられる踊りに心囚われ、胸をどうしようもなく揺さぶられて、瞳を滲ませそれに魅入る。

「うう……っ」

必死に魔力を注ぎ続ける。体が重い。跪いているだけだというのに、疲労感で倒れ込みそうだ。目を瞑ると、マルグリットの視界がわかる。激しく流れていく景色。飛び散る汗。息が弾んでいる。苦しい。筋肉が軋《きし》む。

けれど、思い通りの動きができた瞬間には、ゾクゾクするくらい気持ちがいい。

――すごく静かだ。

時間が経つにつれて周囲の音が消えているのに気が付く。

あれだけ世界は音で満ちていたのに。それだけ、マルグリットが集中している証だ。

しん、と静まり返った世界の中で、どくどくと耳の奥で心臓が鳴っている。

徐々に指先から足先までエネルギーが満ちていく感覚。

想いが。祈りが。心が――動きとなって昇華されていく。

その瞬間、視界に光るものが入った。

獣人たちの瞳でも星でもない。比べるまでもないほどに明るいそれは――精霊だ！

――ああ！　やっと。やっと……！

心が震え、思わず泣きそうになった。

しかし、今ここで動揺したら魔法の効果が乱れる。感情を必死に押し殺す。

「おお……。これは美しい……」

「人間の踊り手だというのに、精霊がこんなにも」

獣人たちの間から、歓喜の声が漏れた。

人々のマルグリットを見る目が明らかに変わったのがわかる。

熱の籠もった視線。人間とか獣人とか、そんなものはまるで関係ない、ただただ熱狂的なそれに、マルグリットのテンションが上がっていく。

——ああ！　このままいけばうまくいく。でも……もっと！　もっと。この最高に気持ちのいい舞台の上で、踊り続けていたい……！

そう思ったのは、マルグリットのはずだったのに。

私はまるで自分のことのように共感すると、流し込む魔力をさらに増やした。

「……弟子！　自分の魔力量を考えろ！」

カイの声が聞こえた気がした。でも、私はマルグリットにもっと素晴らしい踊りを踊ってほしい気持ちでいっぱいで、そこまで気を回す余裕はない。

——もっと。もっと。もっと。もっと！

ドンドンと魔力を流す。それに比例するかのように、集まってくる精霊の数は増えていった。

森の中が真昼のように明るくなる。

——その時だ。

突然、舞台の中央に人影が出現した。

「なっ……なに……!?」

驚きのあまりに思わず集中が途切れる。

魔力の供給が絶たれ、マルグリットの踊りが止まった。

まずい、と思ったものの、それどころではない。

私もマルグリットも、突然、舞台上に現れたそれに目が釘付けになっている。

《──おお。おお。見事な。実に見事な踊りであった》

それは、見たこともないほどに美しい顔をしていた。

神々を模した彫刻かと思えるほどに完璧な造作。長いまつげに彩られた瞳は黄金色をしていて、瞳孔は草食獣のように横長だ。緩く波打つ焦げ茶の髪には、様々な植物が絡みつき、まるでその人を飾り立てるかのように美しい花を咲かせている。

頭上に戴くのは複雑に絡み合う鹿の角。王者の冠のように思えるのは、きっと勘違いではない。日に焼けた筋肉質の体は見蕩れるほどに引き締まっていて、草の葉で編んだ幾何学模様の布を纏っていた。腰から下は牡鹿の四肢を持ち、長い尻尾の先は二股の大蛇へと変じている。手にした黄金の錫杖の上には、立派なフクロウが一羽。周りには、ふわりふわりふわわと、無数の精霊が漂っている。

その姿を見た途端、私はなにかを考えるよりも前に、その場に平伏していた。

──な、なにが起きているの……！

体が小刻みに震え、汗が止まらない。

顔を伏せているというのに、ビンビンと存在を感じる。自分がなにを前にしているのかまったくわからない。しかしそれが、矮小な己が気軽に接していいものではないことは、本能で理解していた。

「……くっ！　これはどういうことだ。ヴィクトール！」

「俺もわからねえよ。アンニーナ、説明しろ！」

「わ、わかりませぬ。あれは……あのお方は……まさか」

遠くからカイたちの声が聞こえる。彼らもまた、この状況が理解できていないようだ。

その時、蹄の音が聞こえた。徐々にこちらに近づいてきている。

《面を上げよ、娘》

ひれ伏している私の視界に、大きな蹄が映った。

その人の言葉には逆らえない。震えながら、ゆっくりと顔を上げていく。

すると、黄金よりも美しい瞳と目が合った。彼は表情を和らげ、笑った。

《我を喚んだのは主か。その幼き体で神を召喚せしめるとは……驚いたぞ》

空気を震わせず、直接頭の中に声が響いてくる。

――召喚？　神？　意味がわからない。そんなことをした覚えはない。

「……嘘だろう？　まさか形骸化した儀式が威力を発揮したっていうのか」

カイの驚いた声が聞こえる。

それで、私はだいたいのことを理解できた。

この祭りは、遠い遠い昔には、本当に神を喚び寄せるためのものだったのだろう。

カイが言っていた。『精霊は獣人の神の眼』であると。

彼は迷信だと言っていたが、それは真実だったのだ。神の眼である精霊を踊りによって喚び寄せ、舞いを披露する。そしてお眼鏡に適えば神が降臨するという仕組みなのだろう。

それが長い歴史の中で、ただの形式的なものへと成り下がった。けれど、どうしたことか今回は本来の効力を発揮し、招きに応じて獣人の神は姿を現したのだ。

——マルグリットの踊りが神様に認められたんだ……！

感動のあまりに胸が震える。けれど、魔力を使いすぎたのもあるのだろうが、頭がクラクラして倒れそうだ。神様の前で意識を失うわけにはいかない。必死に堪える。ああ、でも視界が白く滲み始めた。もう駄目かもしれない——。

「……リリー！」

その瞬間、私と同じように舞台上で呆然と神を眺めていたはずのマルグリットが駆け寄り、私を支えてくれた。安堵の息を漏らしてお礼を言う。彼女は青白い顔をしながらも、小さく頷きを返してくれた。

すると、獣人の神はマルグリットへ視線を向けて柔らかく微笑む。

《お前はまるで月の女神の如く美しく、その舞いは、今まで見たどれよりも優れていた。これほど愉快な気持ちになったのはいつぶりだろうな。褒めてつかわす》

パッとマルグリットの顔が薔薇色に染まった。

「あ……ありが、とうございます」

途切れ途切れにお礼を言って、呆然とかの神を見上げる。

獣人の神は私とマルグリットを交互に見ると、わずかに目を細めた。

《――お前たちは我が子ではないのだな》

その瞬間、ドキンと心臓が高鳴った。

これは獣人の神に感謝を捧ぐ祭りだ。獣人でもない私たちが参加したことを、かの神はいったいどう思うのか。想像しただけで背中に冷たいものが伝う。

「あ、あ……」

恐怖で喉の奥がひりつく。怖くて、恐ろしくて。でも――〝主役〟であるマルグリットだけは守り抜かねばと、小さな体でぎゅうと抱きしめる。彼女は私の背に手を回すと、カタカタと震えながらも抱き返してくれた。

《……そうか。人と我が子たちは共に歩めるようになったのか》

しかし、聞こえてきたのは予想外に優しい声。

ハッとして顔を上げると、大きな……とても温かい手が私とマルグリットの頭を撫でた。

《これからも我が子たちと共にあってくれ。かわいらしい魔法使い。優れた踊り手よ》

思わず目を瞬くと、一気に気が緩んでしまった。ポロリ、涙がこぼれる。

張り詰めていた糸が切れたからだろうか。ポロ、ポロと溢れ出した涙が止まらない。

「……泣かないって決めたのに」

慌てて涙を拭うと、大きな手で抱き上げられた。

「ひっ……？」

——か、神様に抱っこされてる……!? なんで。どうして!?

なにがなんやらわからない。混乱している私をよそに、獣人の神はそこに集まった人々に向き合い、ぐるりと辺りを見回して言った。

《素晴らしい舞いに感謝を。これからの百年、獣の子らに繁栄を贈ろう。争いのない世界で、我が子たちが……人の子らと共に幸せな日々を享受するのを、心から願っている》

すると、集まった獣人たちは互いに顔を見合わせ——。

「ワアアアアアアアアアアアアッ！」

次の瞬間には、拳を振り上げ、頬を真っ赤に染めて熱狂的に叫んだのだった。

＊

——眠い。眠すぎる。魂まですり減らしてしまったみたい。

祭りが無事に終わった後。

私はカイの背中に揺られながら、ひとりまどろんでいた。

マルグリットと意識を共有していたせいもあり、恐ろしく疲れている。

瞼がまるで鉛のように重く、一度でも閉じてしまったら二度と開けられなくなりそうだ。

「――まったく。確かに祭りは成功させねばならんとは言ったが、神を喚べなどとは言っていないぞ。やりすぎだ、この馬鹿弟子！」

屋敷への道すがら、カイはひたすらブツブツ言っていた。

そんなカイに、マルグリットは、どこか呆れた視線を向けている。

「成功させろだの、やりすぎだの。カイ兄さんって本当にめんどくさい男よね」

「なにを言う。弟子の行きすぎた行為に釘を刺すのは、師匠である俺の役目だろう」

「うまくいったんだからいいんじゃねえか？　領民たち、大興奮だったなあ。今晩のことは絶対に伝説になるぜ。間違いなく後世に残る事件だった！　人間に悪感情を抱いてた奴らも、きっとスッキリしたにちげえねえ。いやあ、おもしろかったな‼」

ヴィクトールは上機嫌に笑っている。

そんな中、私はしょんぼりと肩を落としていた。

――師匠を怒らせてしまった……。

自分なりに頑張ったつもりだったが、確かに暴走してしまった部分もあった。

まさか神様が来るだなんて思っていなかったけれど、きっとカイをとても心配させてしまったに違いない。

「…………」

すると、カイはしばらく黙り込んでいたかと思うと、ボソリと小声で言った。

「まあ。だが……万事丸く収まったことは評価してやらんでもない」

「……！」

私は体を伸ばしてカイの顔を覗き込み、ドキドキしながら訊ねた。

「わ、私。ちゃんとマルグリットを〝主役〟にしてあげられましたか？」

するとカイは小さく笑って言った。

「……ああ、その点は褒めてやる。よくやった、リリー」

ぽっと頬が熱くなる。心に温風が吹き込んできたみたいに嬉しくなって、カイの背中に頬を寄せる。体が甘ったるい。ようやくやり遂げたのだという実感が湧いてくる。

「師匠が私にマルグリットの補佐を任せてくれたからです。前言撤回させてください。やっぱり、師匠はひどくありませんでした。すっごく優しいです」

思ったことを、そのまま告げる。

「………………。うるさい」

カイは照れくさそうに、モゴモゴと答えた。

すると、シリルがどこかソワソワした様子で話しかけてきた。

「ねえねえ、それよりも。ふたりとも、最後に神様に声をかけてもらっていたじゃない？」

「あ！　オレも気になっていたッス！　周りの声がすごくて、なにをしゃべってるか聞こえなかったんスよねえ」

「神より直接、御言葉を賜れるだなんて……お前たちは幸運だな！」

興奮気味の義兄たちをよそに、私とマルグリットは目を合わせて小さく笑った。

「あれはねえ、あたしたちへのご褒美の話だったの。あの時に約束したのは、獣人たちへの祝福だったからね。わざわざ声をかけてくれたのよ。律儀な神様だよねえ」

「へええ！　それはすごいッスね……！　それでなにをお願いしたッスか？」

マルグリットはにっこりと笑うと、ぐっと力こぶを作って言った。

「歳を取っても怪我をしない体をお願いした！　好きなだけ踊れるようにね」

「うっわ〜。さすがマルグリット。踊りに関してはストイック」

「うふふふ。最高の贈り物だわ……！」

うっとりと目を瞑るマルグリット。すると、みんなの注目が私に集まった。

「ええと……私は」

——あの時、獣人の神は私にこう申し出てくれたのだ。

《……ふむ。小さな魔法使い。厄介な呪いに蝕まれているようだな》

さすが神と言ったところだろうか。

かの神は私の呪いにいち早く気が付くと、なんと解呪を申し出てきたのだ。

「獣人の神様は、私の呪いを解いてやろうかって言ってくれたんです。でも、それは断りました。妹への呪い返しがどうなるかわからなかったし、それに、このことには自分でけじめをつけたかったから」

「弟子よ、ならばなにを願ったんだ？」

「……早く、大人の体になりたい、と」

そうして、獣人の神は私の願いを聞き入れてくれた。

《了解した。力になれるように手を貸そう》

獣人の神は、そう言って私の左手の薬指に印を残してくれたのだ。

小さな花模様の痣だ。それが神との約束の証らしい。

するとカイは盛大にため息をこぼした。

「馬鹿者が。呪いが解ければ結局は叶う願いではないか。もっと頭を使え」

「確かに、そうですね。それはわかってたんですけど」

カイの肩に頭を乗せると、まるで独り言みたいにぽつりと呟く。

「私、ここの家に来てから毎日が幸せで。これ以外の望みがなかったんです」

「…………」

その瞬間、全員が黙り込んでしまった。

――な、なに。変なこと言っちゃった……!?

途端に不安になってみんなの様子を窺う。すると――。

誰もが、ちょっぴり泣きそうな顔になっているではないか！

「うおおおおおっ！　今の聞いたッスか。親父、聞いたッスか‼」

「ワハハハハッ！　嬉しいこと言ってくれるじゃねえか。リリー！」

「アタシ、きゅんってしちゃった。ああ、もう駄目。好き。かわいい」

「感激のあまりにハラキリをするところだった。危ない……」

「やだ〜。リリーってば、いつもこんな感じなの？　そりゃ甘やかされるわね」

「え。ええぇ……!?　待って。どうしてみんな興奮しているの！　し、師匠〜‼」

強烈な〝甘やかし〟の予感がして、ひとり黙り込んだままのカイに助けを求める。

しかし、どうにも反応が鈍い。恐る恐るカイの表情を窺うと――。

「フッ。リリーが幸せなのはほとんど俺のおかげだな」

なぜか、まんざらじゃない様子で小鼻を膨らませているではないか。

――あ。駄目っぽい。

私は絶望的な気持ちになると、甘やかされる前に逃げてやろうと、カイの背中から降りようと必死にもがいた。けれども、すぐに大きな手で抱き上げられ……すとん、と着地したのはヴィクトールの肩の上である。

「よっしゃ！　お前ら、屋敷に帰ったら祭りの慰労会だ。飲んで食って騒ぐぞ！　あと、頑張ったリリーとマルグリットには、俺からもご褒美をやろう！　なんでも言うんだぞ」

「わ〜〜〜〜‼　やったあ‼」

「え、あ。待って。待ってください。そんな、なんでもなんて困ります！」

甘やかされるのは嬉しい。嬉しいけど。慣れないからか、やっぱりくすぐったい！

必死に抗議の声を上げるが、誰も聞き入れてくれない。どうやら、しばらくはこの甘やかしに耐えなければいけないらしい。

「……うう。やっぱり私が小さいから甘やかされるんだ。早く大人の体になりたい……」

左手の薬指の痣を見つめて、ぽつりと呟く。

私の嘆きの声は、祭りの熱狂覚めやらぬ夜の空に溶けていった。


この時はまだ、私はなにも理解していなかった。

〝早く大人の体に〟

その願いを、神様がどんな風に叶えてくれるかなんて――。

第五話　偽りの聖女と癒やしの天使

精霊祭から一週間後。

私は、ヴィクトールの執務室を訪れていた。

壁に立派な剣や珍しい形をした武器が飾られた、重厚な雰囲気が漂う部屋である。調度品も一級品が揃っていて、見るからに伯爵の部屋といった畏まった趣があった。

けれども、そこの主はどこまでも気さくだ。

「まあ、適当にかけてくれよ。リリー、ジュースでも飲むか？　菓子も用意させよう」

「あ、ありがとうございます……」

小さくお礼を言って、ふかふかの革張りのソファに座る。

「おっ、いいッスねえ。オレも欲しいッス、親父！」

「ならば、私がメイドを呼んでこよう。兄弟揃ってお茶を飲むのも久しぶりだ」

「楽しみだわ。あっ……カイ！　砂糖を入れすぎないでよ。あれ、見てるだけで胸焼けがしてくるのよねえ。気分が悪くなるの。絶対にやめてくれる？」

「うるさい、頭脳労働に勤しむ俺には糖分が必要なんだ。文句を言うな」

そこには、ヴィクトールの義理の息子たちも勢揃いしていた。

「失礼いたします」

三つ子のメイドがやってくると、みるみるうちにテーブルの上に美味しそうな菓子が並ぶ。

甘い物好きなカイやシリルは、嬉しそうにそれらを摘まんでいた。

「……リリー？　どうした。腹の具合でも悪いのか？」

けれど、私はそれらに手を伸ばす気持ちにはなれなかった。

落ち込んだ様子の私を、ヴィクトールが心配そうに見つめている。

「い、いえ……少し、心配事があって」

すると、ヴィクトールの瞳がキラリと光った。

「それは、俺たちを集めたことと関係があるのか？」

頷くと、私はカイに目配せをした。口いっぱいに菓子を含んでいたカイは、ごくりとそれを飲み込むと、おもむろに足もとに置いていた鳥かごを持ちだした。

「なんスか？　うっわ、ちょっとカイ兄ィ！　その子、死にかけじゃないスか！」

「動物虐待……？　思考回路がぶっ飛んでいるとは思っていたが、まさかそこまで……」

「オイ、勝手に人を危険人物に仕立てるなヴィルハルト。殴るぞ」

ヒューゴとヴィルハルトの怯えた目線に、カイは不愉快そうに顔を顰めると、中から青い小鳥を取り出す。ぐったりしていて、羽が血で濡れている。ピクリとも動かない。

「これはさっき、猛禽類に追われて地面に落ちてきたのを拾っただけだ。今回の話し合いにおあつらえ向きだと思って持って来た」

「なっ……！　それは道具や物じゃないのよ⁉　ろくに手当もしないで放置してたわけ？　命を侮辱することだけは絶対に許さないわよ‼」

「うるさいぞ、シリル。別に命を弄んだつもりはない。どう見ても致命傷だ。俺の手には負えなかった。まさかお前、この俺が回復魔法を使えるとでも？」

「まさか！　こんな捻くれてる男に神様が力を貸すわけがないわ。回復魔法は、神に真摯な気持ちで仕えた人にだけ使える魔法なのよ！　天才だろうとなんだろうと、アンタなんかが使えるわけない。うぬぼれないで。さすがに怒るわよ……！」

シリルの強い物言いに、カイは深く嘆息すると、小鳥を私の前に置いた。

「フン。ならば、弟子ならどうだろうな？」

その瞬間、シリルたちの顔が青ざめた。

「なっ……なに言っているのよ！　どうかしてるわ！」

「いいんです。シリルお義兄様、ありがとうございます」

「でも……」

私はカイから小鳥を受け取ると、ほうと息を吐いた。

どことなく不安な気持ちがこみ上げてきて、そっとカイを見つめる。

カイは、どこか優しげな表情になって頷いてくれた。

「大丈夫だ。俺は、できないことを他人に任せない」

「……はい」

彼の言葉に勇気をもらい、唾を飲み込んで口内を湿らせる。

目を瞑り、今にも儚くなりそうな小鳥の上に手をかざすと、小さく呪文を唱えた。

「無垢な花びら、甘やかな幽香。祈り、願い。どうかこぼれた命を掬いとって」

その瞬間、手のひらの表面がぽうと熱くなった。

精霊祭で練習したおかげで、魔力操作にはだいぶ慣れた。

体の中心から、無理なく力の奔流が溢れ出し、呪文を介して小鳥に流れ込んでいく。

それは聖属性魔法だ。行使できるのは、信仰心を神に認められた人間のみ。

天上におわす神々の力を借り、あらゆる傷をたちまち治してしまう奇跡の魔法。シリルが言った通りに誰にでも使えるものではない。選ばれた人間だけが扱える、特別なものだ。

「……ピッ……」

その瞬間、小鳥が小さく鳴いた。何度か目を瞬かせると、わずかに身じろぎする。

「ピィ！」

そして次の瞬間には、力強く羽ばたいた。

かわいらしい声を上げながら、部屋の中を縦横無尽に飛び回る。

「……えっ……ええ？　えええええええ……!?」

その様子を眺めていた義兄たちやヴィクトールは、呆然と青い鳥を見上げた。

驚きのあまりに言葉が出ないらしい。確かにそうだろう。聖職者でもない私が聖属性魔法を使えるだなんて、想像もしていなかったに違いない。

そんな義兄たちとは対照的に、小鳥はどこまでも元気いっぱいだ。部屋中を飛び回って、やがてある場所に降り立った。――それは、私の肩の上だ。

「元気になってよかったね」

「ピィ！」

声をかけると、小鳥は嬉しそうに首を傾げた。

小さく笑って、義兄たちに向かい合う。彼らの視線は、すでに奇跡の生還を果たした小鳥には注がれていない。口をあんぐり開けたまま、私を凝視している。

「……ど、どういうことよ⁉　なんでこの子が回復魔法なんてものを使えるの！」

動揺したシリルが、カイの肩を掴んで強く揺さぶった。

「どうもこうも。こういうことだ」

私は苦い笑みをこぼすと、左手の薬指に刻まれた印を見せ、意を決して言った。

「あの。私……聖女になっちゃったみたいです……」

その瞬間、義兄たちやヴィクトールの顔が驚愕で彩られた。

「せ、聖女おおおおおおおっ⁉」

彼らの素っ頓狂な声が、初夏の心地よい空に響いていった。


〝聖女〟──それは、この世界に数人しかいない聖なる存在だ。

聖属性魔法の使い手で、すべてを癒やし、育み、あらゆるものに愛され、祝福を与える。

神の愛し子、神の代行者。そう言われているのが〝聖女〟である。

「なんでまた、リリーが聖女なんだ、カイ。説明しろ」

ヴィクトールに鋭い眼差しを向けられて、カイは顔を顰めた。

見蕩れるほどに美しく整った顔には、ありありと疲れが滲んでいる。

それは聖女について、彼が徹夜で色々と調べてくれていたからだ。

「原因はあのクソ神だ、ヴィクトール。アイツが聖女の印を与えた」

「そりゃあ、あの祭りの時にもらった祝福のことか？」

「そうだ。弟子の〝大人の体になりたい〟という願い……それを叶えるためだ。解呪を拒否されたあの神は、力業で大人の体になるように仕向けた」

「その願いは知ってるがよ……。聖女になるのと、大人の体になるのと関係あるのかよ？」

「ある。……忌々しいことにな」

聖属性の魔法は傷を癒やし、成長を促進させ、歪んだものをあるべき姿へと戻す。

魔法の効果を考えれば、呪いで成長しなくなってしまった私の状態を回復させるためには、打ってつけだと言える。教会にいる解呪の専門家は悉《ことごと》く聖属性魔法の使い手だ。

「聖女になれば、聖属性への魔法適性が劇的に上昇する。適性が高いということは、行使が容易だというだけでなく、その身に及ぼす効果も強まるという意味もある。聖属性魔法で状態を回復させればいいと、あのクソ神は安易に考えたのだろう」

「そうか。なら、リリーは年齢相応の体に戻れるってことだな？」

「いや――そうも簡単な話ではないんだ、ヴィクトール。これだから神は嫌いだ。自分勝手で横暴で、理不尽。そもそも価値観が違う。人間はいつだって振り回されてばかりだ」

ため息をこぼしたカイは、気を取り直すように皮肉な笑みを浮かべ、続けた。

「呪いで成長を縛られているのに、そこに聖女という〝特性〟を付与した場合、いったいどうなると思う？　互いの効果が拮抗して、歪《いびつ》な形で効果が現れるに決まっている」

「……あら？」

するとと、シリルがなにかに気が付いた。私をまじまじと見つめると首を傾げる。

「なんだか変ね。顔つきが少し変わったような。それに服も！　ぴったりになるように仕立てたのに、寸足らずになってるわ！」

「えっ……。カイ兄ィ、それって」

みんなの注目がカイに集まる。彼は最高に嫌そうな顔になって言った。

「――そうだ。この不肖の弟子は、聖属性魔法を行使した時だけ、一時的に成長するように

なってしまった」

「はああああああああああああっ⁉」

再び、兄たちやヴィクトールが素っ頓狂な声を上げた。ポカン、と口を開けたまま固まっている。なんだか、驚かせてばかりで申し訳なくなってきた……。

そうなのだ。聖属性魔法を行使した結果、今の私は八歳ほどの体格になっている。

もともと、そんなに背が伸びる方ではないようで、あまり身長は変わらないのだけれど。

私はモジモジと指を絡めると、へらっと緩んだ笑みを浮かべた。

「より多くの魔力を使ったら、もっと大きくなれるみたいです。でも、数十分もしたら戻っちゃうみたいで」

頬をかいて、瞼を伏せる。ああ、なんだか恥ずかしくてみんなを見ていられない。

「聖女になったおかげで、少しの間だけ、大きくなれるようになりました……」

すると、兄たちやヴィクトールは互いに顔を見合わせ、盛大にため息をこぼした。

――うう。その反応、すごくわかる……！

あれほど大人の体に！と切望していたというのに、結果がこれである。

なにもかもが中途半端。一時だけ大人の体になれたからどうだというのだ。

そうじゃない。神様、そうじゃないよ……！

「曖昧な願いを口にした私が悪いんですけど」

「いや、斜め上の方向で願いを叶えた神が悪い。ヴィクトール、今から奴を殴りに行こう」

「オイオイ。一応は信仰対象だぞ？　俺が殴ったら体面が悪いだろうが」

「バレなければいいだろうが、バレなければ」

「俺はまだ獣人の英雄でいたいんだがなあ。まあ、二、三発くらいは……」

「お義父様⁉　ちょっと、カイ！　適当なことを言って煽らないで！」

「冗談だ、シリル。ワハハハハハハハ！」

ヴィクトールが陽気に笑っている。対照的に、カイはチッと小さく舌打ちをした。

――わあ。師匠、本気だったのね⁉　危ない……！

こっそり安堵の息を漏らし、こみ上げてくる不安にため息をこぼす。

きっと私は、このへんてこな状況を受け入れるしかないのだ。

でも……まさか、聖女なんてとんでもないものになるなんて思わないじゃない⁉

ささやかな願いに、突然、山のような黄金を差し出された気分だ。私の手には負えない！

「それで、今後どうすればいいか、お義父様たちに相談したかったんです」

「そうねえ……。そういえば、いつわかったの？　自分が聖女だって」

「精霊祭が終わって数日後です。師匠が調べてくれて……」

初めは、カイも興味本位だったらしい。神の恩恵というものは様々な種類があるから、どれに相当するのかを確認しようと思ったのだそうだ。

『なんだこれは……。弟子‼　いったい、お前はなにをした‼』

――印の正体が聖女印だとわかった時の師匠の顔。忘れられないなあ……。

それからは大変だった。いきなり聖属性魔法は使えるようになっているわ、試しに使ってみたら身長が伸びるわ。まさに青天の霹靂とはこのことである。

〝脇役〟で〝悪役令嬢〟な私が聖女なんて馬鹿らしい。

まるで現実味がないし、もっと相応しい人物がいるんじゃないか、とも思う。

「お義兄様。お義父様。私……どうすればいいんでしょう」

「ま、まあ……。聖女でもいいんじゃない？」

落ち込んでいる私に、シリルは慰めの言葉をくれた。

「なってしまったものは仕方がないわ。聖女の回復魔法は強力だって聞くし、呪いを解くのにきっと役立つに決まってる。ああ！　お洋服を仕立て直さなくちゃね！　大きくなっても問題ないものにしなくちゃ。任せておいて。前向きに考えましょう？」

「シリルお義兄様……」

「大丈夫だ、リリー。私たちがついている。なにも心配することなんてないからな！」

「はい、ヴィルハルトお義兄様」

優しい言葉をもらっても、不安な心は晴れない。けれど、シリルたちの言う通りに、いつまでも後ろ向きではいられないのも理解している。

——強くならなくちゃ。もっと、もっと。少なくともみんなに迷惑かけないですむくらいには強く。それが、私を拾ってくれた彼らへの恩返しになるだろうから。

心を必死に奮い立てる。いつまでも弱いままではいられない。

すると、ガタン！と大きな音を立てて椅子が転がった。

驚いて顔を上げる。そこには顔を青ざめさせたヒューゴがいた。

「なにを悠長なことを言ってるッスか！　聖女ッスよ⁉　……カイ兄ィ！　どうにかして聖女の印を消すことはできないんスか！」

いつになく動揺しているヒューゴに、カイは眉を寄せると首を横に振った。

「正直、まったく見当がつかない。神の寵愛を消すなんて、そんなことといまだ誰も試したことはないからな。喜びこそすれ、それをいらないなどと宣う輩はいないだろうし」

「兄ィは天才じゃなかったんスか⁉」

「それとこれは話が別だ。天才がなんでもできると思うなよ」

「……っ！　でも、でもっ……！」

悔しそうに歯がみしたヒューゴは、私の背後に回るとギュッと抱きしめてきた。

「リリーは、今までずっと大変な目に遭ってきたんス！　これ以上の試練なんていらないでしょう⁉」

——な、なんだろう……？

必死に訴えかけているヒューゴをよそに、私はひとり置いてけぼりにされたような気分だった。ヒューゴは、私が聖女であることがよほど嫌らしい。

――もしかして、聖女ってすごく大変なんじゃ……!?

嫌な予感がして、不安げにヒューゴを見上げる。

「えっと、どういうことです……？　聖女になるとなにかあるんですか？」

恐る恐る訊ねると、ヒューゴのヘーゼル色の瞳が涙で滲んでいるのが見えた。

ギュッと心臓が苦しくなって、不安げな眼差しをヴィクトールへ向ける。

「ああ……まあなあ。聖女はちっと厄介だな」

ヴィクトールはガシガシと頭をかくと、吐き捨てるように言った。

「リリーが聖女だって知れたら、きっと王宮と聖教会の奴らが黙っちゃいねえだろうし」

「確かにそうだな。チッ。聖女は政治的、宗教的な意味でシンボルになり得る」

「し、しんぼる……？」

「それだけ、神の恩恵というものは効果的だということだ。戦時下には、聖女は兵の士気を劇的に高めたと記録にもあるし、聖教会のトップには印を持つ者が就任すると定められている。信仰を集めるにも、民の心を掴むにも、聖女というのは重宝されるのだ。聖女印を持つ女性が見つかった場合、問答無用で王族の婚約者とされるくらいだぞ」

――王族の婚約者。

さあ、と青ざめる。場合によっては、いずれは王妃になるということだろうか。

そんなの絶対にお断りだ！　私なんかに務まるとは思えない！

すると、私を抱きしめていたヒューゴの腕の力が強まった。

「駄目ッス。絶対に駄目！　リリーはうちの末っ子ッスよ？　政治の駒に差し出すことなんてできないッス！」

するとそれにシリルとヴィルハルトも続いた。

「そうよ、そうよ！　絶対に駄目。この子はうちで幸せになるの。そう決まってるの！」

「私もそう思う。絶対に誰にもリリーが聖女である事実を漏らすべきではない」

「…………」

三人の言葉にヴィクトールは思案げだ。真剣な表情になると、私をジッと見つめた。

「リリーはどうしたい？　俺はお前の意思を尊重したいと思う」

「親父ッ！」

「ヒューゴは黙っていろ。おめえの事情はわかってる。だが――これはリリーの問題だ」

「……ぐっ。でも。でも……」

納得のいっていない様子のヒューゴに、ヴィクトールは苦い笑みを浮かべた。静かな口調で私に語りかける。

「なあ、リリー。聖女なんてもんは、それこそ誰でもなれるもんじゃねえぜ。神様からの賜りもんだ。それをどうするかはお前次第。聖女っちゅう役目は大変だろうが、今よりはいい暮らしができる。将来も安泰だ。きっと……その呪いを解くのも、ここにいるよりかは簡単だろうぜ。なにせ、王宮や聖教会には呪いを解くための専門家もいる」

「…………」

私は瞼を伏せると、少しだけ考え込んだ。

聖女。呪い。待遇。政治の駒。思考の海の中で、色々なものが浮かんでは沈んでいく。

──ああ。でも、私が選ぶ道はひとつだ。

迷うことなく、まっすぐに前を向く。不安そうな義兄たちを安心させるように頷いた。

「私はここにいたいです」

その瞬間、彼らはあからさまに安堵の息を漏らした。

「私を拾ってくれたのは、ここにいるみんなですから。それに、私がなりたいのは〝優しくてかっこいい魔法使い〟であって、聖女じゃないです」

「……ッ！　リリー……！」

すると、頭上からポタポタと温かい雫が落ちてきた。

見上げると、ぺたんと猫耳を伏せたヒューゴがボロボロと泣いている。

「よく言ったッス。オレ、絶対にリリーを守るッスからね。絶対に、絶対ッス。聖女だからとか関係ないッスよ。リリーが幸せになるまで、絶対に見届けるッスから……」

「……ヒューゴお義兄様……？」

「約束ッス。オレ、頑張るッスからね」

「は、はい……」

戸惑いながらも頷く。涙を拭ったヒューゴは、ニカッと晴れやかな笑みを浮かべると、ヴィクトールと今後の対応について相談し始めた。

盛んに交わされる意見の中、左手の薬指に顕れた聖女印に触れる。

――大変なことになったなあ……。

私は、そっと小さくため息をこぼしたのだった。


その後の話し合いで、私のこれからの方針が決まった。

私が聖女であることは絶対に隠し通す。

これからもここで暮らすと決めた以上は、面倒ごとを避けるために必要なことだ。

それと、聖属性魔法を優先的に訓練することになった。

対象を癒やしたり、成長させたり、あるべき姿へ正すという効果を持つ聖属性魔法は、私の呪いを解くためにも有用だと考えられたからだ。

聖女であることを隠しながら、みんなの役に立ち、頼られる魔法使いになる。

そのためにも頑張ろう！……と意気込んでいたのだが。

夢の魔法使いライフは初日から頓挫した。

私たちは、聖女というものがどういうものか、把握できていなかったのだ。

聖女は〝伝説級〟の人物だ。そのことを甘く考えていたのである。

＊

ガタゴトと馬車が揺れている。

あれから数日後。私はヒューゴの肩にもたれかかり、ゆっくりと流れていく景色を眺めていた。ヒューゴは、長い尻尾で私の背を撫でながら慰めてくれている。

「まあ、人生の中でそういうこともあるッスよね」

「普通はないと思います。ヒューゴお義兄様……」

「いやあ、アハハハハハ。確かに」

がっくりと項垂れ、涙がこぼれそうになるのを必死に耐える。

「それにしても、さすが聖女ッスね。まさか、魔法を禁止されるほど強力だとは」

「……ですよねえ。私もびっくりです」

互いに視線を交わして、はあとため息をこぼす。

憂い気に瞼を伏せると、私は先日の出来事を思い出していた。

――みんなに私が聖女になってしまったと打ち明けた翌日。

私は、カイの指導のもと、早速、聖属性魔法の訓練を行うことにした。

そりゃあもうワクワクだ。楽しみで前の日の晩は眠れなかった。

なにせ、試してみたい魔法がたくさんあったのだ。実践に入れないのをいいことに、私はカイが所蔵する本を読み漁っていた。頭の中は魔法の知識でいっぱいで、それを実際に試せるというだけで空も飛べそうなくらいだったのだ。

――よく考えたら、聖属性魔法を使えるって、それだけですごいことだし！

まるで、じめじめ薄暗かった部屋のカーテンを一気に開け放ったような気分。

そんな浮かれた気持ちが、あの〝悲劇〟を引き起こしたのかもしれない。

私は、とんでもない失敗を犯してしまったのだ。

「お義兄様、よろしくお願いします！」

「よろしくッス！」

回復魔法の練習相手はヒューゴだ。

魔の森辺境領にも、当たり前だが私兵団がある。伯爵位を賜ったヴィクトールは、有事の際には兵を率いて王のもとへと駆けつけねばならない。彼が作り上げたという傭兵団のメンバーを中心に構成された私兵団は、屈強な戦士が多いことで有名なのだそうだ。

ヒューゴも私兵団の一員で、日々鍛錬に励んでおり、普段から生傷が絶えなかった。

擦過傷から切り傷、打撲痕。全身についた傷は彼の努力の賜物だ。

そんな彼は、聖属性魔法の練習台にもってこいだったのである。

「かわいい妹に傷を癒やしてもらえるなんて！　役得ッスねえ。よろしくッス！」

気前よく了承してくれたヒューゴを嬉しく思いながら、彼の生々しい傷を治してみせると決意を新たにする。気合いは充分。準備も万全。あとは魔力を注ぐだけ――。

だった、のだけれど。

私の魔法は、予想外に強烈に。そして劇的に効果を現した。

「ごっ、ごめんなさい……！」

「いやあ。これはさすがに予想もできなかったッス……」

フッと気が付いた時には遅かった。

緊張していたせいか、それとも浮かれていたせいか。

青い鳥を治癒した時とは、比べものにならないほどの魔力をこめてしまったのだ。

結論を言うと、失敗はしなかった。

ヒューゴの傷は綺麗に治ったのだ。けれど――それだけでは終わらなかった。

魔法の効果は、腕にできた打撲痕ひとつを消すだけのはずだったのだが、たちまち体中の傷を一瞬で拭い取った挙げ句、髪の毛を地面に着くほどまでに伸ばしてしまったのだ！

「アッハハハ！　まるで毛むくじゃらのお化けみたいッス」

ひとり青ざめている私に、茶と白と枯れ葉色の三毛猫獣人のヒューゴは、髪の毛を指で摘まんで戯《おど》けてくれた。

「髪は後で切ればいいんスよ。気にしない、気にしない！」

「お義兄様……でも！」

しょんぼり肩を落とした私に、ヒューゴは苦笑いしている。恐る恐る、黙りこくっているカイを覗き見ると、彼はとても不機嫌そうに砂糖山盛りの紅茶を口にしていた。

――し、失敗を取り返さなくちゃ。

冷や汗をかきながら、もう一度、魔法をかけようとした……その時だ。

コンコンと窓を叩く音がした。

なんとなしに目を遣ると――私はあんぐりと口を開けたまま固まってしまった。

なぜならば、そこに熊や鹿、ウサギやリスなどのあらゆる森の生き物たちが押し寄せ、私を情熱的な瞳でジッと見つめていたのだ。

「ひえ」

――こ、怖すぎる……！

混乱して、思わず尻餅をつくと――。

「グオオオオオオオオ！（聖女様、ご無事ですか……！）」

転んでしまった私を心配した動物たちが、一気に研究所になだれ込み、魔法の訓練どころではなくなってしまったのだ……。

「聖女はすべてを癒やし、育み、あらゆるものに愛され、祝福を与える……いやあ。言い伝えは本当だったんスね〜」

あの時のことを思い出しているのか、ヒューゴは苦笑いを浮かべた。

動物たちが集まって来たのは、もちろん私が聖女だからだ。聖なる魔法の気配を感じた彼らは、聖女である私に、文字通りのその身を捧げようとした。

「動物たちが、自分を食べてくれと地面に転がり始めた時は頭を抱えました……」

彼らからすれば、己の血肉を捧ぐことが、最も効果的な献身方法だったのだろう。

だが、そんなことをされても困る。彼らには丁重に森へ帰っていただいた。

「いやあ、あれには驚いたッス。まあ、俺的にはその後の報せの方が印象的ッスけど」

「本当に……ああ、もう。聖女って……本当に聖女ってなんなんでしょう……」

そう。動物たちを帰してホッと安堵したのも束の間、私にとっては悪い報せが届いた。

魔物狩りに出ていた兵士たちが、恐ろしく焦った様子で屋敷の中に駆け込んできたのだ。

『森の中の魔物たちが忽然《こつぜん》と姿を消しました……！』

魔の森では、定期的にどこからともなく魔物が湧いてくる。彼らは、領民に被害がでないように見回りへ出ていたそうなのだが、いわく、森の中のあらゆる魔物が突然、空中に溶けるように消えてしまったのだそう。

「……カイ兄ィが言うには、聖女の魔法の余波で消えた、らしいッスが」

「うう。余波……余波と言われても」

「そりゃあ、カイ兄ィも禁止令を出すッスよね」

とうとう堪忍袋の緒が切れたらしいカイは、私をビシリと指差してこう言ったのだ。

『お前の魔法は効果が大きすぎる！　迂闊に使用許可を出した俺が馬鹿だった。しばらく、感情が安定するまですべての魔法の使用を禁止する‼』

『せ、せっかく魔法を学べると思ったのに……！　し、師匠、そんなあああッ！』

その日の晩は、あまりにもショックで、枕を涙で濡らしたっけ。

「魔の森には、いなくなると困る魔物もいるッスから。仕方ないッスね……」

樹木の妖精であるドライアドをはじめ、一部の妖精は、森の生態系において重要な役割を担っているらしい。領民たちの中には、妖精が作り出す蜂蜜や、ドライアドがもたらす森の恵みを収穫して生計を立てている者もいる。魔物すべてが悪だというわけではないのだ。

「わかってます。わかってますけど。……早く呪いから解放されたいのになあ」

腕に刻まれた薔薇の痣を手で撫でて、こっそりとため息をこぼす。

ああ、また解呪までの道のりが遠のいた。

聖女になれたから少しは楽になるかと思ったら、これではまったくの逆効果だ。

　すると、ヒューゴが気落ちしている私を慰めてくれた。

「まあまあ。もう終わったことは忘れましょ。クヨクヨしててもいいことなんて、な〜んもないッスから」

「そうですけど……！」

「もう。相変わらず、ネガティブなところは治んないッスねえ」

　ニッと笑ったヒューゴは、次の瞬間には真顔になった。

　聞き取れるかどうか微妙なほどの小声でボソリと呟く。

「聖女なんて、そんなもんならない方が幸せッスよ」

「……お義兄様、今なんて？」

　思わず聞き返すと、ヒューゴはふるふると首を振った。

「なんでもないッス。さあ、それよりも！　今日はせっかく気分転換に来たんスから楽しまなくちゃ！」

「そ、そうでしたね。気分転換……」

　ああ、意識したらなんだかドキドキしてきた。

　今日、馬車に乗っているのは、ヒューゴのお遣いに便乗したからだ。

　この馬車は魔の森辺境領の外へ向かっている。魔法を禁止されて落ち込んでいる私を元気付けるために、ヒューゴが誘ってくれたのだが……。

――どこかへ遊びに出かけるなんて、十年ぶりだわ……！

辺境領で拾われてから、偵察へ赴くことはあっても、娯楽のための外出なんてなかった。

遊びに行くのは体力を回復させてからと、ヴィクトールが判断したからだ。

そして今日。やっとのことでヴィクトールの許可が出たのである。

私はひとつ息を吐くと、ぐっと拳を握りしめた。

「……うん！　今日は、なにも考えずに楽しもうと思います！　そうですよ、失敗することくらい、誰にだってありますよね。みんな失敗を積み重ねてひとつずつ成長していくんです。これくらいで落ち込んでたらいけませんよね……！」

「おっ！　いいッスねえ。ネガティブリリーちゃんはどっか行っちまいましたか？」

「い、行きました！　いつまでも閉じこめられていた頃のままじゃいられませんから！」

――うん。今は聖女のことは忘れよう。大変なことがあったとしても、なんやかや丸く収まるものなのだ。地味な人生を着実に！　それが今の私のテーマだ。

――聖女が地味かどうかはわからないけれどね！

鼻息も荒く気合いを入れていると、ヒューゴはニッと犬歯を見せて笑った。

「いいッスね。後ろ向きにメソメソしてるよりかは、よっぽどいいッス。じゃあ、そんなリリーにオレからひとつ、至言を教えてやるッスかねぇ」

「……至言？」

すると、御者台からヴィルハルトが顔を覗かせた。

「お前ら、そろそろ着くぞ。外を見てみろ！」

パッと興奮で顔が熱くなって、急いで馬車の窓から外を覗き込む。

道端に並ぶ木々の向こうに、大きな町が見える。目が覚めるような青い屋根が印象的な、見たこともないくらいの大都会。さらにその奥には――美しいエメラルドグリーンの海。

「海……！　ヒューゴお義兄様、私……海って初めて見ました！」

興奮している私に、ヒューゴはクスクス楽しげに笑うと、どこか得意げに言った。

「〝人生は楽しんだモン勝ち〟！　さあ、思い切り羽根を伸ばしましょ！」

キラキラ。彼のヘーゼル色の瞳に、真っ青な海が映り込んでいる。

「……はい‼」

私は胸がドキドキ高鳴っているのを感じながら、優しい義兄へ向かって力強く頷いた。

＊

そこは、魔の森辺境領の隣に位置する港町だ。

他国から大型帆船が寄港することで知られており、多くの物資が行き交う王国の玄関口でもある。領主の館でお遣いを済ませたヒューゴは、早速私を町へ連れ出してくれた。

「ここは、海鮮物がうまいことで有名なんスけど、他国の珍しい食べものが味わえることでも知られてるんスよ！　ほら、リリー。食べ歩きするッス！」

「はい！」

港の近くには、多くの露店が並んでいる。

色とりどり、見たこともない品々と人々の景気のいい声で賑やかなそこを、私とヒューゴ、馬車の御者を買って出てくれていたヴィルハルトと三人で歩く。

「わあ、ヴィルハルトお義兄様、色々なものがありますね！」

「見ろよ、リリー。あの毒々しい果物、まるで魔物の卵じゃないか？」

ヴィルハルトが指差したのは、真っ黒でトゲトゲした表皮を持つ果実だった。確かに、魔物の卵に見えなくもない。すると店主がにやりと不敵な笑みを浮かべた。

「失礼だね兄ちゃん！　見た目は悪いが味は絶品なんだよ。味見してみな！」

さくりとナイフで果実を割る。中は口に入れるのを躊躇するくらいに毒々しい深紫。

しかし、そこにレモンを搾ると様相が一変した。鮮やかな赤色に変色したのだ！

差し出されたそれに、興味津々だったヒューゴが齧り付く。

すると、パッと表情が明るくなった。

「おっ！　甘酸っぱくてトロッとしてる。うまいッスねえ。見た目とは全然違う！　ヴィルハルト兄ィ、悪口言ったお詫びに買ったらどうッスか？」

「興味深い。悪かったな。一袋、馬車に運んでおいてくれ。父上への手土産にしよう」

ワイワイ騒ぎながら、気ままに興味が向いたものを口にしたり、購入したりする。

異国から運ばれてきた品々は、どれもこれもが輝いて見えて、私はワクワクしながら見て回った。陽光が肌を焼く感覚にはなかなか慣れないけれど、非日常であることが実感できて嬉しくもあった。

「リリー！　あそこの屋台のクレープはうまいんスよ！　買ってきて……おお？」

するとヒューゴが指差した先に、やけに注目を集めている人々がいるのに気が付いた。

金髪の男性を中心に、やたら風貌の整った男性が集まっている。帯剣して、間断なく辺りに注意を払っている護衛らしき人物もいるから、金髪の男性はそれなりの身分なのかもしれない。

不思議なのは、彼らがみんな一様に同じ服装をしているということだ。

「うっわ。リリー、隠れて！」

「むぐ、もご！」

ヒューゴに口を塞がれて、路地に連れ込まれる。

状況がわからなくて目を白黒させていると、ヴィルハルトが言った。

「あれはアレクシス王子じゃないか。なんでこんなところに？」

「魔法学園の課外授業とかじゃないッスか？　ホラ、制服を着てるッスから。ま～、取り巻きを引き連れていいご身分ッスねえ」

「あ、あの人が王子様なんですか……？」

「そうッスよ。色々と優秀らしいッス。この国の未来の王様ッスね」

「へえ……」

大勢に囲まれて、みんなに笑顔を振りまいている王子を眺める。

金髪碧眼、まるで人形のように整った顔。引き締まった体躯。太陽の下で屈託なく笑う姿からは、幼さが抜けきっておらず、玉座に座るほどの貫禄はいまだ持ち合わせていない。

ぽけっと彼の姿を眺めていると、ヒューゴたちがコソコソ話し始めた。

「逃げた方がいいな」

「そうッスね」

「えっ。どうしてです？」

思わず首を傾げると、義兄たちはどこか渋い顔になって説明してくれた。

「なにをされたってわけじゃないスけど。万が一にでもリリーが聖女だってバレた場合の婚約者がアレなんスよね。現王の子どもで男児は今、あの人だけッスから」

「はっ……？　こここ、こんや、こんやく……？」

「落ち着け、リリー。バレた場合の話だぞ？」

「そうッスよ。かわいいリリーをあんな男に嫁がせるつもりはないッス！」

はっきりと言い切ったヒューゴに、なんだかくすぐったい気持ちになってしまった。

「お義兄様、ありがとう……」

お礼を言うと、ヒューゴは照れ笑いを浮かべ、私を抱っこして路地の奥へと歩き出した。

「関わらないことが一番。確か、この先は船着き場ッスよね。さっさと行きましょ」

「おう。そうしよう」

――魔法学園かあ。本当なら、私もそこに通っていたはずだったんだよね。

格式高そうな制服。楽しそうな同年代の男の子たち。

もしも……妹に幽閉されていなかったら、私もあんな風に過ごしていたのだろうか。

ぼんやりと遠ざかる王子一行を眺めていると――一瞬、嫌なものが見えた気がした。

「……ッ！」

勢いよく目を瞑って、ヒューゴの首に思い切り抱きつく。

「リリー？」

「な、なんでもありません……」

戸惑っている義兄へ小声で答えて、そっと王子たちがいた方向に視線を向ける。

彼らはどこかへ移動してしまったようだ。そこにはもう、誰の姿もない。

「……見間違い、だよね」

小さく息を吐くと、ゆっくりと瞼を閉じた。

無駄に色鮮やかな薔薇色の残像が、瞼の裏にしつこく居座り続けている。

――早く、消えて。

私は、ドキドキしている胸を必死に宥めながら、心の中で念じ続けた。


港へやってきた私は、桟橋の上へ移動した。

「さすがにここいらの海は透明度が半端ねぇッスね！」

まるで海水が存在しないかのごとく透き通ったそこは、海底までくっきりと見渡せた。

「おお……」

海の中を覗き込むと、碧や赤などのカラフルな小魚が泳いでいるのが見える。

「わあっ……！」

目に染みるほどに美しい世界。太陽の光に煌めく海面。なんとも形容しがたい潮の匂い。

「綺麗……！　こんな色鮮やかな世界があっただなんて」

海は世界の果てまで繋がっているという。本当に？　この先に見知らぬ国があるなんて、想像することすら難しい。でも、最高に心がときめくことは間違いない！

うっとりと景色を眺めていると、遠くの岩場に誰かが座っているのが見えた。

「お義兄様、あそこに誰かいます！」

ヴィルハルトは手でひさしを作り、目を眇めて遠くを眺めると言った。

「ああ、あれは人魚だな。そういえば、この海域は人魚の棲み家が多いと聞く」

すると、水中の魚を舌なめずりして眺めていたヒューゴが続いた。

「そういや、ここの領主様が言ってたッスよ。最近、人魚が大量発生して船を沈めるんで困ってるらしいッス。ほら、船着き場を見てみるッスよ。ガラガラでしょ？」

確かに、船着き場にはあまり停泊している船はなかった。

すると、港のそばにある倉庫街の方がやけに賑やかなのに気が付いた。

人々が集まっている。なにかを路上で販売しているようだ。

――なにかな。気になるな。でも……王子と行き会ったら困るだろうし。

興味をそそられるも、なかなか言い出せずにいると、ヒューゴが私の顔を覗き込んだ。

「リリー、行ってみるッスか？」

私が興味を惹かれたのに気が付いたらしい。

パッと顔が熱くなる。

行きたいと言ってもいいのだろうか？　わがままに思われないだろうか……？

ちらりとヴィルハルトを確認すると、彼も鷹揚に頷いてくれた。

「なにがあっても私が守るからな。したいことを言ってくれていいんだぞ？」

――……嬉しい！

私は表情を輝かせ、こくりと頷いた。

「お、お義兄様。私、あそこに行ってみたいです！」

すると義兄たちふたりはにっこり笑って、私の手をそれぞれ取り、同時に言った。

「「かわいい妹の心のままに！」」


倉庫街の方へ行くと、そこは予想外に賑わっていた。

広い通路のど真ん中に大きな荷車が置いてある。

その上には大小様々な木箱がずらり。中には液体入りの瓶が入っているようだ。

「さあさあ！　聖女様特製の聖水はいらないかね！」

――せ、聖女……⁉

ギョッとして、思わず義兄たちと顔を見合わせる。

人だかりに近づき、様子を窺う。そこには聖職者の格好をした男が数人と、木製の台に乗った白いローブを着た女性がいるのが見えた。

すると、野次馬のうちのひとりが声をかけた。

「本当にその聖水を海に撒けば、人魚に襲われなくなるってのかよ⁉」

「もちろんだ！」

聖職者風の男は頷くと、透明な液体が満たされた瓶を高く掲げた。

「これは聖女の力がこめられた聖水だ。神の祝福が溶け込んでいて、人魚を一瞬にして霧散させるほどに強力だ。知ってるだろう？　十五年前――かの大戦乱で、王を乗せた帆船を人魚の大群が襲った時、それを救ったのが聖女だったことを！」

「そりゃあ知ってるが……戦乱の聖女はすでにこの世にはいねぇはずだ。いったい、どこの聖女の祝福だってんだ！」

　男が苛立った様子で言うと、聖職者風の男は台の上に立つ女性に目を向けた。

「こちらにおわすのが、その聖女様だ」

　どよどよと群衆がざわつく。すると、先ほどからやりあっている男が噛みついた。

「嘘をつくんじゃねえ！　聖女はみんな聖教会が管理してる。こんな道端で水を売るような馬鹿はいねえよ！　どうせ、自称聖女だろう？　聖なる女を気取る奴ってのは山ほどいるんだぜ。なあみんな！」

　男の言葉に、人々は大きく頷いている。すると聖職者風の男は、首から提げた聖教会のシンボルを握りしめ、どこか厳かな雰囲気を纏って言った。

「このお方は、つい先頃神から祝福を賜ったばかりなのだ。今は聖教会本部へ向かっている最中なのだが、困っている民を見捨てられず、特別に聖水を作ってくださった」

「へっ……！　どうとでも言えらあ。それが本物だってんなら、証明して見せろよ！」

　そうだ、そうだ！　と野次馬の中から声が上がる。

　にこりと笑った聖職者風の男は、すっと懐からあるものを取り出した。

　それは聖教会が祈りの際に使用する、銅のコインに鎖を通した装飾品だ。

「仕方あるまい。では、これが本物の聖水であると示そうではないか」

聖職者風の男は、それを聖女に渡した。彼女はおもむろに瓶の蓋を開け、銅のコインを沈める。男は硬貨がゆっくりと水の中に落ちていくのを横目で見ながら、雰囲気たっぷりに滔々と語り出した。

「このコインは人々の穢れを引き受け、時間が経つと色がくすんでしまう。穢れ。それは、魔物どもの体を形作るもの。ならば、聖水によりコインが美しく生まれ変わったなら」

「お、おい……。まさか」

ざわつき始めた群衆をよそに、聖女は瓶からコインを取り出して布で拭いた。

「——それは、この聖水が本物であるという、なによりの証左であろう？」

「うおおおおお……」

現れたのは、まるで新品同様に光り輝いているコインだ。

すると、今まで黙って様子を眺めていた群衆の中から手が上がった。

「すげえ！　これで漁に出られるぞ！　それを一本くれ！」

「お、俺もだ。俺にもくれ！」

「押すな。俺は三本もらうぞ。オイ、早くしろ！」

わっと人々が殺到する。聖職者風の男は彼らから金銭を受け取り、恭《うやうや》しい手付きで聖水の瓶を受け渡していた。

「……ばっかじゃねえの」

するとその様子を眺めていたヒューゴが吐き捨てるように言った。

「はあ。変なもの見ちまったッスね。リリー、ヴィルハルト兄ィ。行くッスよ」

「は、はい」

スタスタと歩き出した彼の後を追う。

ヒューゴはどちらかというと、いつもニコニコ機嫌よさそうに笑っているタイプだ。

なのに今はどうだろう。不機嫌を通り越して、嫌悪感を抱いているようにも思える。

「ヒューゴ、どうしたのだ」

ヴィルハルトが声をかけると、ようやくヒューゴは足を止めた。

ホッとした様子のヴィルハルトは、人だかりに視線を向けて感心したように頷く。

「すごいな。コインが見違えたようだった。アレは本当に聖水なのか？」

「んなわけねえッスよ。あれはただの酸の水ッス。それで、銅のコインの表面についた汚れを拭き取っただけ」

「ええ……？　じゃあ、みんな嘘をつかれたってことですか!?」

「そうッスよ。ついでに言うと、あの噛みついてた男も仲間ッス。サクラって奴。ああやって、周りの人間を煽って購買意欲を誘うんスよ。詐欺師の常套手段ッスね」

「なんと。あそこの人々はまんまと騙された、というわけか」

ヒューゴは眉を顰めると、ジロリと聖水を配っている聖職者風の男を睨みつけた。

「タチが悪いッスねえ。これ、明日にも死人が出るッスよ」

「……どういうことだ？」

「聖水の効果を信じた漁師や船乗りが、意気揚々と人魚だらけの海域に出かけるからッス」

「……ひどい……」

「アイツらは、自分たちが儲かればなんでもいいんス。他人の生死すらどうでもいい。まあ、オレらが首を突っ込むことでもないッスから。領主に報告しておけばいいでしょ」

ヒューゴは俯き、忌々しげに呟いた。

その手は、白くなってしまうほどに強く握りしめられている。

「お義兄様……」

――もしかして、この苦しげな様子は彼の過去に関係しているのだろうか。

どうにも心配になって、けれども事情を知らない私が声をかけていいものか悩む。

すると男性の声が聞こえてきた。先ほどの詐欺師の一団がいた近くの路地裏からだ。

「メグを返せ！　彼女は聖女なんかじゃない。普通の女性だっ……！」

男性は数人の男たちと揉み合っているようだった。全身に痣を作りながらも、必死に彼らの手から逃れようともがいている。彼の視線の先にあるのは――詐欺師たちが聖女だと言っていた、白いローブの女性だ。

「チッ……」

するると、男性を見つけたヒューゴが小さく舌打ちした。私をヴィルハルトの腕の中に押しつけると、止める間もなく素早い動きで男たちに肉薄する。

「ちょっとォ、お邪魔するッスよ‼」

そして彼らの足もとに潜り込むと、驚くべき体のバネで足を振り上げた。

まるで舞踏のような動きで、男たちの顎を的確に蹴りつける。

急所とも呼べるべき場所を強打した男たちは、次々に地面に伏せた。

残ったのは――先ほど叫んでいた男性のみだ。

「あっ……あ、あなたは……？」

呆然と見上げている男性に、ヒューゴは最高に渋い顔をすると、彼と視線を合わせるようにしゃがみ込んで訊ねた。

「オレはただのお節介野郎ッス。ところでアンタ、聞きたいことがあるんスけど」

親指で聖女だと呼ばれた女性を指差し、ニッと笑う。

「あの女の人について色々と教えてくれないッスかね？」

男性は眉を寄せると、地面に伏してピクリとも動かない男たちを眺め、こくりと頷いた。

＊

黄みがかった薄暗い照明で照らされた食堂。

そこへ、先ほどの男性と一緒にやってきた私たちは、早速彼の話を聞くことにした。

男性の名前はジョゼフ。あの聖女だという女性の婚約者なのだという。

「実は、彼女の父親は酒乱で色々と見境がなくなっていて……ふたりで別の町に逃げ出す算段をしていたんだが、タイミング悪く父親に借金のカタで売られてしまったんだ」

そして人身売買の組織がメグを売り払った先が、あの詐欺師たちだったのだという。

「メグは珍しいオッドアイなんだ。それが〝聖女らしい〟って気に入られたみたいだ」

「ふうん。それで、詐欺の片棒を担がされてるってわけッスか」

「それは違う！」

ジョゼフは勢いよく首を横に振り、懐から瓶を取り出すと、悔しげに歯がみする。

「彼女の意思じゃない。メグは薬漬けにされて、まともな思考ができなくなっているんだ。コツコツ金を貯めて、治療薬も手に入れた。これを飲ませれば、彼女は正気に戻るはずだ。だから、後は救い出すだけなんだ……！」

ドン、と悔しげにテーブルを叩いたジョゼフに、私たちは顔を見合わせた。

「フム。それは難儀だったな。どうにか力になってやりたいが……。ここは隣領だ。自領ならまだしも、我々も下手に目立つわけにはいかない」

ちら、とヴィルハルトが私を見る。

万が一にでも、私が本物の聖女だとバレることを危惧しているのだろう。

――やだな。私のせいで……。

私がいなければ、お義兄様たちは心置きなく手助けできたのかもしれないんだよね。

肩を落としていると、意外にもヒューゴが自分から手伝いを申し出た。

「ジョゼフ、オレだけでよかったら手伝うッスよ」

「ほっ……本当か！」

「オレたちの親父は、人助けをしたことで怒ったりはしないでしょ」

「おい、ヒューゴ。なにを言っている。ここで騒ぎを起こせば、父上にも迷惑が」

「それはそうなんだが……」

顔を曇らせたヴィルハルトに、ヒューゴはニカッと笑った。

「これは、オレの超個人的感情に基づく判断ッス。ヴィルハルト兄ィとリリーは、宿で待っていてくれたらいいッスよ。危険な目に遭うのは、オレだけでいいッス」

――危険な目。

その言葉に、心臓が縮み上がった。

ヴィクトールに拾われてからというもの、ヒューゴは私に色々とよくしてくれた。まだ付き合いは短いけれど、彼のことは兄としてとても好きだ。そんなヒューゴが傷つくなんて、絶対に嫌だ。想像するだけで血の気が引く。

――私にできることはないのかな……。ううん、なにかあるはずだ。

私は魔力持ちで、聖女だ。他の人よりもやれることは多い。

でも、自信はまるでない。魔法の操作だって微妙。師匠に怒られた記憶もまだ新しい。

自分の力不足は嫌というほどわかっている。けれど……こういう時になにもしないでいるのは、耐えられない。

地下室に閉じこめられていた日々が脳裏に蘇る。

どんなに声を出しても、どんなに願っても、私はずっと〝蚊帳の外〟だった。

存在は忘れられ、なにごとにも干渉できない。その空しさ、苦しさ。今でも当時のことを思い出すと、胸が痛くて辛い気持ちでいっぱいになる。でも、今の私は自由の身になった。大切な人が危険な目に遭うかもしれないこの状況で、黙ってなんていられない……！

「あ……あの」

ヒューゴの袖を引っ張って見つめる。

私は意を決すると、途切れがちに訊ねた。

「ヒューゴお義兄様、あ、あの詐欺師の人たちを見た時から変です。なにか事情があるんですか？　教えてください。私にも……なにか手伝えることがあるかもしれません」

――まずは相手のことを知ろう。そして、私のできることを提案しよう。

ジッとヒューゴのヘーゼル色の瞳を見つめる。

彼は小さく肩を竦めると、「仕方ないッスね」とポツポツと自分のことを話し出した。

――ヒューゴはかつて、あそこで見たような詐欺師の一団にいたのだそうだ。

「メグって人と同じッス。オレも親に売られまして。なにせ、オレは三毛猫なのに雄なんスよね。希少価値があるってんで、ああいう聖女みたいなことをさせられました」

神からの祝福を賜った奇跡の子ども云々。そう言って、人前に連れ出されては、まがい物を売るための広告塔にさせられていたらしい。

「オレも子どもでしたから、逃げても行く当てなんてないですし。たくさん売れた時はそれなりにうまい肉を食べさせてくれたりしてたんで、それでいいと思っていたんス」

その一団には、ヒューゴ以外にも同じ役割を与えられた子どもたちがいた。

「ふたつ年上の白猫の姉さんに、その他にもチビたちが大勢。みんな、目の色が珍しいとか、あまりこの大陸にはいない人種だとか……そういう理由で連れて来られてたッス。逃げる場所がない者同士、きょうだいみたいに仲良く暮らしてたんスけど……」

ヒューゴがいた組織は、戦乱後の不安定な情勢に疲れ切っていた人々の心を掴み、順調に規模を拡大していった。そしてある日。運命の転換点が訪れる。

「欲をかいた頭領が、聖女で商売をやるって言い出したんスよ」

「それは、今までのとなにが違うんだ？　敢えて宣言することでもないだろう」

「聖女は特別なんス。当時はまだ、戦乱の影響が大きかったッスから。実際に聖女の奇跡を目の当たりにした人間は、詐欺師の甘言をも盲目的に信じてくれた。白猫の姉さんが聖女役に抜擢されたッスけどね。生活に困窮してた奴らが姉さんに縋る姿は、異常としか言いようがなかったッス。聖女はね……〝儲かる〟んスよ。だが、その分危険も大きかった」

聖女は聖教会を象徴する存在だ。今もなお絶大な権力を誇る教会が、偽者の存在を放置しておくわけがなかった。

「そのうち、聖教会が動き出したッス。そりゃあ、そうッスよね。教会の威信に関わる」

——そして、後の歴史にも残る、悪名高き〝偽聖女狩り〟が始まったのだという。

「教会の聖騎士たちは、偽者を悉く駆逐していったッス。十字架に貼りつけにして、見せしめに殺した。関係者も含め、大勢死んだみたいッスね。うちも聖女商売は一旦やめてたんッスけど、オレらに騙された誰かが密告して……見つかっちまった」

ヒューゴは眉を寄せると、固く手を握りしめた。

「オレはたまたま他の町に行ってたッス。帰ってきた時には、アジトは空っぽ、近くの町では偽聖女の処刑が行われるってんで大騒ぎで……」

ヘーゼル色の瞳がじわりと滲む。

「……し、白猫の姉さんは、ちっさいオレの面倒をよく見てくれて。育ち盛りだからって食べモンを分けてくれるような優しい人だったッス。姉さんだけじゃない、チビたちも連れて行かれた。なんにもわかってない幼児もいたのに。な、なのに。なのに奴ら……‼」

「ヒューゴ。落ち着け」

するとヴィルハルトがヒューゴの頭を自分の肩に寄せた。

ぐすぐす鼻を鳴らしている彼を優しく見つめ、ひとつだけ訊ねた。

「……処刑されるところを見たのか？」

ヒューゴは硬く目を瞑ると、小さく震えながら、絞り出すように言った。

「見たッス。この目で見届けなくちゃって思ったッス。自分たちが大勢の人たちを騙し、たくさん泣かせた報いが処刑なんだって、オレも理解していたから」

ぽろり。ヒューゴの瞳から透明な雫がこぼれ、固く握られた拳の上に落ちて、砕け散った。

――結局、ヒューゴのいた詐欺師の一団は、それがきっかけで解散になった。

ヒューゴは一時、町のごろつきになるまで落ちぶれたが、あるきっかけでヴィクトールへ喧嘩を売り、完膚なきまでに叩きのめされ、最終的に拾われたのだそうだ。

「……昔に比べると、偽聖女狩りは減ったって聞いたッス。けど、リスクが高いことには変わりない。聖教会は偽者を駆逐することに躊躇しないッスよ。どこに教会の目があるかわからない。このままじゃ、メグって人も危ない」

ズズ、と洟を啜ったヒューゴは、泣いて赤くなってしまった目でジョゼフを見た。

「最初は……あの女も詐欺師の一味なんだろうと思ったッス。人を騙した分だけ報いを受けるのは当たり前。だから見て見ぬ振りをしようとした。でも……無理矢理、聖女をやらされているなら話は別ッス。助けてやらなくちゃ」

「で、でも、どうやって‼　アイツらもそこそこデカイ組織だ。商売をやるときは、絶対に護衛役を置いてる。うまくメグを助け出せるかどうか……」

するると、ヴィルハルトが苦々しい顔になって割り込む。

「待て。問題はそれだけじゃないぞ。すでに販売されている聖水もどきをどうにかしなければ死人が出る。聖水が偽物だとバレる前に詐欺師どもはこの町を離れるだろうし……。おい、もしかして、奴らは今日にも町を出るつもりなんじゃないか？」

「――いや、それはないッスね」

「なぜそう思う？」

「奴らの商売の様子を思い出してくださいよ。荷車に乗ってた聖水の数に対して、客がそんなに集まってなかった。逃げる道中、重い瓶を持ち歩きたくはないはず。なら、明朝……誰かが漁に出る前に、もうひと商売打つ可能性が高いッス」

おお、とヴィルハルトが感心したように声を上げる。

グシャグシャとヒューゴの頭を乱雑に撫でると、笑顔で言った。

「わはは。頭の回る奴だ。さすが、うちの弟は優秀だな……！」

「や、やめ。やめてくださいッス、兄ィ！　オレ、もう末っ子じゃないッスからね。甘やかし禁止ッスから……！」

「別にいいじゃないか。私は素直に感心したから褒めただけだ」

「ううう。悪知恵が働くって言われた方がまだマシッスね……」

ヒューゴはげんなり。対して、ヴィルハルトはどこまでも朗らかに笑っている。

きっと私が来るまで、ヒューゴも義兄たちに散々甘やかされたのだろう。当時のことを思わせるやり取りにほっこりしながらも、どうすれば自分が役立てるのだろうと考える。

――確かに、あそこには大勢の詐欺師たちの仲間がいた。

正面からまともに挑んだら、誰かが怪我をしてしまうかもしれない。それは避けたい。

メグを助ける時間稼ぎも必要だ。解毒剤を使ったとしても、すぐには動けない可能性もある。

それに聖女の聖水。一刻も早く、あれが偽物だと知らしめないと、大変なことになる。

――どうしよう。どうすれば……。

頭をフル回転させて、必死に考える。しかし妙案がなかなか浮かんでこずに焦りが募る。

するると、私の様子に気が付いたヴィルハルトが声をかけてくれた。

「リリー、大丈夫か？　顔色が悪いようだが」

「おお、腹が空いたんじゃないか？　なにか頼もう。果物なんかどうだ。そういえば、市場で食べたヘンテコな果物はうまかったなあ！」

「……あっ！」

その瞬間、あるアイディアが降ってきて、私は勢いよく顔を上げた。

きょとんとしているヴィルハルトの手を握り、ぶんぶんと振る。

「おっ、おおお、お義兄様、ありがとう……！」

次に、ヒューゴとジョゼフに向き合う。

「私……いいことを考えつきました！」

「へっ？」

首を傾げたヒューゴを興奮気味に見つめ、笑みを浮かべた。

「これが成功すれば、あの詐欺師たちを追い払って、かつ、メグさんを救出しながら、聖水が偽物だって、みんなに教えてあげられるかもしれない……！」

すると、ヒューゴはにんまり笑って前のめりになった。

「さすがうちの末っ子は優秀ッスね。……詳しく聞かせてくれるッスか？」

「……はい！」

私は元気いっぱいに返事をすると、頭に浮かんだ構想を説明し始めた。

＊

「さあさあ！　聖女様特製の聖水はいかが！」

——明朝。港の倉庫街に、陽気な呼び声が響いている。

人々は荷車に乗せられた品と、聖女という言葉に惹かれて続々集まって来た。

「本当に聖水を海に撒けば、人魚に襲われなくなるってのかよ⁉」

サクラ役の男がいつも通りの声を上げる。その言葉に聖職者風の男は威厳たっぷりに応えていく。観衆はふたりの間で交わされる軽妙なやり取りに釘付けだ。

やがて、聖職者風の男は懐から鎖がついた銅のコインを取り出した——その時だ。

「おいおい。ちょっと待ってくれよ」

ひとりの漁師が前に出た。ジロリと聖女と聖職者風の男を睨みつけると、集まった人々に向かって語りかけた。

「ここ最近、ここいらの港を中心に詐欺師どもが大暴れしているらしい。なんでも聖女を騙っているんだとか……とんでもねえことじゃねえか？」

その瞬間、群衆がざわついた。一気に疑いの目を注がれ、聖職者風の男の口が引き攣る。

「いえいえ、我らはそのような者ではございません。こちらにおわす聖女は、紛れもなく本物でございます」

「……本当か？　信じられねえな」

「本当でございます。聖水の効果をご覧になっていただけたら信じていただけるかと」

「……ほう？」

すると、漁師の男は聖職者風の男へと手を差し出した。

「なら、俺に試させてくれよ。友だちが言ってたんだ。港に来た聖女ご一行は、薄汚れたコインを聖水で浄化せしめたってよう。おあつらえ向きに、俺も同じモンを持ってる」

聖職者風の男の目つきが鋭くなる。

漁師はポケットから鎖付きのコインを取り出すと、群衆に向かって言った。

「……って言っても、これはそこの坊さんが持っているものよりも、もっと由緒のあるものだぜ。大戦乱の際、聖女様がここの港から出港したことはお前らも知ってるだろ？」

「ああ！　王と共に、外海から攻めてきた軍勢を倒すために出発された！」

「これは、うちの先代が聖女様から直接賜ったものだ。爺さんが死ぬ間際までしつこく言っていたから間違いねえ。これはな、聖なるものとそうじゃねえものを見分けられるんだ」

「どうやって？　そのコインに聖女様でも宿ってるってか？」

「まさか！　このコインは聖なるものに触れると美しく輝き、邪悪なものに触れると――血の涙をこぼすんだ」

ニィ、と笑った漁師に、群衆は色めき立った。

「そりゃあわかりやすくていいな。じゃあ、そのコインで試してくれよ！」

「おうともよ、俺はそのつもりだ。だが……」

ちらりと聖職者風の男を漁師が見る。

「その坊さんが許してくれるかな。どうだ？　聖水が本物なら別に構わんだろ？」

聖職者風の男は脂汗を流している。どうすべきか考え込んでいるようだ。

仲間たちと視線を交わす。しばし悩んだ後――一本の聖水を漁師に渡した。

「この聖水は紛れもない本物ですからな。コインが血の涙を流すこともありますまい」

――コインが泣く？　馬鹿馬鹿しい。

そんな本音が透けて見える発言に、漁師は片眉を吊り上げると、やや乱暴な手付きで聖水を受け取った。観衆が見やすいように瓶を高く掲げると、にんまり笑う。

「よっしゃ。坊さんの許しも得たことだし……やってみるとするか！」

そして、ポチャンと中へコインを落とす。

ゆらりゆらゆら、コインは踊るように水中で揺れ――。

――その表面から、まるで血のように赤い液体がにじみ出した。

瞬間、群衆の中の誰かが悲鳴を上げた。

「うわあああっ！　恐ろしい。血の涙だ……‼　ありゃあ、偽物に間違いねえ！」

「オイ、誰か昨日聖水を買った奴に報せてこい！　このままじゃ死人が出るぞ！」

何人かの観衆が港の方へと走っていく。真っ赤な聖水入りの瓶を掲げた漁師を筆頭に、人々は偽物を売りつけようとしていた聖女一行へ迫る。

「どういうことだ。説明しろ……！」

「聖女様を騙ろうだなんて、ふてえ奴だ……！　聖教会へ突き出してやる！」

屈強な海の男たちに詰め寄られ、さらにはギラギラと殺意混じりの視線を向けられて、聖女一行はたじろいだ。互いに視線を交わすと――隠し持っていた武器を手にして、集まっていた人々に襲いかかる。

「邪魔する奴は殺せ！　とっととずらかるぞ……！」

「なんだとてめえ！　絶対に逃がさねえからな！」

辺りは一気に大騒ぎになった。剣を交わす者、逃げ出す者、助けを呼びに行く者……。

そんな中、一点を目指してひたすら駆ける者がいた。それは、ジョゼフだ。

「メグ……！」

呆然と佇む白いローブの女性のもとへとたどり着いたジョゼフは、彼女を強く抱きしめると、安堵の息を漏らした。

「もう大丈夫だ。俺と一緒に行こう……！」

そして懐から解毒薬入りの瓶を取り出すと、それの蓋を開けようとして――。

「まさか、これはてめえの仕業か！　いつもいつも邪魔しやがって……！」

聖職者風の男に背中から斬りつけられてしまった。

「う、あ。あああああ……」

ジョゼフの顔が驚愕に彩られ、鮮血が飛び散る。解毒薬の瓶が落ちて地面で割れた。

「…………」

婚約者が倒れてもなお、メグの眼差しはぼんやりと曇っている。

地面をジッと見下ろすその顔には、ジョゼフの血しぶきが付いていた。

――どうしよう。失敗した……！

その様子を、私は少し離れた路地に隠れて見ていた。

今日実行した作戦はこうである。

まず、詐欺師たち同様、陽動役のサクラを用意した。担当はヴィルハルト。あの漁師は彼の変装だ。正直、演技力に関して少し不安があったのだが、「こういうのは得意なんだ」という言葉を信じて任せた。蓋を開けてみたら結構な役者である。これには私も驚いた。

そして、かつての聖女から賜ったというコイン。あれももちろん仕込みだ。

コインの裏面には、市場で買った異国の果物の果汁を塗り込んでおいた。あの果物は、レモンなどの酸性の液体に反応して赤く変色する特徴がある。聖水も酸性だというから、それを利用したというわけである。これで、聖水が偽物であると広まっただろう。

あとは、混乱に乗じてメグを助け出し、退散する予定だったのだが――。

「お前ら、女を連れてずらかるぞ……！」

「……メ、メグ……」

血だまりの中から、ジョゼフが手を伸ばしている。しかし、メグはそれを眺めているばかりで動こうとはしない。

「あ……」

――自分が仕出かしたことのあまりの重さに、頭が真っ白になった。

どくどくと耳の奥で鼓動音が鳴り響いている。指先が痺れる。背中に冷たい汗が滲む。体が震えて、視界が定まらない。

――ギィン！

弾き飛ばされた誰かの剣が、私の頬を掠めた。

つう、と生ぬるい血が頬を滑り落ちて行き、ノロノロと視線を周囲に向ける。

そして、自分が招いた状況を思い知った。

「痛え……痛えよお……」

「くそっ！　ふざけるんじゃねえぞ！　足が……ああ、これじゃ漁に出られねえ……」

「うわああああああ！　起きろ。死ぬな！　死ぬのは絶対に許さねえぞ……！」

大勢の人が剣を交わし、血を流している。人々の目には明らかな殺意が滲み、誰も彼もが魔物のように血走った目で互いを睨みつけ、多くの人が倒れていた。

血なまぐさい臭いが充満するそこは、まるで戦場のようだ。

――どうして？　なんでこんなことに……。

ふらり、路地から出て歩き出す。

人々のうめき声が聞こえる。誰かの悲鳴が鼓膜を震わせた。

「私の、せいだ」

ぽつり、と呟く。すると、ヴィルハルト同様にサクラ役を買って出てくれていたヒューゴが、青ざめた顔で叫んだ。

「駄目ッス、リリー！　ここは危ない……！」

その瞬間、彼の背後に大きな影が立った。

ヒューゴよりも二回りほど大きな男が、錆び付いた鉈《なた》を振り上げている。

「死ねえええええええええっ！」

「……ひっ」

虚を衝かれたヒューゴは、避けることも敵わず、袈裟懸けに斬られた。

ゆっくりと前のめりに倒れる。その視線は私とぴったり合ったままだ。

彼は地面に伏す瞬間に、パクパクと口だけで言葉を形作った。

『――逃げるッス、リリー……』

「あああああああああああっ！」

私は顔を両手で覆うと、叫び声と共に、体の内に揺蕩っていた魔力を解放した。

＊

ヒューゴは目を瞬いた。

背中を斬られた。それは間違いようのない事実のはずなのに、地面に体を打ちつけた鈍い痛みがあっただけで、己の体がまったく傷ついていないことに気が付いたからだ。

「……ど、どういう――」

ゆっくりと体を起き上がらせて、周囲を見回す。

そこには、ヒューゴ同様にこの騒動中に負傷した人々が大勢いるはずだった。

しかし彼らはみんな、どこか魔物に化かされたような顔をして、血で塗れてはいるものの、傷ひとつない自分の体を見下ろしている。

「ヒューゴ！　無事か」

すると、義理の兄であるヴィルハルトが駆け寄ってきた。普段とは違う漁師姿ではあるが、どこか凛とした雰囲気を纏った彼は、鋭い眼差しを間断なく周囲に注いでいる。

「ヴィ、ヴィルハルト兄ィ。いったい、なにが……？」

「どうやら、我らの妹がやってくれたようだぞ」

「へ……？」

間抜けな声を出して顔を上げる。

やけに静かだ。先ほどまでは、耳を塞ぎたくなるほどだった、悲鳴やうめき声、怨嗟の声などがなくなっている。聞こえてくるのは、港へ打ち寄せてくる波の音だけ。

しん、と静まり返った世界を創り出しているのは、紛れもなく――ヒューゴの義理の妹であるリリーだった。

「あ、あれがリリー……？」

しかし、すぐに首を捻る羽目に陥った。

本当に自分の妹なのかと疑いたくなるほど――リリーは美しかったのだ。

「みなさん、ごめんなさい……」

まるで熟れた果実のように瑞々しい色を持った、柔らかそうな唇が動く。小さな口から紡がれたのは、小鳥のさえずりのようにかわいらしい音色。物憂げに伏せられた瞳はアメジストのように輝き、見つめられた者は誰しも頬を染めた。腰まで伸びた初雪のように穢れのない髪は、ふわふわと潮風に遊んでいる。陽光に透けるほどに白く、染みひとつない肌は、ほんのりと上気していて、思わず目が奪われてしまうほどに色鮮やかである。

――そう。そこにいたのは、十六歳ほどに成長したリリーだったのだ。

「なん、なんで……あっ！」

混乱する頭のままヒューゴは必死に考えを巡らせた。そこでようやく気が付く。

『聖女になったおかげで、少しの間だけ、大きくなれるようになりました……』

妹が先日、少し恥ずかしそうに、こう告白したことを。

――リリー！　まさか、聖属性魔法を使ったッスか……！

ここにいる人々の傷が癒えているのは、つまりはそういうことなのだろう。

改めて、聖女の魔法の威力に愕然とする。まるで奇跡だ。誰もが毒気を抜かれて、ただただ、天から舞い降りてきたような美しい少女に目を奪われている。

「この混乱は、私のせいなんです」

リリーが一歩前に踏み出す。ふわりと薄紫色のワンピースとローブともつかない服が風に靡《なび》いた。それは〝大きくなっても大丈夫なように〟と、シリルが張り切って仕立てた服だ。金糸で刺繍された精緻な模様が、美しい少女をさらに引き立てている。

呆然と自分を眺めている人々を見回したリリーは、苦しげに胸を押さえた。

泣くのを必死にこらえているらしい。きゅっと下がった八の字の眉。男ならば誰しも庇護欲をかき立てるような表情になったリリーは、ジョゼフの前に立つと、彼の手を取って立ち上がらせた。

「怪我はもう大丈夫ですか？」

「あ、ああ……」

「それはよかった。私が無謀な作戦を立てたせいで、迷惑をかけてごめんなさい。どうぞ、メグさんと一緒に行ってください」

「え……」

ジョゼフは、慌ててメグの方へ視線を向けた。

「……あ、私……なにを……」

先ほどまでは、まるで生気が感じられなかったメグの瞳に、光が戻ってきている。

彼女はジョゼフの姿を見つけると、ホッとした様子で駆け寄った。

「ジョゼフ！」

「ど、どうして……君は薬漬けになっていたはずじゃ」

「メグさんに使われていた薬の効果は、私の魔法で無効化しました。ですから……」

「待て‼」

すると、鋭い声がリリーの言葉を遮った。

それは聖職者風の男だ。彼はひどく苛立った様子でメグへ近づくと、その腕を掴んだ。

「コイツは俺が大金はたいて買ったんだ。勝手に連れて行くなんて許さねえぞ！」

「……そんな！」

「お願いです。彼女と俺は婚約しているんだ！　悪事の片棒なんて担がせないでくれ！」

すると、聖職者風の男の顔が邪悪に歪んだ。ジョゼフを値踏みするように不躾に眺める。

「だったら、女の買い値を俺に払うんだな。お前ごときに支払える額だとは思えないが」

メグの顔が絶望に染まり、ジョゼフが怒りのあまりに真っ赤になった……その時だ。

「――待ってください」

リリーが聖職者風の男の腕を掴んだ。

「だ、駄目ッス！　ソイツに近づいたら……！」

割って入ろうと焦って立ち上がる。

しかし、リリーはヒューゴに視線を向けると毅然とした様子で言った。

「お義兄様、大丈夫です」

アメジストの瞳を細めたリリーは、にっこり花が咲くような笑みを浮かべ、再び聖職者風の男へと顔を向けた。男の瞳を濡れた瞳でジッと覗き込む。

あまりにも美しい顔が近づいたせいか、聖職者風の男がごくりと生唾を飲んだ。

それには構わず、リリーは哀しそうに眉を顰め、静かに語り出す。

「お金は確かに大切だと思います。それがないと生きていけませんから」

「そ、そうだろう。世の中、金だ。金がすべてだ」

「ええ。そうですね。すべてとは思いませんが、大切なものですよね」

その瞬間、ヒューゴの視界をなにかが横切った。違和感に見舞われて顔を上げると、ヒューゴは驚きのあまりに目を見開いた。

――おびただしい数の海鳥たちが倉庫の屋根の縁にとまっている。それだけではない。建物の隙間や路地裏には、ネズミや野良猫、野犬などが大群で犇《ひし》めいていたのだ。静かだった周辺には、今や動物たちの唸り声、羽ばたきの音が満ちている。

「……っ！」

先日の研究所での出来事を思い出して、ヒューゴの背中に冷たいものが伝った。

聖女という存在に引き寄せられた動物たちは、彼女にどこまでも献身的だ。

ギラギラと殺意を滲ませている動物たちの様子は、まるでリリーが胸の内に抱いている怒りに同調しているようだった。

聖職者風の男は動物たちに気が付くと、途端に顔色を失った。それに構わず、リリーは途方もないほど美しく、画家が生涯をかけて仕上げた名画のように綺麗な笑みを浮かべる。

「でも——それを、他人の命や幸福を犠牲にしてまで集めようと思うことに関しては、欠片も共感できません」

「ひっ……！」

無数の目に見つめられて、聖職者風の男の顔から血の気が引いていく。

リリーは宝石のように煌めく瞳を細めると、ジッと男を見ながら言った。

「私のお友だち、空腹なんだそうです。よかったら……少し味見させていただいても？」

「ひいいいいいいいいいっ‼」

その瞬間、男は無様な悲鳴を上げて逃げ出した。それに釣られるかのように、詐欺師の仲間たちも逃げていく。

「……ふう」

男たちの姿が見えなくなると、リリーはぺたりとその場に座り込んだ。

ヒューゴとヴィルハルトは、ハッと正気に戻って、慌てて妹のそばに駆け寄る。

「リ、リリー！　大丈夫ッスか‼」

「頑張ったな、リリー」

声をかけた兄ふたりに、リリーはノロノロと視線を向けた。

途端に緊張の糸が解れたのか、大きな瞳に涙を浮かべる。

「お、お義兄様」

そして、くしゃりと顔を歪めると、震える声で言った。

「わ、私のせいでたくさんの人に迷惑をかけてしまいました」

思わず、ヒューゴとヴィルハルトは顔を見合わせた。

確かに危機的な状況ではあったが、あれは誰にも予想できないことだ。リリーの計画に穴があったとは思えない。しかし、この美しい少女はそう思わないらしい。ポロポロと真珠のような涙をこぼすと、不安げに瞳を揺らして言った。

「ごめんなさい。ごめんなさい……！　取り返しのつかないことをしてしまった。師匠の言いつけを破って勝手に魔法を使って……。ああ！　どうしてなにもかもうまく行かないの。せっかく幸せな場所を見つけたと思ったのに！　お、お義兄様がた、どうかお願いします」

華奢な手を組み合わせる。そして、希うように呟いた。

「私を捨てないで……」

――ああ！　これが今の少女を形作るものなのだと、ヒューゴは痛感した。

ヴィクトールに拾われ、ようやく居場所を手に入れた。

満たされた生活に幸福を感じながらも、いつだって不安なのだ。

自分の幸せが、どんなきっかけで奪われるかわからない。

ある日突然、薄暗い場所に戻されるかもしれないという、不確定な未来に怯え続けている。

だから、すべてに臆病で、強くありたいと願いながらも、ずっと震えている。

「……はあ。馬鹿ッスね。リリーは。本当に馬鹿だ」

そっと手を伸ばす。ヒューゴの指先に、リリーは怯えたように体を硬くした。

〝末っ子はとことん甘やかす〟

その鉄の掟に従って、ヒューゴは溢れんばかりの愛情を注いできたつもりだった。

人から与えられる温もりが、徐々に自信に繋がっていく。ヒューゴ自身もそうだったのだ。

己の犯した罪に怯え、因果応報という言葉に心が潰されそうになった時、救ってくれたのは
ヴィルハルトを始めとした兄たちだった。

だから、捨てられたリリーを救うのに、この方法は間違っていないと思っていた。

なのに――彼女は、今もヒューゴの手に、優しさに、熱に馴染んでいない。

それはとても哀しいことだ。今までリリーにしてきたことがすべて間違っていたとは思わないが、この美しく、けれども儚げな少女を救うには色々と足りていない。

ヒューゴたちが聖女という存在がどういうものかを理解していなかった以上に――昏くて寒い部屋に閉じこめられた彼女の十年……その重みを正しく理解できていなかったのだ。

「リリーは本当に優しくていい子ッスね」

だから、言葉を重ねた。まだ、完全に心を開いてくれていないのなら、閉じられた扉を優しくノックして、根気強く声をかけ続けるだけだ。

「リリー、リリー。今回のことは、リリーのせいじゃないッスよ。だから安心して」

「でも……でも……」

「だ～いじょうぶッス。誰かに怒られる時は、兄ちゃんたちが一緒ッスよ」

「……っ。お義兄様……」

リリーの体から力が抜ける。それに心底安堵したヒューゴは近い未来に想いを馳せた。

――いつかは、この子の屈託のない笑顔が見られたらいいッスねえ……。

想い出すのは、処刑台の露と消えた幼ききょうだいたち。大好きだった白猫の姉。

ヒューゴは遠くを見るように目を細めると、リリーの頭を何度も何度も、優しく撫でてやったのだった。

挿話　赤薔薇は安らげない

王宮よりほど近い場所にある魔法学園は、古代の遺跡を利用されて造られた、重厚な建造物である。十六歳以上の青少年が通い、その誰もが魔力持ちの貴重な人材だ。

王宮魔道士を含め、優秀な人材を教師として迎え、最高の魔法使いを育成するために、日々鍛錬を重ねている国内屈指の教育機関。王族や貴族子女が通うこともあり、最高のセキュリティが敷かれていて、学園へ侵入するのは王宮の宝物庫へ忍び込むよりも難しいと言われるほどだった。それだけ、歴代の王は優秀な人材を輩出する魔法学園を重要視していたのである。

……だが、そこに今、異変が起きていた。

広大な敷地の中は、どこもかしこもぬらりと蠢く濃霧に包まれている。

室内も例外ではない。歴史を感じさせる古びた教室、貴重な魔道書が収められている図書館、歴代の長の肖像画が飾られた渡り廊下、教師陣の研究室に学園長室。霧はそこかしこに入り込み、すべてを白く塗りつぶしている。

学び舎というだけあり、普段は生徒たちの賑やかな声で溢れているはずのその場所は、まるで水を打ったかのように静まり返っていた。

動く者は誰もいない——そう。中庭のカフェテーブルを陣取っている彼女以外には。

ローゼマリーは小さく舌打ちをした。

テーブルの上には大量の書物が積み重ねられている。

古びて硬くなった頂を忙しなくめくりながら、紙面に視線を滑らせる。

普通の人間であれば流し読みだとも思われそうなその行為は、ローゼマリーからすれば、意味を理解するのに十分なものだ。彼女は速読の〝スキル〟を手に入れているのだから。

分厚い本の内容を一冊まるごと頭に詰め込み、ぱたんと閉じる。

ふうと息を吐いて、とっくに冷めきった紅茶を飲んだ。風味もまるで感じられないそれに顔を顰め、乱暴にソーサーに叩きつける。ガチャンと無機質な悲鳴が響いた。

「……どうしてなの。意味がわからない」

恨めしげな彼女の言葉には、誰も答えてくれない。辺りには霧が揺蕩っているだけだ。それを知りつつも、ローゼマリーは考えを纏めるかのようにブツブツと呟き続けた。

「どうしてイベントが起こらないの？　主人公であるローゼマリーが聖女の印を授けられるイベントはファンディスクでもあるはず。なのに、新月の夜に泉に行ってもなにも起こらないのはなぜ⁉　あそこには忘れ去られた獣人の神がいるはずなのに、どうして姿を見せないの！」

ぎり、とボロボロになってしまっている爪を噛みしめる。

「この間の課外授業でもそうだった。偽聖女はいつの間にか姿を眩ませているし。詐欺師の一味は全員捕まったですって⁉　信じられない。あの聖職者気取りの親父がいないと、隠しキャラとの遭遇フラグが立たないのにっ……‼」

するると、ローゼマリーは盛大に顔を顰めた。

そっと噛みしめていた指を口から離すと、鮮血がこぼれ落ちている。どうやら強く噛みすぎたらしい。ぷつんと皮膚から溢れ出した赤色。不愉快な味が口内いっぱいに広がる。

彼女はカフェテーブルに突っ伏すと、小さく首を横に振った。

「もうっ！　もうっ！　もうっ……！　私は、みんなが幸せになるために頑張っているだけなのに……！　誰も不幸にならないように立ち回っているだけなのに、どうしてこんなにうまく行かないの……！」

その瞬間、バサリとなにかの羽音が聞こえた。

ローゼマリーは勢いよく顔を上げる。ここには動く者は誰もいないはずだった。

人間はもちろん、鳥や小動物もしかり。なにせ――彼女が魔法でそうしたのだから。

しかし、すぐに聞こえてきた声に、ローゼマリーは警戒を解いた。

それは彼女にとって、当たり前のような存在だったからだ。

「かわいいかわいいローゼ。大丈夫だよ、焦らないで……。まだ手はあるよ」

それは、なんともかわいらしい少年の声。

ローゼマリーは「そうね」と頷くと、いまだ姿を見せないそれに語りかけた。

「私はなにも間違ってはいないわ。粛々と計画を進めましょう」

すると、ローゼマリーは中庭の中央に位置する東屋に視線を向けた。

そこには――数人の男性が寄り添い合って眠りこけていた。

中でも、金髪の男性は気品があり、目を見張るほどに美しい。

男性たちをジッと見つめていたローゼマリーは、その顔を不愉快そうに歪めた。

ローゼマリーは軽く拳を握りしめると、まるで自分に言い聞かせるように呟く。

「大丈夫。私は〝主人公〟だもの。絶対にやり遂げられる」

「うんうん。物語の主役が間違うわけがないよ。でもこのままじゃちょっとマズいかも！」

戯けたような少年の声に、ローゼマリーは固く目を瞑った。

「……こうなったら、なんでも試してみるべきね」

「任せておいて！　僕がサポートしてあげるから！」

少年の声に小さく頷いて、ローゼマリーはどこかへ向かって歩き出す。彼女が去った中庭には、まるで大蛇が蠢くように風に流れる霧と――その合間から彼女の背中を見つめる、いやに楽しげな両の瞳だけが取り残された。

第六話　悪い魔法使いとその弟子

「お、ま、え、はあああああああああっ！」

「し、師匠。ごめ、ごめんなさあああああいっ！」

「あれほど使うなとっ……！　ええい、反省しろ！」

ぐりぐりとカイの拳がこめかみに食い込んでいる。次はほっぺた。ムニムニ強く引っ張られて、私の顔は変幻自在に形を変えた。

すると、パッと痛みが遠のいた。目を開けると、そこには不機嫌そうな猫っぽい顔。

「はいはい。ちょっと失礼するッスよ！」

カイから私を助け出したヒューゴは、ぎゅうと腕の中に私を閉じこめ抗議する。

「だから、今回の件はオレがやろうって言い出したって説明したでしょ！　聞いてなかったッスか？　カイ兄ィの天才的頭脳も耄碌したッスねえ」

「しかし、聖属性魔法を使用したのは弟子の独断。師として指導をするのは当たり前だ」

「え～。暴力に頼らないとできないんスか？　指導者として、それは能力低すぎません？　そもそも、妹を痛めつけて喜ぶとか、悪趣味すぎてドン引きッスよ」

「なんだと‼」

「なんスか」

私の頭上で、カイとヒューゴが睨み合っている。

「あの、わ、私が悪いのでっ！　喧嘩はよしてくださ……」

「リリーは黙ってるッス。それに、リリーのせいじゃないって何度言ったらわかるんスか」

「弟子は黙ってろ。これは男の矜持の問題だ」

仲裁しようとしても、まったく聞く耳を持ってもらえない。

――ううう。どうしよう……。

「アッハハハ！」

すると、場違いに陽気な笑い声が聞こえてきた。

声の主は剣呑な雰囲気の中、ひとり優雅にお茶を嗜んでいた客人である。

「リリー嬢は愛されているんだねえ。とてもよいことだ。末っ子を甘やかす……シュバルツ家の神髄を垣間見たような気がするよ」

「呑気に笑ってんじゃねえよ。はあ……さすがに、人前で喧嘩するようにはしつけたつもりはねえんだがなあ……」

ヴィクトールがたまらず嘆くと、客人はカップに唇を寄せて優雅に笑んだ。

「それはここが平和な証さ。あの頃の我々が喉から手が出るほど欲しかったものだ」

「………。まあなあ」

客人の言葉に、ヴィクトールは、なんとも複雑そうな顔で苦笑いをこぼした。

ヒューゴの腕の中から、そっとその人を見つめる。

私の視線に気が付いたらしい客人は、にこりと笑みを返してくれた。

金髪碧眼。腰まで伸ばした艶やかな髪を緩く結んだその人は、王子であるアレクシスとよく似た面差しをしていた。違う場所を挙げるとするならば――その瞳はとても冷たい光を湛えていること。

彼の名はアルマン。

ヴィクトールの友人で、人間だ。彼はヴィクトールの戦友で、そして相談役なのだという。人呼んで〝幽霊大公〟。現王の兄なのだが、十五年前に終結した戦乱で死亡したはずの人物だ。実際に、彼の死を悼んで作られた石碑が王都の中央広場にある。彼が生きていることは貴族の間で公然の秘密だ。そんな彼は、王国の暗部を取り仕切っているらしい。恐ろしく広い情報網を持っていて、彼が裏から王国を支えていると言っても過言ではない。

そして、ヴィクトールが最も信頼しているうちのひとり。私が聖女の印を神様から賜ったことを知っていて、今回の件を対応してくれることになったのだ。

――延々と喧嘩を続けていたカイとヒューゴを、ヴィクトールが一喝した後。

シリルとヴィルハルトも加えて、私たちは、応接室でアルマンと向かい合っていた。

話題はもちろん、先日、私が仕出かした件のことである。

「偽者討伐に本物の聖女が現れたと、港は一時騒然としたそうだよ。リリー嬢は随分と派手にやらかしたようだね？」

「す、すみません……。血が流れているのを見たら、頭が真っ白になってしまって」

「その場にいた全員の傷を治して、さらには大量の動物を集めたりしたら、そりゃ目立つッスよねえ。オレの傷も跡形もなかったッスから、リリーの魔法はたいしたもんスよ」

「アタシも見たかった～。リリーの成長した姿。すっごい美少女だったらしいわね？　で、実際のところどうだったのよ、ヴィルハルト！」

「おう、それはそれは綺麗だったぞ。まるでこの世のものじゃないみたいだった」

「ひい。お、お義兄様がた。もう勘弁してください……」

あまりの恥ずかしさに、手で顔を覆って耐える。

美少女とか、綺麗とか！　そんな評価は、冗談にしか聞こえない……！

すると、カイが最高に不機嫌そうな顔になって言った。

「リリー、勘違いするな。確かにけが人はひとりも出なかった。ただ、それだけだ。迂闊に聖属性魔法を使った影響を考えてもみろ、プラスどころかマイナスだ」

「確かに。ユメリア」

「──はい。ご主人様」

アルマンは、まるで影のように付き従っていたメイドに声をかけると、彼女から何枚かの書類を受け取った。ちらりと紙面に目を通すと、それをヴィクトールに渡す。

「誰かが聖教会に駆け込んだようでね。すぐさま領主に問い合わせが行ったらしい。倉庫街に忽然と現れた少女は、本物の聖女であるかどうか——と」

「……アルマン、それは本当か」

サッとヴィクトールが青ざめる。

アルマンは鷹揚に頷き、小さく肩を竦めた。

「聖騎士どもは、しつこく港を調べ回っていたそうだよ。結局、聖女らしき少女も、偽聖女も見つからなかったようだが」

「あっ……メグさんは無事なんですね？」

「もちろんだよ。聖教会の奴らが来る前に乗合馬車に飛び乗ったようだ。今のところなにも聞こえてきていないから、無事だと思うけれどね」

ホッと胸を撫で下ろす。

よかった。彼らにはとても迷惑をかけてしまったから、ずっと心配していたのだ。

「それで、どうなるんスか？　リリーは！」

すると、焦った様子のヒューゴがアルマンを問い詰めた。

偽聖女の一件があってから、以前にも増してヒューゴは私に親切にしてくれる。

——少し、過保護すぎる気もするけど……。

私が聖女であることが気がかりなのだろう。心配してくれるのはありがたい。

「そうだね――」

アルマンは碧色の瞳を細め、フッと小さく口もとを歪めた。

「このままでは、リリー嬢が聖女であると教会にバレるのは時間の問題だろうね」

「そ、そんな！　だって教会の奴らはあの町でリリーを見つけられなかったんスよね？」

「奴らの執念深さを馬鹿にしたらいけないよ。聖女がひとり増えれば、それだけ信仰を集めるための駒が増えるということだ。己に利があることは、とことん追求するというのが聖教会という組織だよ。逆に利を害する者には容赦しない。偽聖女狩りは知っているだろう？」

「それは……」

「聖教会を守るためには命すら簡単に奪う。それが奴らのやりかたさ。おそらく、あの場にいた全員の名と顔ぐらいは調べがついているだろうね。リリー嬢の見た目が幼いことが救いだね。普通に考えれば同一人物だとは考えづらい」

「厄介なことになったな。アルマン、領主への手回しは？」

「もちろん完璧さ。領主が実に協力的でね。部下たちも楽な仕事だったと言っていた」

ヴィルハルトが首を傾げる。

「あそこの領主と父上が懇意にしていたことは知っていたが、聖教会と対立するかもしれない危うい状況で、親切丁寧に手を貸すほどだったか……？」

「ああ、それはね」

アルマンは楽しげに目を細めると、焼き菓子をひとつ摘まんで笑った。

「リリー嬢のおかげで、近海にいた人魚を一掃できたそうでね。それはそれは喜んでいたよ。先ほどカイがクドクド言っていたが、貸しを作るという意味では、リリー嬢はいい仕事をしたと僕は思っている」

「そ、そうですか……」

――私の力が、誰かの役に立った。

暴走の結果とはいえ、それが嬉しい。

ほんのりと口もとを緩めていると、そんな私を見てアルマンはくすりと笑んだ。

「君は不思議な子だね」

「……え？」

首を傾げると、彼は棒状の菓子を指揮棒のように振るいながら言った。

「君くらいの年頃であれば、なにか成果を得た時は必要以上にはしゃいだり、誇ったりするものだがね。実際に君は多くの人の傷を癒やし、ひとりの女性の人生を救った。自信過剰になってもいいくらいだ。君は聖女で、他とは違う。〝特別〟な存在なんだから」

私は何度か目を瞬き、へらりと気の抜けた笑みを浮かべた。

「なにを言うんですか。私なんかが〝特別〟なはずはありません。妹とは違うんです」

その瞬間、アルマンは驚きに目を見開いた。まじまじと私を見つめ、小さく噴き出す。

「ハッハ！　不思議な思考回路をしているね。ふむ、非常に興味深い！」

そして、上品な手付きで菓子を口もとに運ぶと、その甘さに酔いしれるように言った。

「その考え方は、実に〝聖女〟らしいとも言える。世俗に塗《まみ》れ、欲深く落ちぶれた他の聖女どもに聞かせてやりたいくらいだ。己の〝特別さ〟を自覚できない〝特別な〟少女。いやあ、これは他にはなかなかいないよ！」

「はあ……」

興奮気味に、よく理解できないことを語っているアルマンに、私は思わず間の抜けた声を出した。碧色に熱を滲ませたアルマンは、ぐいと体を乗り出すと私の手を握る。

「僕はこう思うよ。そんな君こそ、我が国の次期王妃に相応しい。そう思わないかい？」

瞬間、その場に緊張が走った。

険しい顔になったヴィクトールは、アルマンに詰め寄る。

「オイ、ふざけるな。リリーを王族に差し出すつもりはないと伝えてあったはずだ。お前もそれでいいと了承した。だからリリーに会わせたんだぞ‼」

パッと私から手を離したアルマンは、どこか戯けた様子で答えた。

「確かにね。ただ、さっきも言っただろう。聖教会にこの子が聖女だとバレるのは時間の問題だと。予想外に奴らの動きが活発でね。押さえ込むのに苦労している。僕から見て、リリー嬢に国母となる素質は充分のようだし、面倒ごとを抱え込むよりかは、己の陣営に取り込んでしまった方が得だと考えたまでさ！」

「てめえ……！　適当なことを言いやがって……！」

ヴィクトールの顔が憤怒に染まった。壁にかかった剣に手を伸ばすと、すらりと抜剣してアルマンに肉薄する。しかし、彼をいさめた人物がいた。それはカイだ。

「落ち着け、ヴィクトール！　如何《いか》にすでに死んだことになっているとはいえ、コイツを傷つけたら厄介なことになる」

「だ、だけどよお、カイ！　このままじゃリリーが！」

「わかっている。わかっているから、少し落ち着け」

はあ、とため息をこぼしたカイは、ジロリとアルマンを睨みつけた。

「どういうつもりだ。聞かせてもらおうか」

すると、アルマンは最高に楽しげな顔になった。まるで、新しい玩具をもらったばかりの子どものような無邪気な表情に、ぞくりと背筋が凍る。

「そうだな、僕としては彼女が聖女だと必死に隠し通したとしても、こちらに〝利〟がないと思っていてね。なにせ僕個人の問題ではない。うちとしても、国の未来を考えれば聖女という駒は喉から手が出るほど欲しいんだ。港の領主のようにわかりやすい〝利〟があれば、協力するのもやぶさかではないんだがね」

「ちょっとアンタ！　それじゃ聖教会と同じじゃない！」

「当たり前さ！　僕という存在は常に国のためにある。なんのために〝幽霊大公〟でいると思う？　僕がなによりも優先するべきことを理解しているからさ！」

たまらず噛みついたシリルに、アルマンは悠々と己の価値観を語る。

その姿はどこまでも自信満々で、容易に考えを変えてくれそうな雰囲気はなかった。

――このままじゃ、王子の婚約者に……？

不安な気持ちがこみ上げてきて、ギュッと拳を握った。

みんなと離れたくない。この場所で新しい人生を始めたのだから、ここで幸せになりたかったのに。でも……どうしようもないのかもしれない。聖女になんてなったばっかりに……。

――人生って本当にままならない。

袋小路に迷い込んだような気分になり、半ば諦めかけていると、カイが口を開いた。

「黙っていろ、シリル。感情的なお前が口を出すと面倒なことになる」

「…………。わかったわよ、交渉ごとはアンタの方が向いてるのは知っているわ」

シリルは大人しく引き下がった。カイは小さく息を漏らし、ジッと私を見つめた。

青く輝く、魔法陣が刻まれた瞳。

その瞳に射すくめられ、思わず身構える。研究第一な彼だ。今回のことも面倒に思っているに違いない。……そう、思っていたのだけれど。

「……フン。まったく困った弟子だ」

彼にしては珍しく柔らかな笑みを浮かべると、まっすぐにアルマンへ向かい合った。

「〝利〟があれば協力するのもやぶさかではない、か。あからさまだな。なにが欲しい？　そういえば、前々から俺の研究に興味を示していたな。それを差し出せば満足か？　転位装置の設計書なんかはどうだ。お前には喉から手が出るほど欲しいものだろう」

「……！　へえ。おもしろい！　僕にとっての国がそうであるように、君にとっての研究はなによりも優先するべきものだと思っていたのだがね」

片眉を吊り上げたカイは、肩を竦めた。

「馬鹿にしてくれるな。この家では末っ子は甘やかさねばならんのだ」

「……師匠……！」

感動のあまりに胸を熱くしていると、シリルたちが一斉に立ち上がった。

「あら！　だったらアタシの秋の新作のデザイン。それの権利を譲るわ。知っているでしょう？　アタシのブランドの服が王都で流行中だってこと！」

「ふむ、ならば私も。昔取った杵柄《きねづか》だが……各国の要所の地図などはどうだろう。実際にこの目で見てきたものだ。他国に攻め入る際は有用になるんじゃないか？」

「おっ。ならオレもッス！　最近、小物作りに凝ってまして。小型爆弾とかどうッスか。大量生産可能な簡易型。錯乱にはもってこいッス」

「……ちょ、ちょっと待ってください、お義兄様たち!?」

慌てて制止する。なんだかとんでもないものがズラズラッと出てきたような……!?

「お、お義兄様がたは、いったい何者なんです……!?」

恐る恐る訊ねると、彼らは一様に顔を見合わせて、にんまり笑った。

「内緒!」

「ええ……」

——どうやら、兄たちは私の知らない顔を持っているらしい……。

実はすごい人たちなのだと知れて心が躍る。けれど、同時に哀しくもなった。

——私なんかのために、大切なものを差し出すなんて。そんなこと絶対に駄目だ。

自分のことはいいと口を開きかける。すると、大きな手に口を塞がれてしまった。

それはヴィクトールだ。彼はニッと鋭い犬歯を剥き出しにして笑うと、アルマンへ言った。

「俺からは……そうだな。魔の森で見つかった、遺跡の出土品なんかどうだ。古い魔道具がどっさり出てきたんだ。きっとお前にとって興味深いもんがゴロゴロあると思うぜ？」

「……ぷはっ！　お義父様、駄目です……！」

ヴィクトールの手を口から引き剥がして抗議する。しかし、ヴィクトールはアルマンを見つめるばかりで、私の言葉にまるで反応してくれない。

「……どうして、みんな……」

どうにも心が苦しくなってきて俯く。すると、ポンと頭を優しく叩かれた。

ハッとして顔を上げると、澄んだ青灰色の瞳が私を見下ろしている。

「どうしてもなにも。家族のために、なにかしてやろうと思うのは当たり前だろ？」

「……っ！」

頬が火照って、胸がじんと熱くなった。

次いで義兄たちへと視線を向けると、彼らも一様に、どこか嬉しそうに笑っている。

――家族。この人たちは、本当に私の家族になってくれたんだ。

妹に呪いをかけられたあの日、失ってしまったと思っていた温かさ。

それをまた手にできたのだという実感が湧いてきて、思わず涙ぐむ。

「お義父様、お義兄様。本当にありがとう……」

ぽたぽたと涙をこぼしながらお礼を言うと、くしゃりと頭を優しく撫でられた。

「アッハハハハハ‼　なんだい、なんだい。君らは実に愉快だなあ……！」

すると、アルマンが大笑いし始めた。上機嫌に指を鳴らし、私たちに向かって言った。

「わかった。わかったよ、さすがに意地悪が過ぎたね！」

――どうやら、今までのやり取りは彼流の冗談だったらしい……。

「オイ、アルマン……」

カイが非難めいた声を上げれば、彼はサッと手のひらを向けて制止した。

「失礼したよ。ああ、君たちの温かな家族愛で火傷《やけど》しそうだ。謝ろう。僕が悪かった」

そして、どこか恭しい仕草で胸に手を当て、私を見つめながら言った。

「まあ、〝利〟がなければ面倒ごとを避けたいのは、紛れもない本心だがね。しかし今は、おあつらえ向きに我が国に問題が起きている。それも——聖女であるリリー嬢にしか扱えないような難題だ！　それを解決するのに手を貸してくれれば、諸々をチャラにしようじゃないか！」

「わ、私にしか解決できない……ですか？」

「ああ、そうさ！　リリー嬢。いや……リリー・フォン・クラウゼ。君にしか、いや……君が解決しなければならない。なにせ、この——恐ろしく狭い範囲内で起きていながら、我が国を根幹から揺るがしかねない問題を引き起こしているその原因は」

アルマンの目に剣呑な色が浮かぶ。

どきりとして身構えると——彼は、形のいい口を三日月形へ歪めて言った。

「ローゼマリー・フォン・クラウゼ。君の双子の妹なのだから」

＊

青白い月の光が、薄暗い部屋を明るく照らしている。

時刻はとうに深夜を越えていた。いつもならとっくに夢の中にいる頃だ。

それなのに、私は自室の窓辺に立って、まんじりともせずに外を眺めていた。

『ローゼマリー嬢は、国の乗っ取りを考えているのかもしれない』

脳内に蘇ってきたアルマンの言葉に、キュッと眉根を寄せる。

彼が語ったローゼマリーが〝仕出かしたこと〟は、想像以上に大変なことだった。


あの時、唐突に現れた妹の名前に愕然としている私をよそに、アルマンは淡々と続けた。

「我が国の最高教育機関である魔法学園が、彼女に制圧されてしまったのだよ」

それを聞いた瞬間は、あまりにも現実味が欠けていて、思わず己の耳を疑った。

しかし、空想めいた内容を語るアルマンはどこまでも真剣だ。

「魔法学園全体を自分の魔力で作った霧で満たし、生徒どころか教師たちをも己の支配下に置いているようだ。ああ、いったいどこでその存在を知ったのだろうね。大昔の魔人が使ったという、いにしえの魔法だよ。霧に触れた人物を意のままに操り、正常な思考を奪う。相手の尊厳を奪う封印されし魔法」

「……それは事実か？」

途端、カイの表情が曇った。

アルマンはちらりと彼を見ると、なにがおもしろいのかくすりと笑んだ。

「ああ、間違いない。遠い、遠い昔、とある魔人は、国全体を霧で包み、理想の国を作ったのだという。誰もが彼を褒め称え、誰もが彼を慕った。自分を愛する者だけしか存在しない……都合のいい世界」

ぞくりと背筋が凍った。恐る恐る彼に訊ねる。

「……その魔人は、最後はどうなったのですか」

意味ありげにクックツ笑ったアルマンは、「さあね」と首を横に振った。

「忽然と国ごと姿を消したとも、他国に攻め滅ぼされたとも言われている。おとぎ話だと言われてもおかしくないほどに大昔の話だ。正しい情報なんて誰にもわからない。わからないが――彼女が同じことを考えている可能性は捨てきれない」

――ローゼマリーによる、ローゼマリーのための国。

妹が妹として輝くために整えられた舞台――。

自分を〝主人公〟だって言っていたあの子なら、もしかしたら……。

嫌な予感がして、アルマンに重ねて訊ねる。

「そ、そんなの、実現可能なのですか？　少なくとも、今は霧が覆っているのは学園だけなんでしょう？　国全体だなんて、妹にだって無理なんじゃ……」

「今はそうだろうね、だからこそ彼女は次なる一手を打った」

そう言って、アルマンは懐からあるものを取り出した。

それはなにかの手紙のようだった。

「これは……？」

「学園主催のパーティへの招待状さ。例年、この時期に開催されている」

「それがなにか……？　いつも通りに送られてきただけでは？」

「ハハハッ！　なにを言う。今、こんなものが届くわけがないだろう。学園はローゼマリー嬢に制圧されているのだから」

「――！　じゃ、じゃあ、それは」

「おそらく、ローゼマリー嬢が送ってきたのだろうね」

にんまり笑ったアルマンは、手紙を手の中でクルクル回しながら言った。

「パーティには、学園に通っている生徒の保護者が招待される決まりでね。今、あの学園には我が国の王子から宰相や騎士団長の息子、他国の王子まで、そうそうたる人物の子どもたちが通っているというわけだ。それらが一堂に集うパーティ。会場は学園内だ。ところで、あそこは今、彼女が作り出した魔法の霧に満ちている。これがどういう意味かわかるかね？」

私はこくりと唾を飲み込むと、脳裏に浮かんだ恐ろしい考えを口にした。

「国の要人が、揃ってローゼマリーの支配下に……？」

「正解だ！　王や宰相を意のままに操れるようになれば、色々とできることが増える。国中の魔力持ちを集めて霧を増産させることもできるだろう。あっという間にあらゆる場所が濃霧に包まれるに違いない！」

「そんな……」

思わず絶句していると、アルマンは場違いに嬉しそうに笑った。

「いやあ、実に君は優秀だ。賢く、驕らず、冷静に物事を考えられる。冗談じゃなく、本当にアレクシス王子の婚約者に据えたいくらいだ」

「勘弁してください……私はそんな器ではありません」

青ざめると、アルマンはとても愉快そうに言った。

「君はどこまでも〝特別〟であることを拒むのだね。本当に興味深い」

「それよりも……なにか手を打たないのですか？　あらかじめ、パーティの招待を無視するように通達を出すとか」

ふざけてばかりのアルマンに半ば呆れながらも提案すると、彼は肩を竦めた。

「我が国において最強のセキュリティを誇る学園が、女の子ひとりに乗っ取られましたと、大々的に発表しろって？　それはできないね。国の沽券に関わる」

「そ、そんなことよりも、妹が仕出かしたことを止める方が先でしょう！」

「やれやれ。君は大人の世界というものを理解していないようだね。賢くはあるようだが、まだ世間知らず。記憶しておこう」

「……っ！」

――確かに、私はまだ世間というものをなにも知らない。

的外れなことを言ったらしい事実が恥ずかしくて、じわりと視界が滲む。

アルマンは少し困ったように眉尻を下げると、両手を挙げて言った。

「失礼。今のは撤回する。……発言には気をつけよう。君の家族の視線が痛い」

「え？」

「君は知らなくていいさ。とにかく、現王には敵が多くてね。弱いところを見せるわけにはいかないのだよ。だから、君に頼みたかったんだ。聖属性魔法を使える君ならば、霧に触れた人々の洗脳を解除できるはずだからね。逆に言えば、生徒と親、諸共を一気に正気へ戻す絶好の機会だとも言える」

アルマンは体を乗り出して私の手を取り、気障《きざ》ったらしい口調で言った。

「この国の運命は君の手にかかっている。リリー嬢、ローゼマリー嬢の企みを見事阻止できた暁には、君のことは国を挙げて聖教会から守ると誓おう」

――ローゼマリーを忘れると誓ったのに。

ギュッと拳を握りしめる。心臓の辺りがモヤモヤして、どうにもやるせない。

「…………」

すると、カイが私の肩に手を置いた。ハッとして顔を上げると、いつも余裕綽々《しゃくしゃく》に笑っているか、不満たっぷりに仏頂面でいることが多い彼が、やけに神妙な顔をしていた。

「……はあ」

あの時の話を思い出して、ため息をひとつ落とす。

とんだ大事になってしまった。運命だの未来だの……。

そんな重いものをいきなり背負わされたって、どうすればいいかわからない。

「……はあああ……」

――ため息しか出ないや。

それに、頭がぐるぐる悶々《もんもん》として眠れそうにない。

ひとり途方に暮れていると、コツン、と窓が鳴った。

「なに……？」

驚いていると、またコツンと鳴る。どうやら外から小石が飛んできているようだ。

動物たちだろうか？　聖女になってからというもの、時たま木の実などの貢ぎ物を持って来てくれることがあった。とはいえ、こんな深夜に来るものだろうか……？

訝しみながらもそっと窓を開ける。すると、窓の下にいた人物が叫んだ。

「おい、弟子！　反応が遅い。まったく、俺を待たせるなど……この未熟者め！」

そこにいたのは師匠であるカイだった。彼は黒い外套を羽織り、いつも通りに白狼のヴァイスを従え、なにやらブツブツ言っている。

「し、師匠！　どうされたんですか……？」

思わず目を丸くしていると、彼は青白く光る瞳を悪戯っぽく細めて言った。

「気が乗った。特別授業をしてやろう。着替えて降りてこい」

私はぱちくりと目を瞬かせ、特に断る理由もなかったので、小さく頷いた。

＊

カイと合流した私は、昏く闇に沈んだ森を彼と手を繋いで進んだ。

月光を浴びたヴァイスの毛並みが、暗闇の中で薄ぼんやりと輝いて見える。

それほど明るくないというのに、カイの歩みに迷いはない。その瞳が不思議な光を放っているように見えるから、なにか魔法でも使っているのだろうか。

やがて到着したのは、魔の森を少し抜けたところにある草原だった。

さあ、と冷えた夜風が草花の間を渡っていく。今日は満月だ。空にぽっかり浮かんだまんまるの月が、どこか寂しそうに薄雲を纏って冷たい光で草原を照らしていた。

「ここに、なにか用なんですか？」

黙したまま草原を見つめているカイに訊ねると、彼はおもむろにヴァイスの傍らにしゃがみ込み、頭を撫でてやりながら答えた。

「……ああ。満月の夜は、必ず外で遊ばせてやることにしているんだ」

ヴァイスの背中を軽く叩く。それを合図に白狼が草原を駆け出した。

しなやかで、それでいて強靭な四肢を動かし、まるで海原を泳ぐかのように草の間を走り抜ける。自由に、そして気ままに駆け回る姿は生き生きとして、楽しげでもあった。

「……あれ？」

その瞬間、視界に黒いものが入った。それは、ヴァイスの後を追いかけるかのように、草の間を高速で移動している。一瞬、魔物かとも思ったが違うようだ。ヴァイスは特に警戒する様子もなく、逆に黒い影にじゃれついているように見えた。

「あっ」

その瞬間、ヴァイスとそれが高く飛び跳ねた。

月光に照らされ、黒いものの正体が露わになる。それは――黒狼だ。ヴァイスよりも一回り大きい、漆黒の毛を持った狼。それがヴァイスと楽しそうに駆けている。

「師匠！　あの子……」

あの黒狼はなんなのかと訊ねようとして、驚きのあまりにぱちくりと目を瞬く。なぜならば、しゃがんでいるカイの頭から――見慣れた黒い耳がなくなっていたのだ！

「しっ……師匠……!?」

あまりのことに絶句する。慌てて、カイの少し癖っ毛な黒髪をまさぐった。しかし、ぴんと尖った三角形のモフモフはどこにもなく、私はどうしようもなく哀しくなってしまった。

「びょ、病気だったなら早く言ってください！」

獣人から耳が失われるなんて一大事だ。

――命に関わる病気だったらどうしよう。師匠が死んでしまう……⁉

不吉な考えが頭を巡る。すると、ふとカイのお尻が目に入って悲鳴を呑み込んだ。

――尻尾もない……‼

「うううっ、師匠っ！　師匠……っ！　死なないで……‼」

思わずカイの首にしがみつく。

カイはやっとできた家族の一員。なのに、こんなに早く別れが訪れるなんて……！

「勝手に殺すな馬鹿者」

すると、ため息と共にカイが私を自分から引き剥がした。

乱暴な手付きで私の頬を濡らしている涙を拭うと、心底呆れたように言う。

「呪いで体内に封印されていた黒狼が、満月の光に誘われて出てきただけだ」

「へっ……？」

間抜けな声を上げて、カイを見つめる。

「俺はもともと人間だ。体内に封じられた狼のせいで、獣人のように見えているだけだ」

とりあえずは命に関わるものでないらしい。途端に全身から力が抜けた。

「よ、よかった……。いや、よくないです。の、呪い？　人間？　師匠……えええ？」

再びアワアワしていると、カイはポンと私の頭を叩いて渋い顔になった。

「……昼間にアルマンが話していた魔法のことは覚えているか」

「は、はい。自分の意のままになる世界を作ってしまった人の話ですよね……？」

こくりとカイが頷く。彼は月光のもとで遊び回る狼二匹を眺めると、どこか気の進まない様子でボソボソと話し始めた。

「魔法使いというものは、実に欲望に忠実で愚かなものだ。件《くだん》の魔人以外にも、厄介な事件を度々引き起こす生き物でもある。お前も知っているだろう？」

「はい。賢い魔法使いだけでなく、悪事を働いた魔法使いの逸話もたくさんありますよね」

私が頷くと、カイは片眉を吊り上げて、どこか自嘲気味に言った。

「〝特別〟な力を得た人間は、時に驕り高ぶり、力に溺れ、取り返しのつかない過ちを犯す。弟子よ、以前に言ったな。俺は〝悪い魔法使い〟だと。あれは冗談でもなんでもない。事実、そうであったのだ。獣人化もその報いであると言える」

「どういうことですか……？」

不安な気持ちがこみ上げてきて、そっとカイを見つめる。

彼は魔法陣が浮かぶ青白い瞳で私を見遣ると、淡々とした口調で言った。

「弟子よ。今から特別授業を行う」

「は、はい！」

思わず居住まいを直す。カイは口もとを緩め、満月を眺めながら言った。

「今から俺が話す物語の内容を吟味し、自分ならどうするかを答えろ。ひどい話ではあるが、教訓としては悪くない。舞台はここよりはるか南にある小国。かつては交易で栄え、交通の要所にあったがために、多くの戦禍に見舞われた国だ」

ぽつり、ぽつりとカイが話し出す。その口調はいつになく真剣だった。

——師匠は、私になにを教えようとしているのだろう……。

こくりと唾を飲み込む。私は、彼の言葉をひと言も聞き漏らすまいと耳をそばだてた。


——今から十六年前。大陸中を巻き込んだ戦乱は終盤に差しかかりつつあったが、いまだ各国間では激しい戦闘が行われていた。

カイが語る物語の舞台……その小国には、ある兄妹がいた。

「物語の〝主人公〟は、王の大勢いる妃の中で最も位の低い者から生まれた、末の王子と姫だ。平々凡々であった妹とは違い、兄には才能があった。数えで十歳であったというのに、強力な兵器となり得る魔法を創り出せたのだ。人々は兄のことを〝天才〟と呼んだ」

王は彼の才能を褒め称え、溢れんばかりの褒美を与えた。

「初めは、兄も己の才能を認められたことを嬉しく思った。母親である妃も、妹も、兄の功績により、豊かな生活を送れるようになったからだ。張り切った兄は、次々と強力な魔法を生み出した。しかし——ある日、兄は自分の魔法が恐ろしくなってしまった」

それは兵士たちの会話を漏れ聞いたせいなのだという。

「悪口でも言われていたんですか……？」

「ハハッ！　だったらどんなによかったか。聞こえてきたのは賞賛の言葉だ。兄の創った魔法は一撃で屍の山を築き、一撃であらゆるものを破壊する。兵士たちは、魔法が命を奪う様を実に生々しく語っていた。満面の笑みを湛えて、誰かの人生の終わりを喜んでいたのだ」

わずかに顔色を悪くしたカイは、小さく首を左右に振った。

「天才といえども、兄はまだまだ子どもだ。己の魔法が引き起こした結果が恐ろしくなり、同時に人の命を奪うことを喜んでいる兵士たちに恐怖した。正常な思考が妨げられ、ろくに眠れなくなり、魔法を創ることができなくなった」

スランプに陥った兄に、王は初め、優しい言葉をかけていたのだという。しかし、いつまで経っても新たな魔法ができないことにしびれを切らし、王は強硬手段に出た。

「王は、兄妹の母親を殺し、その亡骸を兄へ見せつけ、このまま魔法を創らずにいれば、次の犠牲者は妹であると脅したのだ」

「……っ！」

それを聞いた瞬間、私はたまらずカイをギュッと抱きしめた。

——実の母親を実の父親に殺された。まるで価値のない物のように！

どれほど辛かったろう。どれほど心が痛かっただろう。

母親の亡骸を前に、彼はなにを思ったのか。

幼い妹の命が自分の肩にかかっていることを、天才と呼ばれた少年はすぐに理解したに違いない。その重みに、たった十才の少年が耐えられるものだろうか。

「し、師匠。師匠……だ、大丈夫ですか」

掠れた声で声をかける。でも、それ以上の言葉が出てこない。

随分昔の話だ。慰めの言葉をもらっても、今更すぎて意味を成さないだろう。

でも、心が乱れて仕方がない。なにもしないではいられない。

――母親。それは、私が心から欲していたのに、結局手に入れられなかったものだから。

それを無残に殺されただなんて、想像しただけで胸が痛い……！

「お、お母さん……なんで……」

苦しげに呟いた私に、カイは小さく笑みをこぼした。

「馬鹿者。お前の母親じゃないだろう。それに……いいんだ。もう過ぎたことだ」

「でも。でも……でもっ……」

「泣くな。まったく、お前は優しすぎる。俺は、誰かを慰めるのは得意ではないんだ……」

どこか弱々しい声で言ったカイは、私に抱きしめられたまま話を再開した。

「追い詰められた兄は、死に物狂いで魔法の研究を続けた。すべては、大切な妹を守るためだ。

母の死を悼む余裕などなかった。相変わらず夜は眠れないままだったが、いくつかの魔法を創りだせた。王は母親を殺したことなんて忘れてしまったかのように、大喜びで兄妹へ褒美を与えた。そんな王が恐ろしかった。けれども幼い妹を連れて逃げることも叶わずに、兄の心と体は削れていった……」

そんなある日のことだ。真夜中に兄の枕元へ見知らぬ男が立ったのだという。

「ソイツは、見るからに妖しい奴だった。深紅の瞳、黒曜石のような漆黒の肌、捻れた角、鋭い爪は人の体なんて簡単に引き裂けそうなほどだった。……ソイツはこう言った。自分が言う通りの魔法を創れば、兄妹を自由にしてやろう、と」

カイは私の体を優しく押しやり、青い灯火が宿る瞳で私を見つめると、こう訊ねた。

「弟子よ、ここで質問だ。母を殺され、妹を人質に取られている。考えつく限り最悪の状況だ。こんな時に提案された取引に、お前はどう応える？　相手はどう見ても邪悪なる者だ。関わり合ったらなにがあるかわからない」

「えっと……」

私は少しだけ考え込むと、師匠の目をまっすぐ見返した。

「その人とは取引をしません。なんとか……妹さんと一緒に生きられる別の道を探します」

「——そうか」

すると、カイは安堵の息を漏らした。とても穏やかな顔をしている。普段はそんな表情をする人じゃないから、突然のことに驚きを隠せない。

「正解だ、弟子。それが正しい道だ。得体の知れない者の手を取るなぞ、愚か者がすることだ。絶対にしてはいけない。どうか、お前が同じ状況に陥った時、それを忘れないでくれ」

優しい声色で語ったカイは、途端に表情を曇らせた。

「俺も、そう判断できればよかったのだがな」

思わず息を呑む。どうやら、幼い頃のカイはその人物の提案を呑んでしまったらしい。

「追い詰められ、判断力が鈍っていた俺は、言われる通りに魔法を創りだした。相手がそれをどう使うか想像すらしないまま――魔法を受け取ったソイツは、即座にそれを発動した。それは――命あるものを魔石と化す魔法だった」

気が付いた時には、庭の木々も、そこに暮らす人々も、空を飛ぶ鳥すら、すべてが魔石と化していたらしい。

そう、それはカイの妹も例外ではなかったのだ。

魔石と化した妹を前に、カイは立ち尽くすことしかできなかった。

そして、ゲラゲラお腹を抱えて笑う相手を呆然と見つめた。

「ソイツは俺に言った。〝愚かな愚かな魔法使い、お前のせいですべてが死んだ〟そして〝ただの暇つぶしであったが、楽しめた。ささやかな礼を受け取れ。その行いに最も相応しい体にしてやろう〟――と」

その男は、かつて〝悪魔〟と呼ばれた古代の魔道士だったのだという。

男は〝現実をもっとよく見られるように〟と、カイの両目をくりぬき、そこに魔石と化した妹の体を砕いて作った義眼をはめ込んだ。さらには〝自分ではなにも考えられない犬〟だとカイを評し、黒狼の魂をその身に封印した。結果、カイは人ではなく獣人のような姿へと変えられてしまったのだ。

「あ……」

呆然としながら、カイの瞳を見つめる。

暗闇の中でぼんやりと青く輝くそれは、かつては彼の妹だったのだ。

「……聖女である私ができることはありますか」

気が付けば、自然とそんな言葉がこぼれていた。

カイは私の家族だ。彼がその身に受けた様々なものを、私がなんとかしてあげたい。

「わ、私の聖属性魔法なら、きっと師匠の力になれるはず……知っているでしょう。聖女の力はすごいんです。だから……し、師匠……っ！」

けれど、私の申し出をカイは断った。

「いいんだ。俺の生きがいを奪わないでくれ」

――いつか、あの男に復讐をする。今の俺はそのためだけに生きている。

彼は、聞いたことのないような低い声でそう言うと、じいと私を見つめた。

「俺のことはいい。本題はこれからだ。アルマン、あの男は非常に厄介だ。使えるものはすべて使い、あらゆる手段を以て目的を達成する。どんな汚い手も厭わない。そんな男に、お前の妹は目をつけられた」

「……はい」

思わず顔が曇る。自業自得。そう言ってしまえばおしまいなのだろう。

けれど、どうにも心が晴れない。私にひどいことをした相手なのに、簡単に割り切れないのは、きっと生まれた時から一緒にいる片割れだからなのだと思う。

「おそらく、ローゼマリーは追い詰められるだろう。それこそあの時の俺のように。お前は俺の話を聞いて、嫌というほどに理解したはずだ。溺れる者は藁《わら》をも掴む。そうなった場合、妹はなにをするかわからない。俺のような〝愚かで悪い魔法使い〟になってしまうかもしれない」

「……そう、かもしれませんね」

ぽつりと呟くと、カイは深いため息と共に私の頬を抓《つね》った。

「ひう」

思わず変な声を出すと、彼は呆れ混じりにこう言ったのだ。

「目を逸らすな、現実を見ろ。馬鹿者め。俺のように義眼になりたいのか」

そして再び私を抱き寄せ、背中を優しく撫でる。

「ローゼマリーが取る行動如何では、命を奪わねばならない場合もある。お前の妹はことを大きくしすぎたということだ。理解しているのだろうな？」

私は口を真一文字に引き絞ると、ゆっくりと瞼を伏せた。

――そうだ。妹はそれだけの罪を犯したのだ。

「では、問おう。妹を忘れたいと言って呪い返しを拒否したお前は、これからどうする？」

「ど、どうすると言われても……」

アルマンのあの様子では、きっと私なんかが嫌だと言っても聞いてはくれないのだろう。あれは提案の体《てい》をなした確定事項の伝達だ。実際、聖女であることを隠して生きるためには、彼の言うことを聞くしかないのだし、ここで反抗したって意味がないと思う。

その結果、たとえ妹が死のうが……私には、どうしようも――。

ぽろり。その瞬間、私の瞳から大粒の涙がこぼれた。

目頭がカッと熱くなって、まるで沸騰したお湯みたいに熱を持った涙が次から次へと溢れてきて止まらない。恐怖がじわじわとこみ上げてきて、途端に不安になる。

――怖い。妹が死ぬ姿を見るのも、それが起きるかもしれない未来も。

全部、全部が怖くて仕方がない。

『お姉ちゃん……！』

自分が〝主人公〟などと言い出して、変貌する前の妹の姿が脳裏に浮かぶ。

その時、私はようやく自分の気持ちに気が付いた。

――ああ、そうだ。私はなんだかんだ言って妹が好きだったのだ。

私が呪い返しを拒否したのも、結局は勇気が出なかっただけ。

妹が、私を幽閉したことは今でも許せない。

……でも、あの子とは生まれてからずっと一緒だった。

隙間風が吹き込む教会でふたりくっついて冬を乗り越えたこと。食べものはいつだって半分こだったこと。一緒に男爵家へ引き取られると知った時は本当に嬉しかった。

そして一年あまり、養父母のもとで暮らした穏やかな時間――それまでの記憶が綺麗すぎて、温かすぎて……呪い返しをするという選択肢を選べなかっただけなのだ。

すると、泣いている私にカイが言った。

「――逃げるか？」

「えっ……」

思わず顔を上げると、カイはどこか寂しげに目を細めている。

「アルマンのことなど気にするな。いざとなれば他国にでも逃げればいい話だ。学園のことも放って置け。それはこの国と妹の問題で、お前が関与する必要はない。妹を忘れ、自由に生きたいとお前が望むならば……俺が力を貸そう」

「ど、どうして……？　し、師匠が。そ、そこまでする理由はないですよね……？」

途切れ途切れに訊ねると、カイはどこか困ったように眉尻を下げた。

「馬鹿め。お前は俺の妹だろう。俺はもう……二度と、自分の妹を失いたくないんだ……」

――魔石となってしまった妹さん。カイは私にその姿を見ているのだろうか。

「……師匠は、本当に妹想いですね」

じわ、と胸の奥にほんのりと柔らかな熱が灯った。

誰かに大切に想ってもらっている。その人は私のためならば、危険なことをも厭わない。

それは、相手に迷惑をかけてしまうという罪悪感と共に、どうしようもないほどの充足感を与えてくれる。本当に私の人生は一変した。地下室に閉じこめられていたあの頃は、私にはなにもなかった。けれど今は、充分すぎるものを溢れんばかりに持っている。

――妹はどうなのだろう。〝主人公〟だからと意気揚々と学園へ出かけていった妹は？

魔法学園を支配するだなんて、恐ろしいことを仕出かしたあの子のそばに、誰がいるのだろう。私のように、自分のために心を砕いてくれる人はいるのだろうか？

その瞬間、右腕の薔薇の痣が痛んだ。

最近、色々とありすぎてその痛みがとても久しぶりに感じる。

針で肌を刺すような痛みだ。徐々に大きくなっていく。

まるでそれは、〝自分はここにいる〟と主張しているようでもあった。

「……うう」

右手を反対の手で押さえて、必死に痛みに耐える。

妹は私をまだ捜しているのだろうか。それともこの痛みは……。

——あの子の苦しみや、悲鳴なのではないだろうか？

「……決めた」

私は勢いよく顔を上げると、涙で濡れた頬を拭った。

ぱん！と頬を叩いて気合いを入れる。

「師匠、色々とありがとうございます」

「あ、ああ……」

突然、様子が変わった私に、カイは戸惑っているようだった。

大きく息を吸う。自前のちっぽけな勇気を振り絞って、決意と共に言った。

「……うん。私、やっぱりアルマンさんの言う通りに、妹を止めに行こうと思います」

カイは怪訝そうに眉を顰める。

「なぜだ。妹のことを忘れたいのだろう？　逃げてもいいと言っているのに」

私は不器用に笑うと、右手の痣をそっと撫でる。

「……私、とても意気地なしなんです。すぐに泣いちゃうし。全然強くなれなくて、物語の〝主人公〟みたいに決断力もない。ひどいことをされたのに、妹が優しかった頃の記憶が忘れられないくらいには、いろんなものを引きずってる。でもそのままじゃ駄目！　師匠や、みんなが優しいのに甘えて、いつまでも足踏みばかりしていられない」

——正直、前より強くなれたかなんて自信はない。

でも、私はこの家に……ヴィクトールに拾ってもらってから、確かに変わった。

呪い返しは嫌だと拒否したあの頃よりも、ずっと選択肢が増えているはずだ。

「だから、妹から逃げるのを止めます。自分で……決着をつけます」

きっぱりと言い切った私に、カイは途端に不機嫌そうな顔になった。

「フン、〝聖女〟がごとく、すべてを許してやるということか？」

私はふるふると首を横に振ると、にっこり笑って言った。

「まさか！　残念ながら、私は〝獣人の英雄の義理の娘〟で〝悪い魔法使いの弟子〟なんですよ。誰も〝聖女〟らしい振る舞いは教えてくれなかったんです」

ニッと、まるでヴィクトールやヒューゴみたいに歯を見せて笑う。

そしてあることを思い出して、パッと表情を明るくした。

「それと、私は〝悪役令嬢〟ですから！　フフ、これはもう絶対に聖女らしいことはできそうにありませんね……」

笑っている私に、カイは面食らったかのように目を瞬くと、小さく笑みをこぼした。

「〝悪役令嬢〟。またそれか。まったく……それで、どうする？」

「心の赴くまま妹にぶつかってみようかと。正直、国の未来だの運命だの、そんな重いものはよくわかりません。悪い魔法使いらしく自分の利だけを求めて。獣人の英雄の義理の娘らしく自分の正義が赴くままに。それで〝悪役令嬢〟らしく〝主人公〟の邪魔をしてやります！」

するとカイは盛大にため息をこぼす。

「馬鹿者。具体的にどうするかを訊ねている。無計画は死に直結するぞ」

「へへ……今、決意したばっかりなもので……ごめんなさい」

しかし次の瞬間、カイは不敵な笑みを浮かべた。

「……が、おもしろくもある。心のままに色々と滅茶苦茶にしてやって、我が妹に問題を丸投げしてきたアルマンに面倒ごとを押しつけるのも、また一興だ。奴の困り顔を眺めたら、さぞ心地いいだろうな？」

「死んだことになっているとはいえ、大公様ですし。きっと責任は取ってくれますよね？」

「それに……別に、穏便に済ませろとは言われていないことだしな？」

ククク、とどう見ても絶対に善人は浮かべない笑みを湛えたカイは、私を抱き上げると、ピュイ、と指笛を鳴らした。途端にヴァイスが近寄ってくる。黒狼は——いつの間にやら姿を消して、カイの頭とお尻には獣人の証である獣の部位が蘇っている。

「しかし、さすがに無策で突っ込むのは愚か者のすることだ。明日から計画を練るぞ」

「はい！」

カイは屋敷に向かって歩き出した。

その道すがら、カイはぽつりと呟くように言った。

「――本当にいいんだな？　辛い想いをするかもしれんのだぞ」

くすりと笑って答える。

「師匠は私に甘いんですから。覚悟は……まだできてませんけど、当日までには心を決めます。もし、辛くてどうしようもなくなった時は――」

空にぽっかり浮かぶ月を眺める。脳裏にはあの日に聴いた歌が蘇っていた。

「師匠に歌を歌ってもらいます。『砂漠の月に会いに行こう。灼熱の太陽に疲れた体を休ませよう』でしたっけ……それを聴いたら、どんなに苦しくてもきっと大丈夫」

「なっ……！」

すると、カイが慌てだした。顔を真っ赤にして、耳をピクピク動かし、尻尾を激しく揺らしている。ジロリと私を非難めいた目で見て、ボソボソ言った。

「お、覚えていたのか……眠っていただろう！」

「ふふふ。私、昔から物覚えはいい方なんです……」

瞼が徐々に重くなってきた。私は眠気を必死にこらえながら、小さく呟いた。

「あの歌に、私はたくさん救われたんです。だから、また聴けるように頑張ります。だって……妹の私も、優しいお義兄様たちを哀しませたくない、んです……」

すう、と意識が沈んでいく。カイは小さく息を漏らし、

「まったく、仕方のない奴だ」

と、クツクツ喉の奥で笑って――。

「砂の海に足跡を残そう。風で流されても、君が歩んできた道は決して消えない。月は君を心待ちにしている。君に会えるのを楽しみに夜空にぽっかり浮かんでいる――」

まるであの日のように、優しい声で歌を口ずさみ始めたのだった。

＊

それから一週間後。

シュバルツ伯爵家の屋敷の前には、豪奢な馬車が一台停まっていた。

今日は魔法学園のパーティの日だ。御者が、乗客がそこに乗り込むのを今か今かと待っている。しかし、私は馬車へ近づくことすらままならないでいた。

「ああ！　かわいい、かわいい、かわいい‼　見て、うちの子が世界一かわいいわ！　ああもう完璧。アタシの想像した通りのできばえ！　アタシってば天才だわ……！」

「これはまた見事なものだ。シリル兄さんのデザインは相変わらずすごいな。絵師を呼び寄せて描かせたいくらいだ。このまま行かせるのはもったいない！」

「ひえ～。これが王都の流行を取り仕切ってるシリル兄ィの力ッスね。本当に、世界一かわいいッス。お姫様みたいッスよ、リリー！」

「うう。お義兄様がた、本当に……？」

「「「自信を持って。嘘はつかない（わ）（ッス）！」」」

こんな調子で小一時間。私は兄たちにひたすら褒めちぎられていた。

魔法学園のパーティには、各国の重鎮たちも招待されている。だから、きちんとした正装が求められるのはわかるのだが……。

「シリルお義兄様、万が一にでも戦闘になった場合、この格好は少し動きづらいのでは」

私が今着ているのは、薄紫に染められた薄い絹を何重にも重ねたドレスだ。

ハイウェストで胸の下辺りに大きなリボンがある。シルエットは細身だ。ギャザーがたっぷり寄せられ、踏んづけてしまいそうなくらいに裾が長い。透け感が感じられるほどに薄く作られた布地は、絵画に描かれた女神の羽衣に雰囲気が似ている。なのに、生地には同系色の糸で精緻な刺繍が施されているのだ。三つ子のメイドの力作らしいのだが、掛かった時間を考えるだけでめまいがする。靴は魔法で大きさを自在に調整できる特別製。私の真っ白な髪は綺麗に編み込まれ、たっぷりと生花を飾りつけられていて……正直、重い。

やっと興奮が収まったらしいシリルは、私の格好を改めて見つめ、熱い吐息を漏らした。

「ウッフフフ。これは革命よ。ここ最近の流行に正直飽き飽きしていたのよね。ド派手な布をボリュームたっぷりに仕上げるのも、デコルテを曝《さら》け出すのもお下品！　これからは清楚系よ、清楚系！　リリー。アンタが流行の最先端を行くの。わかったわね！」

「お、お義兄様。落ち着いて……？」

「もちろん、聖属性魔法で大きくなっても問題ないのよ。この生地は収縮性に富んでいるの。だから安心して、アンタのかわいらしさでパーティ会場を制圧してきなさい！」

「お義兄様、正気に戻って!?　私の目的を考えると、地味にしておいた方が……」

――私はパーティを楽しみに行くのではないのに！

思わず頭を抱えていると、そこにヴィクトールがやってきた。

「おお、こりゃあいい！　本当に姫様みたいだ。俺がエスコートしたかったぜ」

ヴィクトールは私の前にしゃがみ込むと、ニッと歯を見せて笑った。目尻にたっぷりと笑いじわができて、愛嬌のある顔になる。

「お前に任せっきりにするつもりはねぇよ。会場の外で、俺はいつでも突入できるように待機しているからな。安心しろよ」

なんとも頼もしい言葉に、胸がじんと熱くなった。

「お義父様、本当にありがとう……。あの、でも。今日の私の格好、確かに素敵なんですけど、目的にそぐわないと思いませんか!?」

こうなったらお義父様から言ってもらおう！

そう思って訴えた瞬間、革靴の鳴る音がして、いつも通りに不機嫌そうな声が聞こえた。

「フン。弟子、見られるようになったじゃないか」

パッと顔を向けると、思わず口を開けたまま固まる。

なぜならば……そこにいたカイが、あんまりにも煌びやかだったからである。

綺麗に撫でつけられた黒髪、黒い獣耳にはいつものイヤリング。そこまではいい。

ミッドナイトブルーのテールコートに白いベスト。ベストには金糸で凝った意匠の模様が縫い取られ、テールコートの裏地には、目が覚めるような碧色を使ったアラベスク模様。純白のアスコットタイをとめているのは、魔法使いの象徴である杖を模したリングタイ。そこには、ネオンブルーが眩しい大粒のトルマリンがあしらわれている。どうやらカフスボタンも同じ石を使っているらしい。動くたびにキラキラと辺りに輝きを放って、きっと薄暗いパーティ会場でも視線を集めること請け合いだろう。とどめは、艶のある黒い毛皮で作られた豪奢なマントに、髑髏《どくろ》があしらわれた黄金の杖。

――ああ。まるで、パーティに乗り込む悪い組織の幹部みたいだ……！

それを見た瞬間、思わずめまいがしてしまった。

「ひえ……」

正直、彼はかなり整った風貌をしていることもあり、とても似合っている。似合いすぎなくらいだ。けれど、今から妹を止めに行くというのに目立ってどうするのだ。

「し、師匠……！」

思わず泣きたい気分になってカイを見つめると、彼はニッと不敵に笑った。

「なるほど、弟子は目的を考えると地味であるべきだというのだな？　だから、そんな不満な顔をしていると」

「は、はい。間違っているでしょうか……？」

自分が世間知らずであることを思い出して、徐々に語尾が小さくなる。

カイはくすりと笑うとこう言った。

「ああ、間違っている。確かに、パーティを楽しみに行くわけではないな。むしろ、俺たちはパーティを破壊しに行くのだから」

「は、破壊……？」

あまりにも物騒な単語に、汗が滲む。

カイは私の手を取ると、そっと甲に唇を落として笑った。

「そうだぞ、弟子。勘違いするんじゃない。俺たちは――悪い魔法使いとして、この国の最高峰のセキュリティを誇る学園へ〝殴り込み〟に行くのだ‼」

ワハハハハハ！と高笑いし始めたカイに、私は堪らず眉間を押さえた。

――だ、大丈夫かな……？

不安しかない。不安しかないが……やるしかないのだ。

自分で決めたことだ。妹からもう逃げない。自らの手でけじめをつけるのだと。

「わ、わかりました。な、〝殴り込み〟に行きましょう……！」

半ば自棄《やけ》になって拳を突き上げる。

「なにも不安がることはないわ！　そこの自称天才に任せておきなさい！」

「俺とヴィルハルトも後で行くッスから。へへ、なにかあったら呼ぶッスよ！」

「ああ、私とヒューゴはいつだってリリーを見守っている」

「リリー、自信を持って行け！　うまくいったらなんでも好きなものを買ってやるぞ」

「お、お義父様。なっ……なんでもは困ります……！」

「ワハハハハハハハハ！」

思わず涙目になった私を、義兄たちや義父は、どこか微笑ましいものを見るような目つきで眺めていた。


これにて準備万全。

自称天才〝悪い魔法使い〟のカイと。

聖女で〝悪役令嬢〟な私の――パーティぶち壊し大作戦の開始である。

第七話　捨てられ悪役令嬢ときどき聖女

ローゼマリーはルビーのように美しい深紅の瞳を細め、会場を眺めた。

魔法学園が誇るダンスホール。そこは、煌びやかでありながらも、歴史を感じさせる堅牢な造りをしていて、戦時には貴重な魔力持ちの若人たちを匿う役目も果たすのだという。

それだけに、セキュリティは強固のひと言に尽きる。学園の全生徒と来賓を収容してもなお余裕のあるこの場所には、主催者があらかじめ登録していた人物以外は入ることができない。

会場内に浮かぶ魔法の蝋燭の正体は警護の役目を担ったゴーストたちで、万が一にでも不埒者《ふらち》が忍び込んだ場合は、速やかに排除してくれる。その強さは折り紙付きで、時にこのダンスホールは、王族の公的な式典にも使われることがあるくらいだ。

そんな場所を、今現在支配しているのはローゼマリーである。

彼女は己の力の象徴である霧が会場内に満ちているのを満足げに眺め、壇上に設えられた豪奢な椅子に座ったまま、小さく口を開けた。

「ああ、ローゼマリー。今日も綺麗だよ……」

するとすぐさま、アレクシス王子がひと粒の葡萄をその口に運んだ。

うっとりと目を潤ませ、こぼれた果汁を恭しく拭き取る。まるで信仰対象を見つめるかのような熱に浮かされた瞳に、ローゼマリーはわずかに眉を寄せた。手を振って、アレクシス王子に下がるように指示をする。

ダンスホール内には、生徒以外にも大勢の大人たちがいた。

そこには、精いっぱいオシャレをしてきたのだろうと窺える庶民から、高級なドレスや燕尾服を着慣れているのだろうと一見してわかる貴族までが揃っている。

彼らは、誰もがぼんやりとした瞳をしていて、大勢いるというのにひと言も話さない。

まるで生きている人形が居並ぶようなその様は、事情を知らないものからすれば異様としか言いようがなく、けれども、この事態を招いたローゼマリーからすれば、壮観とも呼べる光景であった。

「──ゴルティア・フォン・アーデルベルト侯爵様、ご入場！」

すでに、ローゼマリーの支配下にある侍従が叫ぶ。

純金の装飾がされた金属製の扉が開くと、中年の偉丈夫が夫人と共に会場へ入ってきた。

貴族の中でも苛烈であると知られているアーデルベルト侯爵は、霧が満ちているダンスホールに一瞬だけ目を見張り、壇上にいるローゼマリーへ鋭い視線を向ける。

「これは何事か！　おい、いったいなに……を……」

しかし、すぐにその瞳がとろりと蕩けた。侯爵の体を霧が取り巻いたからだ。彼は、腑抜けた顔で頭をゆらゆら揺らすと、おぼつかない足取りで、立ち尽くす人々の中へ加わる。それを見ていたローゼマリーは嬉しげに笑った。

「まるで蟻地獄のようね。私の巣へ一歩でも踏み込んだが最後、誰も逃げられない……」

するとその耳もとで陽気な少年の声が響いた。

「言い得て妙だね、ローゼ！　さすがは物語の〝主人公〟は言うことが違うよ！」

「やめて、ロベール。さすがに不愉快だわ」

すると、少年の声……ロベールは、まるで戯けるように言った。

「あれれれ〜。今日のローゼはご機嫌ななめさんだね。まあいっか。この国の重鎮が軒並みローゼに頭を垂れる頃には、きっと最高に上機嫌になっているさ！」

「そうね……とうとう念願が叶うんだものね」

ローゼマリーは長く息を吐くと、感慨深げに己の手を見つめた。

「やっと、私の理想の世界が手に入る。誰も不幸せにならない完璧な世界が」

クスクス笑ったロベールは、ローゼマリーの耳もとで囁くように言った。

「そうだね、そうだね……！　この世界に君が転生してから十年。本当にローゼは頑張ったよ。その努力は報われるべき！」

「ええ。あなたの導きのおかげで、私は強力なスキルや魔法を簡単に手に入れることができたんだもの。ファンディスクのルートには入れなかったけれど……感謝しかないわ。このまま行けば、誰も死なない完璧な世界ができあがる。完成したあかつきには、一緒にお祝いをしましょうね。いいでしょう？　ロベール」

「うん。僕……とっても楽しみだよ！」

そう、ファンディスクルートに入るという当初の目的は、いまだに達成できていない。

〝主人公〟であるローゼマリーに聖女の印を与えるはずの獣人の神は、どれだけ捜しても姿を現すことはなかったし、ファンディスクルートに必須のはずの〝幽霊大公〟との遭遇イベントも起きなかった。港町での偽聖女騒動は気が付けば事件そのものが解決していて、なにもかもが思い通りにいかなかったのだ。

このままでは古代の魔道士が目覚め、闇の軍勢を引き連れて攻めてくるだろう。

そうなれば、ローゼマリーの目的を達することができない。

途方に暮れていたローゼマリーに救いの手を差し伸べたのは、ロベールだった。

ゲームでもお助けキャラとして登場する〝妖精〟ロベール。

彼とは、この世界にローゼマリーが転生してきた時からの付き合いだ。そんなロベールが、ファンディスクルートが駄目ならばと、別の手段を提案してくれたのだ。

古代の魔道士が目覚める兆候は今のところない。ゲーム情報を詳しく知っているローゼマリーが人々を管理し、彼らを正しい道筋へ導けば――誰も死ななくてすむはずだ。

ローゼマリーは安堵の息を漏らした。しかし、すぐさま表情が曇る。

「なに……!?」

会場内のゴーストたちが騒ぎ始めているのに気が付いたからだ。

辺りを均等に照らしていた蝋燭たちが、一斉に入り口の扉付近に集中している。ゆらゆらと揺れる様は、扉の向こうの誰かを警戒しているようだった。

「もしかして侵入者かな？」

「みたいね……」

今日という日のために、学園の敷地内を包み込んでいた霧を会場内に集中させたのが仇になったのかもしれない。しかし、侵入者の存在に気が付いてなお、ローゼマリーの表情には余裕があった。それだけ自信があるからだ。

「ここのセキュリティを破るのは至難の業だわ。わざわざ私が手を下さなくても――」

その瞬間、ゴォン！　とまるで金属製の鐘を叩いたような音が会場内に響いた。

びくりと体を竦ませ、ゴーストたちが集まっている扉を凝視する。

どうやら侵入者は、外から扉を打ち破ろうとしているようだ。あの扉は、招待状にかけられた魔法に反応して開く仕掛けだ。閉まったままであるということは、相手が招かれざる客であることは間違いない。

ローゼマリーは小さく肩を竦めると、足をゆったり組み替えて笑った。

「やだ！　暴力しか知らない馬鹿なのかしら。あの巨大な扉をぶち破るだなんて……」

――ゴォン！

「きゃっ……」

ひと際大きな音が響き渡る。思わずローゼマリーが小さく悲鳴を上げると、まるでそれが合図だったかのように、外部からの攻撃が激化した。何度も何度も攻撃を受けるたび、建物自体も震える。古い建物のせいか、上部からパラパラと埃が落ちてきて、美しく飾りつけられていたパーティ会場が白く染まっていく。

「な、なんなの……！　せっかくのパーティ会場が！」

怒りをほとばしらせてローゼマリーが立ち上がる。すると――扉に変化が現れた。

――ゴォォォォオン！

今までにないほど大きな音を立てたかと思うと、表面が歪んだのだ。

それはまるで、力任せに薄い鉄板を殴った時のようだった。

外部から受けた衝撃が、そのまま歪みとなって形となる。何度も何度も攻撃を受けた扉は、今や美しい装飾もボロボロ、さらには蝶番が今にも外れそうになっていた。

「ローゼ、これはいけない！　早くなにか手を……」

たまらずロベールが声を上げた、その時だ。

怒濤の攻撃に晒されていた扉が、とうとう限界を迎えたらしい。ゴトン、と蝶番が落ちたかと思うと、徐々に会場内に向かって傾き始めた。そして、地響きを立てて地面に倒れる。

「な、なんてこと……！」

ローゼマリーが青ざめていると、倒れた扉の上に人影があるのを見つけた。

その人物は、綺麗に整えた髪をくしゃりと手で握りつぶし、青白い光を放つ瞳を剣呑に細めて、ひどく気怠げに言った。

「まったく、招待状がないと扉が開かないなどと聞いてないぞ、アルマン！　それくらい用意をしておけ。余計な手間が増えたではないか……！」

そして、ずかずかと倒れた扉を踏みしめて会場入りをすると、にんまり笑った。

「おお、想像していたよりもしみったれた会場だな。埃っぽく、まるで葬式みたいな雰囲気だ。まったく、宴の主はなにをしている？　趣味が悪い。一からやりなおせ！」

ワハハハハハ！　と高笑いした男に、ローゼマリーは顔を引き攣らせた。

――なに？　なんなの……!?

見蕩れるほどの美貌を持つ、狼獣人の男である。

しかし、派手過ぎる格好と、不愉快すぎる横暴な振る舞いは、まるで物語をかき回すために投入される悪役のようだ。

――あと一歩ってところで！　こんな〝雑魚〟に構ってる暇はないのよ……！

ローゼマリーは舌打ちをすると、珍妙な闖入者に向けて叫んだ。

「あなた何者……!?　今日は魔法学園伝統のパーティの日よ！　招待状も持たない人物はお呼びでないわ。帰ってもらえる？」

すると、頭上の獣耳をピクリと動かした男は、ニィと犬歯を剥き出しにして笑った。

「おお、お前がローゼマリーか」

「……なっ、なんで私の名前を……？」

「なあに、お前のことをよく知る人物から話を聞いただけだ」

どきりとローゼマリーの心臓が跳ねた。

この会場内には、ローゼマリーの学友、それと養父母も来ていた。教会から引き取られ、男爵令嬢になったローゼマリーの交友関係はそれほど広くない。ほぼほぼ養父母とこの学園内に集中していると言えるだろう。だから、この場にいる人物以外でローゼマリーをよく知っている人物なんて、あとひとりしか思い浮かばなかったのだ。

「……それは誰。答えなさい」

「さあな？　ただで教えてやるほど、俺は優しくないのでな」

男はにんまり笑うと、どこか意味ありげに言った。

「なにをそんなに怒っている？　これは予定調和じゃないのか？」

「はっ……？」

「聞いたぞ、〝乙女げえむ〟とやらの世界では、パーティにトラブルはつきものだと。王族や有力貴族が集まる場で、相手の罪を暴く〝断罪いべんと〟が起きるのがお決まりなのだろう？　ならば、会場に誰かが乱入してきても別段不思議ではなかろう」

「なっ……！」

ローゼマリーは言葉を失った。そして、同時に確信を持つ。

それは、この世界の人間が絶対に知り得ない情報のはずだった。

……そう、たったひとりを除いては。地下牢で幽閉している間、ローゼマリーは散々彼女へゲームの内容を語り明かしていたのだから。

「お姉様……」

ぽつりと呟く。脳裏に浮かんでいるのは、もぬけの殻になった地下牢の光景だ。

それを目にした瞬間の焦り。絶望。苛立ち。なにもかもが生々しく蘇ってきて、ローゼマリーはたまらず声を張り上げた。

「……霧よ‼」

相手を支配下に置く魔法。絶対的な力を持つそれが男に襲いかかる。けれども、男は余裕たっぷりに笑むと、風を巻き起こして霧を蹴散らした。

——なんなの。なんなのよ……！

霧の魔法の脆弱性を突かれたローゼマリーの頭に血が上る。じんじんとこめかみが痛み、全身がマグマのように熱くなった。

けれど、すぐさまその耳もとに無邪気な声が届く。

「ローゼ、落ち着いて。ゴーストで排除するんだ」

「そっ……そうね。そうだったわ、すっかり忘れてた」

ロベールの声に冷静さを取り戻したローゼマリーは、手を高く掲げた。

「ゴーストたち、アレを捕まえて……！」

ローゼマリーの指示に従い、ゴーストたちが一斉に動き出した。真っ赤な炎を胸に宿したゴーストは、錆び付いたナイフや刃こぼれした斧を手に男へ殺到する。

「フン。実戦は得意ではないのだがな……」

男は涼しい顔でゴーストたちの攻撃を避けると、髑髏の杖で床を突いた。

――とん、と杖の先端が床に触れた瞬間、そこから青白く発光する流砂が噴き出す。まるで生きているかのようにゴーストへ迫った砂は、半透明の体を一気に包み込んだ。

「――ム。やはり駄目か」

しかし、砂はゴーストの表面を滑り落ちてしまい、特に影響を与えていないようだった。

そうしているうちに、一体のゴーストの手が男の毛皮のマントへ伸びる。すると、ゴーストが触れた部分から凄まじい勢いで毛皮が凍っていく。

「……くそ、気に入っていたのに。やはり俺だけでゴーストを相手取るのは厄介だな」

毛皮を脱ぎ捨てた男は、ひらりと後方へ飛んだ。

劣勢の男を上機嫌で眺めたローゼマリーは、クスクス楽しげに嗤う。

「馬鹿ね、ゴーストを害することができるのは、聖属性魔法だけよ……！　アンタみたいな日頃の行いが悪そうな奴に、神様が力を貸すわけがないものね？」

「……正直、お前には言われたくはないが。まあ、概ね同意だな」

追い詰められているはずなのに、男は余裕綽々で笑っている。

ローゼマリーがわずかに眉を上げると、男はどこか気障ったらしい仕草で胸に手を当てた。

「仕方あるまい。適材適所。場面場面で、必要な役者というのは変わってくるものだ」

そう言って、男はいずこかへ向かって手を差し出した。

「いい加減、心の準備はできただろう？　物語の渦中に躍り出ようではないか、弟子よ」

まるで舞台役者のように朗々と台詞を語る。するとそれに、小さな声が応えた。

「……はい」

物陰から姿を現したのは、穢れなき白色を持つ少女だ。

その少女を見た瞬間、ローゼマリーは息を呑んだ。体が震え、涙が滲む。

「お、お姉様……」

それは、ローゼマリーの姉であるリリーだった。

薄紫色の美しいドレスを着ている。地下室に閉じこめていた頃よりかは、いくぶんか顔色もいいし、すっかり灰色に薄汚れていた髪の毛は、初雪のごとき白さを取り戻していた。あの頃は痩せこけていた頬もふっくらしている。けれど、相変わらず幼い姿のままだ。

ローゼマリーが大切に、大切に地下牢へ仕舞い込んでいた頃と変わらない。

じわりと頬を興奮で染めたローゼマリーは、両手を開いて歓喜に震えた。

「ああ、ああ！　無事だったのね……！　嬉しいわ、私のもとへ戻ってきてくれて！」

恋する乙女のように、ほうと甘ったるい吐息を吐く。

そして、毒蛾のように歪んだ笑みを浮かべた。

「心配していたのよ。さあ、あの場所へ戻りましょうか。お姉様の出番はもう少し先なの」

ローゼマリーの言葉に、リリーは眉を寄せ、薄花色の瞳を眇めた。

「……？」

違和感を覚えて、ローゼマリーは小首を傾げる。

地下牢に閉じこめていた頃には見られなかった表情だ。

あの頃の姉は、いつだってローゼマリーに従順だった。

彼女が部屋を訪れるたび、ご機嫌窺いの猫撫で声を出すくらいだったというのに。

「お姉様、どうしたの……？」

途端に不安に駆られて姉を見つめる。

リリーはふるふると首を横に振ると、まっすぐにローゼマリーを見据えた。

「それはできないわ、ローゼマリー」

きっぱりと断られて、ローゼマリーは思わず顔を引き攣らせた。

――どうして？　なぜ？　お姉様が私の申し出を断った……？

疑問符で頭がいっぱいになる。姉の思わぬ反抗に、ローゼマリーはまるで子どものように癇癪を起こすと、周囲に漂っているゴーストへ指示を飛ばした。

「ゴースト！　お姉様を捕まえて！」

半透明のゴーストたちが、リリーのもとへと集まっていく。

自分よりもはるかに劣った魔力しか持たない姉だ。

きっと為す術もなく捕まるに違いない――そう思っていたのだが。

「哀しいわ、ローゼマリー。私、とても哀しい。また私を閉じこめるつもりなの？」

リリーはかわいらしい顔を欠片も曇らせることなく、小さな手を胸の前で組み合わせた。

華奢な手だ。日焼けなど知らなそうな白魚のような手――その左手の薬指に、見慣れぬ印をめざとく見つけたローゼマリーは、思わず目を剥いた。

「……聖女の、印……？」

嫌な予感がよぎって、ローゼマリーの背中に冷たい汗が伝った。

リリーがわずかに瞼を伏せると、その身からまるで朝日のように柔らかな光を放ち始めた。

すかさずゴーストが襲いかかるが、光を浴びた途端に、まるで砂糖菓子のようにあっけなく溶けて消えた。

――聖属性魔法……！

ゾッとしてローゼマリーは頭を振った。

「嘘よ。嘘、どうしてお姉様が？　聖女の印は……それは〝主人公〟である私が手に入れるべきはずのものよ……‼」

ゲームの中のリリーは、聖属性魔法なんて使えなかったはずだ。

〝主人公〟であるローゼマリーに嫉妬し、邪悪なる存在に騙され、禁断の書を手にしてしまうリリーの得手は、闇属性魔法。純白の髪は闇色に染まり、まるで魔女のような格好でローゼマリーたちを襲ってくるはずなのに……！

──あれは誰。あれは……本当にお姉様なの……？

ひたすら混乱しているローゼマリーに、リリーはどこか困ったような表情を浮かべると、聖なる光を強めて、一歩前へ踏み出した。

「ローゼマリー、久しぶりだね」

しゃらり、しゃらり。衣擦れの音と共に、知らない顔をした姉が近づいてくる。

白い髪が風に靡き、花の飾りが小さく揺れる。リリーは会場内をぐるりと見回すと、まるで春の日差しのような笑みを浮かべた。途端に、彼女の放つ聖属性魔法の光が強くなる。

聖なる光は、まるで波紋のように円状に広がっていくと──辺りに満ちていた霧をすべてかき消した。

「うう……」

今まで、ローゼマリーに支配されていた人々が、戒めから解放されてその場に倒れ込む。

ローゼマリーはその光景を、ただひたすら呆然として眺め……同時に、頭にかかっていた靄が綺麗さっぱり晴れていくような、そんな感覚に見舞われていた。

——なに？　なんなの……？

今まで頭の中を支配していた、苛立ちや混乱が去り、ぽかんと目の前に立つ姉らしき人を見つめる。なにもかもがローゼマリーの理解の範疇を超えていて、思考が上手くできない。

思わず一歩後退ると、小さな段差に蹴躓いて尻餅をついてしまった。

「大丈夫？　怪我はない？」

転んでしまった自分を、その人は心配そうに見つめている。

ローゼマリーは彼女の問いかけには答えず、こう呟いた。

「お姉様、どうして成長しているの……？」

——そう、彼女の目の前には、自分と同い年ほどの姿に成長し、けれども自分よりもはるかに美しく成長したリリーの姿があったのだ。

＊

ローゼマリーが成長したリリーと相まみえた瞬間。それよりも時は少し遡る。

シュバルツ家を馬車で出発した私たちは、辺りが薄闇に包まれる頃には魔法学園に到着することができた。学園内はパーティに招待された人々や、貴族たちが乗る馬車で賑わっていて、霧が立ちこめているということもない。

しかし、あちらこちらに立っている侍従や案内役の生徒たちは、一様にぼんやりとした目をしており、ローゼマリーの支配下にあることは一目瞭然だった。

「……下手くそな偽装だな。しかし、賢くはある。会場内で待ち構え、そこで確実に獲物を仕留めようということだろうが……ええい、面倒だ。早く終わらせて帰りたいのに」

「し、師匠。もう少しで到着しますから。我慢してください……」

ノロノロと進む馬車列。苛立つカイを宥め、やっとのことでダンスホールのある一角にたどり着くが……正直、順調なのはここまでだった。

「招待状をお願いいたします」

「フン！　そんなものはない。ええい、まどろっこしい！　そこをどけ！」

案内役の侍従に、しびれを切らしたカイが襲いかかったのだ。

強烈な魔法の一撃に、侍従は昏倒。そして——今、パーティへ参加しようと集まっている貴族や父兄たちに、まるで犯罪者を見るような目で見られているところである。

「なにかしら……野蛮ね……」

「きっと、子どもが魔法学園に編入できなかったのよ。ほら、あの男。我が子のためならなんでもしそうじゃない……？　あの子もかわいそうに……」

「……私は師匠の子どもじゃないです……」

「俺だって、こんなデカイ子などおらぬわ！　お前ら……っ‼」

「ハイハイハイ！　いやあ、みなさんご機嫌よう！」

コソコソ、ヒソヒソ。周りから注がれる視線にカイが再びぶち切れそうになった瞬間、どこからともなく姿を現したのがアルマンだ。彼は自身の部下たちに指示を下すと、パーティへ参加するために集まって来ていた人たちを「トラブルがあった」などと適当な理由をつけて、巧みにダンスホールから引き離してくれた。その見事な手腕には感心するばかりだ。

「ア、アルマン様、ありがとうございます……」

「いや、これは僕の管轄だからね。フム、これにて準備は万全。ヴィクトールたちも、無事に配置完了したようだし――さて。すでに会場入りしてしまった父兄らには気の毒ではあるが、ようやく君たちの出番だよ」

ローゼマリーの息のかかった侍従や生徒たちは、軒並み地面に転がっている。

学園内の至るところにある庭木の陰などには、ヴィクトールが育て上げた屈強な傭兵たちを潜ませてあった。おそらく、そう遠くない場所に義理の父もいるのだろう。

後は、私がダンスホールの中へ侵入し、妹の企みを阻止するだけということなのだが……。

「……怖いか」

動けなくなり、立ち尽くす私に、カイが声をかけてくれた。

私は唇を噛みしめると、こくりと頷く。懸命に心を奮い立たせようとする。けれど、どうにも勇気が出ない。情けなくて泣きそうだ。あれだけけじめをつけると宣言しておいて、いざとなって怖じ気付くなんて。

――怖い。妹に会ったら、あのなにもできずに、ただひたすら妹を待ち続けていた自分に戻ってしまいそうで。今の自分のままでいられるか自信がない。

「やっぱり駄目です。私は妹と違って〝主人公〟じゃないから……だからこんな」

滲んだ涙をゴシゴシと乱暴に拭う。

すると、そんな私にアルマンが声をかけてくれた。

「そういえば君、僕がなぜ〝幽霊大公〟だと呼ばれているかご存じかな？」

こんな時になにを……と思いつつも、どこか楽しげなアルマンに向かって頷く。

「えっと……公的にはもう亡くなったことになっているから、ですよね？」

するとアルマンは「違うよ」と笑った。

「まあ、それもあながち間違いではないが。僕はね、十五年前に終結した戦乱で、弟の陣営が放った刺客に襲われ、死の淵を彷徨った。しぶとく生き残ってやったがね」

「現王の……」

「ああ。弟をどうしても王にしたかった輩がいるらしい。王位を継ぐ意志はないと、散々主張していたはずなんだがねえ。頭が悪いのか、それとも猜疑心が旺盛なのか……とにかく、彼らは僕が邪魔だった」

クツクツと喉の奥で笑ったアルマンは、打って変わって瞳に冷たい色を滲ませた。

「奴らは僕を舞台から引きずり下ろしたかったのだろう。でも、僕は下りてやらなかった。絶対にだ。なにせ僕は意地が汚くてね。スポットが当たる心地いい場所を、他の誰かに譲ってやる気は更々なかった。死んだはずなのに、そこにいつまでも亡霊のように居残り続けている。だから〝幽霊大公〟そういうことさ。理解したかい？」

「えっと、それは……王位を諦めないってことですか？　継ぐ気はなかったのでは？」

脳裏に浮かんだ疑問をぶつけると、アルマンは肩を竦めて笑った。

「王位？　ハハッ！　そんなちっぽけなもの、幽霊とまで呼ばれて守りたいはずがないだろう。僕が譲れなかったもの。それは……自分の人生の〝主役〟という座のことだ」

きょとん、としてアルマンを見つめる。

「自分の人生の……？」

首を傾げると、いやに上機嫌な様子でアルマンは歌うように語った。

「そうさ！　人生において〝主役〟は自分しかありえないだろう？　君だってそうさ。たとえ獣人の英雄であろうとも、自称天才な魔法使いであろうとも、この国の王であろうとも！　……そして、血を分けた双子の妹であろうとも。その座を奪うことなんてできない。君はどう足掻いても〝主役〟なんだ」

胸がきゅう、と締めつけられるようになって、口を真一文字に引き結ぶ。

すると、カイがアルマンの話を引き継いだ。

「お前は絶対に〝脇役〟にはなれない。人生において〝主役〟であり続けるしかない。自分は自分にとって〝特別〟なんだ。逃げようがない。〝悪役令嬢〟だからなんだっていうんだ。お前は、他の誰も代われない〝主人公〟だろう？」

「し、師匠。アルマン様も……」

彼らの言葉があまりにも温かくて、優しくて。その余韻を噛みしめるように、私は固く瞳を瞑った。ぽろり、瞳に残っていた涙がこぼれるけれど、たったひと粒だけだ。

ふたりに勇気をもらった私の目からは、弱気の涙はもう流れない。

「あっ……ありがとうございます……」

ふたりへ深く頭を下げる。そして、固く閉ざされたダンスホールの扉を見つめた。

――絶対に妹を止めてみせる。私にならできる。だって私も〝主人公〟なんだから！

決意と共に、カイと扉へ向かう。それがなかなか開かないことにしびれを切らしたカイが、魔法でボコボコにしてしまったのには驚いたけれど、私は予想していたよりもはるかに落ち着いた気持ちで、妹と対面するに至ったのだ。

――そうして、私は聖属性魔法の行使により、十六歳の姿へとなった。

普段よりも高い視線。力が体中に満ちている感覚がする。

それは、変身前には絶対に感じられない特別なもので、この姿になるとなんでもできそうな気持ちになるのはどうしてだろう。

「お姉様、どうして成長しているの……？」

妹の問いかけに、笑顔で答える。

「あなたと私は双子でしょ。同じくらいに成長するのは当たり前じゃない？」

「でっ……でも！　お姉様の成長は、私が呪いで……」

「ああ、そうだね」

私は右腕を上げると、ローゼマリーにもよく見えるように袖を捲った。

確かにそこには、今も薔薇の痣がしっかりと刻まれている。

「見ての通り、呪いは解けてない。けど神様がね、頑張った私に贈り物をしてくれたの。少しの間だけ、大きくなれるようにって」

「なにそれ……」

「聖女の印。ローゼマリーも知っているでしょう？」

にこりと笑うと、妹の顔がカッと赤くなった。

「ど、どうして。変わらないでって言ったのに。だから呪いをかけたのに」

まるで泣き出す前の子どもみたいな顔だ。

地下牢で見た妹は、こんな感じだったっけと首を捻る。

あの頃の妹は、私にとって畏怖の対象でしかなかった。逆らったらなにをされるかわからない。そんな危うさを感じていたからこそ、ご機嫌を取らねばと必死になっていた。

でも——。

「そんなの、私の自由だよ。ローゼマリーに制限される謂われはない」

「……っ！」

私が反論すると、ローゼマリーは瞳に涙をいっぱいためて、悔しげに俯いてしまった。

——怖くて、強い妹。あれはきっと、私自身が作りだした幻だったんだ。

妹はこんなにも子どもで、こんなにも普通の女の子だったのに。拍子抜けだなあ……。

私はひとつ息を吐くと、妹の手をそっと取った。体を硬くした妹は、まるで恐ろしい化け物を眼前にしているかのように細かく震え、怯えきった表情で私を見ている。

「ローゼマリー、もうこんなことはやめて。自分に都合のいい世界を作ったって、どうにもならないでしょう」

妹は勢いよく首を横に振ると、キッと私を睨みつけた。

「駄目！　それは絶対に駄目よ！　私がこれをしないと大切な人が死んでしまう。そんなの耐えられない……！」

「どうして？」

「嫌なの、とにかく絶対に嫌……！」

まるで子どもが駄々をこねているようだ。なんの説明にもなっていない。

私は眉尻を下げると、妹の機嫌を損ねないように慎重に訊ねた。

「自分がなにをしているのかわかっているの。罪に問われて、処刑されても仕方がないくらいに大変なことを仕出かしているのよ。……ねえ、ローゼマリー。お願い。理由を教えて」

震えている妹の背中を摩り、そっと抱きしめてあげる。服越しに妹の体温を感じる。

……ああ、これだけは昔からずっと変わらない。

もしかして、妹もそう思ったのかもしれない。彼女はおもむろに顔を上げると――。

「だって、私にはこうすることしかできなかった」

と、やや冷静になって理由を話し始めた。


ローゼマリーは、六歳になったあの日、生まれ変わる前の記憶を思い出したのだという。

「私の両親はいつだって不仲で、お互いに愛人を作って家を空けているような人たちだった。ひとりっ子だった私は、いつだって家に取り残されていた」

特に優れた容姿でもなく、どちらかというと暗い性格だったローゼマリーは、友人たちから凄絶ないじめを受けたのだという。持ち物を壊され、お金を奪われ、暴力を振るわれたローゼマリーは、とうとう家に引き籠もってしまった。

「痛かった。苦しかった。すべてから逃げ出したかった……！　もう、死んでもいいと思ったの。でもね、その時出会ったのが乙女ゲームだったの。キャラクターたちの言葉が、心を救ってくれた。ゲームをプレイしている時だけが、生きているような気がしていたの。私、ゲームがあったから生きてこられた。それがなかったら、きっと自殺していたと思う」

乙女ゲームこそが、どん底にいた彼女の人生に差し込んだひと筋の光。

だからこそ、これほどまでに思い入れがあるのだろう。

「ローゼマリーにとって、そのゲームはすごく大切なものだったんだね……」

しかし、彼女の事情を聞いても私の心は晴れない。

──ううん。変な感じ……。納得できそうで、できないような。

確かに、ローゼマリーにとってゲームは救いだったのだろう。けれど、私を幽閉したり、国を乗っ取ろうとしたりする動機としては、弱い気がしてならないのだ。

ちらりと、会場の隅で倒れている人々へ視線を遣る。そこには、ローゼマリーが愛してやまない〝キャラクター〟たちもいるはずだった。なのに、妹は彼らの様子にまったく頓着する様子がない。思わず首を捻っていると、突然、ローゼマリーが叫んだ。

「ち、違うの‼　それだけじゃない。それだけじゃなくて……」

ローゼマリーは必死な様子で両手を組むと、どこか怯えたように言った。

「ゲームの中の好きな子たちを守りたい。それも理由だったけど、違うの。あの、えっと。なんて言ったらいいの……」

うまく言えないのか、グシャグシャと髪の毛をかき混ぜる。そのせいで、せっかく綺麗に整えてあった髪が台無しになってしまった。

――ああ、小さい頃はこういう仕草をよくしていたなあ。何度も注意していた記憶がある。かわいい子なのに、どうも自分の見た目に無頓着なところがあって……。

「あれ……？」

違和感に見舞われて、首を傾げる。こういう妹の幼い仕草は、高熱に見舞われた六歳を過ぎてからはめっきりなくなっていた。人が変わったようだ、なんて思っていたのに……。

すると、ローゼマリーが勢いよく私の手を掴んだ。ギュッと唇を噛みしめて、今にも泣きそうな顔で見つめてくる。

「確かに、私は前世の記憶を思い出した。でも、でもね。それまでの記憶も、もちろんある。お姉様が……おっ、〝お姉ちゃん〟が」

じわり、妹の深紅の瞳に涙が滲む。それはみるみるうちに、彼女の大きな瞳の許容量を超えて、ぽろり、ぽろりと大粒の雫となってこぼれ落ちた。

「お姉ちゃんがしてくれたことも、一緒に遊んだことも。誰よりも優しかったことも、温かいことも、いい匂いがすることも。私の家族だってことも、全部、全部覚えてて……」

ローゼマリーの手に力がこもる。とはいえ、とても弱い力だ。まるで、幼い妹が姉の手を離すまいと手を握っているような――そんな必死さを感じる。

「ゲームのことを思い出した時、一番に考えたのがお姉ちゃんのことだった。画面の向こうのキャラクターなんて、本当はどうでもよかったの。私にとってなにより重要だったのは」

震え続けている妹は、今にも消え入りそうなか細い声でこう言った。

「……このままゲームが進んだら、〝悪役令嬢〟のお姉ちゃんが死んでしまうこと」

「わ、私……？」

虚を衝かれて固まる。妹は勢いよく顔を上げると、まるで悲鳴のような声で続けた。

「そうよ‼　私のお姉ちゃんが……私に優しくしてくれたお姉ちゃんが死んでしまうって気付いたのよ。だってお姉ちゃんは、ゲームの中では悪役なんだもの！　邪悪なる存在に染められたお姉ちゃんは、最終決戦の時に私の前に立ちはだかるのよ。それで、ああ、そんな、嫌よ、嫌……」

「ローゼマリー？　落ち着いて……」

「落ち着いてなんていられないわよ‼　だって……」

妹はギュッと私を抱きしめ、イヤイヤと首を横に振って叫んだ。

「ゲームがシナリオ通りに進めば、私がお姉ちゃんを殺すことになるんだもの‼　そんなの、絶対に嫌よ！　なんで？　どうして私がお姉ちゃんを殺さないといけないの！　たったひとりの家族を殺す？　馬鹿みたい。私は、こんなにお姉ちゃんが大好きなのに‼」

「……ええ？」

あまりのことに理解が追いつかない。思わず天を見上げる。

――妹が私のことを好き……？　すべては私のためだった……？

ふと視線を下ろすと、カイが呆れた様子でこちらを見ているのに気が付いた。その後ろにはいつの間にかアルマンの姿まである。ふたりに共通しているのは、やたらニヤニヤ意地の悪い笑みを浮かべているということだ。

――見ているなら助けてくれてもいいのに……！

ため息をこぼし、泣きじゃくっている妹の背を優しく叩いて、ゆらゆら揺れる。

なにはともあれ、状況を確認しなくては。根気よく妹を宥めながら必死に考える。

ああ、本当に小さい頃に戻ったみたいだ。この子は泣き出すと支離滅裂になるのだ。

「大好きなの？　それは……うん、ありがとう。でも、ローゼマリーは私を閉じこめたじゃない。呪いもかけた。それと、私が好きなことって矛盾しないかな……？」

すると、すぐさまローゼマリーはふるふると首を勢いよく振って否定した。

「なんで？　変じゃない。だって、お姉ちゃんが成長したら〝悪役令嬢〟になってしまうかもしれなかった。でも、小さいままなら学園に通えない。それに、ファンディスクルートを目指すにしても、どうしてお姉ちゃんがシナリオに出てこないかが不明すぎた。制作側の都合なのかもしれないけど、場合によっては裏で死んだ設定になっている可能性もあったし……だから、閉じこめておけば安心じゃない……？」

あまりにも幼稚、あまりにも自分勝手。

私の都合や感情を無視した考えにめまいを覚え、ドッと疲れがこみ上げてきた。

妹がしたことは、本当に私のためを思ってのことだったのだ。

それを喜んでいいのかわからない。……が、それにしても、この子は諸々の想像力をどこに置いてきてしまったのだろう。

「私が辛く思ったり、私に嫌われたりするって思わなかったの……？」

げんなりしながら訊ねると、ローゼマリーはびくりと体を硬直させた。

恐る恐る、私の目を覗き込んでくる。すると、またぶわっと勢いよく涙がこぼれだした。

「ご、ごめん。ごめんなさいっ……！　わ、私……全然思ってな、え……お姉ちゃんが幸せになるためには仕方ないって……どうして？　そうだよ、すごくひどいことじゃない。なんで？・なんで、私はこれでいい・いいんだ・って思ったんだろう？　ひっ、ごめんなさ、ごめん」

ようやく、自分が私にした仕打ちを自覚したらしいローゼマリーは、大きく首を横に振ると、声を振り絞って叫んだ。

「わ、私、間違ったのね？　間違ったんだ。ああ、どうすればよかったの。今まで、誰も私のことを愛してくれなかった。前世の両親は私に興味がなくて、この世界の両親は私たちを捨てたし、養父母は私たちの魔力目当てで、ほ、本当の気持ちをくれたのはお姉ちゃんだけだったから……」

「馬鹿ね。ローゼマリー。お養父様とお養母様は、ちゃんと私たちを愛してくれた」

「嘘っ！　そんなの信じられない。私が信じられるのはお姉ちゃんだけだわ‼　愛ってなに？　誰かを愛するってどうするの？　どうすればみんなは私を愛してくれるの……」

幼い子どものように感情をまき散らした妹は、最後に私に縋りついて呟いた。

「わかんないよ。なにもかも。だから、おね、お姉ちゃん。私を嫌いにならないで……」

とうとう声を上げて泣き始めたローゼマリーに、私は小さく息を漏らした。

そっと髪に手を伸ばして、乱れた部分を直してあげる。

震えている妹を優しく抱きしめて、私は彼女の耳もとで囁いた。

「私だって愛し方なんてわからなかったよ。両親には捨てられ、やっと手に入れた養父母には忘れられて。大好きだった妹には地下牢に閉じこめられた」

「あ……」

ローゼマリーは体を硬くすると、恐る恐るといった様子で顔を上げた。

――ああ、目も鼻もほっぺたも全部真っ赤っか。

私はくすりと笑みをこぼすと、指で涙を拭ってやる。怯えたような瞳をローゼマリーが私に向けている。もしかしたら、地下牢にいた時、私もこんな目をしていたのかもしれない。

「でもね、とっても素敵な人に拾われたの。私を養女にしてくれて、そこにはかっこよくて優しいお義兄様がたがいた。多分そこで、私は人に想いを寄せてもらう嬉しさと、楽しさと、誰かに温かい気持ちを伝える方法を知ったんだと思う」

妹の両頬を手で包んで、額と額を合わせる。

涙で濡れたルビーみたいな瞳を見つめて、私は囁くように言った。

「ありがとう。私のために頑張ってくれたんだね。でも、その方法は間違ってる。それだけは確実に言えるよ。だから、こんなことはもうやめよう？」

妹は顔を歪めると、縋るような目で私を見た。

「……許してくれるの？」

妹の瞳が揺れている。

「…………。えっと」

私はにこりと笑むと――ぎゅむっ！と柔らかな妹の頬を抓った。

「それは無理。私……すごく怒ってるの。十年分の恨みは簡単に晴れないわよ」

穏やかな笑みから打って変わって、ニィ、と犬歯を見せて笑う。

すると、妹は目をぐるぐるさせながら動揺し始めた。

「ひぅっ⁉　な、なんで⁉　普通は許すよって泣きながら抱き合うところでしょ⁉　お姉ちゃんってば〝聖女〟じゃない！　慈悲の心はどこにやったの！」

私は動転している妹に向かって目を細め、指の力を強めて言った。

「確かに〝聖女〟だけど、地下に幽閉されてたせいで、綺麗な心なんて忘れちゃったわ。私は〝悪役令嬢〟で〝悪い魔法使い〟の弟子だから、利己的な考えしかしません。甘えないで。たとえ事情があったとしても、それをすると決めたのは自分でしょう！」

「痛いっ！　お姉ちゃんの属性がめっちゃ増えてる。お、お姉ちゃああん……」

情けない声を上げた妹に小さく噴き出す。ポンポン、とその頭を叩きながら言った。

「私が付き合ってあげるから。だから、各所にちゃんとごめんなさいしよう？」

「……っ！」

すると、妹が一瞬だけ口を閉ざした。涙と鼻水でグチャグチャになった顔で私をジッと見つめると、こくこくと頷いて、ポロポロ大粒の涙をこぼす。

「お姉ちゃんだ。やっといつものお姉ちゃんが帰ってきた……」

その、心底ホッとしたような言葉に、私の心がちくりと痛んだ。

もしかしたら、地下へ幽閉していた間の私の態度に、妹はずっと違和感を覚えていたのかもしれない。あの頃の私は、決して姉らしい態度ではなかったから。

妹の背中を摩ってやりながら、ほうと息をつく。改めて会場内を見回すと、本当に大勢の人が倒れているのが見えた。妹が仕出かしたことの大きさにため息が漏れる。

「でも、とりあえずは一件落着……かな……」

私がそう呟いた、その時だ。

「ええっ？　そんなあ。そんなのおもしろくないよ！」

やけに不満そうな少年の声が、ダンスホールの中に響いた。


――それは、まるで黒曜石のように漆黒の肌を持っていた。

――それは、赤々と燃える炎のような深紅の瞳を持っていた。

――それは、捻れた角に、生き物を簡単に引き裂けそうなほどに鋭い爪を持っていた。

どこからともなく姿を現したそれは、声に似合わず、邪悪な姿形をしている。

たとえるならば、そう……〝悪魔〟。十代後半の少年くらいの体型で、灰色の襤褸布《ぼろぬの》を纏っている。足は山羊の蹄を持ち、長い尻尾の先は三つ叉に割れていた。

漆黒の翼を広げた異形は、私の右腕を掴んでニタリと笑う。顔中に広がるのは、それはそれは〝純粋な〟悪意。彼は、先が割れた長い舌で私の腕を舐めると、こう言った。

「せっかくおもしろい玩具を見つけたってのに！　邪魔しないでよ〝お姉ちゃん〟」

「きゃっ……！」

右腕に激痛が走って、思わず手を引っこめる。

それは真っ赤な瞳を三日月形に歪めると、妹を抱いて宙に浮き上がった。

「せっかく十年もかけて仕込んできたのになあ。台無しじゃないか。興ざめだよ。やめてよね、もう少しでおもしろいことになったのに！」

ゲタゲタと下品な声で嗤う。すると、ローゼマリーが驚いたように言った。

「その声……ロベール……!?」

その瞬間、それは邪悪で無邪気で嘘くさい笑みを浮かべ、ローゼマリーを抱いたまま、まるでダンスを踊るかのようにくるりと回転した。

「そうだよ、僕だよ。ロベールだよ、ローゼ！　君のかわいい友だち、ロベールだ！」

「ひっ……嘘。嘘よ、ロベールは妖精のはずじゃ」

ロベールはぱちくりと紅い瞳を瞬かせ、こてんと首を傾げた。

「どうして？　僕ってばかわいいでしょう？　まるで妖精みたいに」

ローゼマリーは顔を引き攣らせると、気を取り直したかのようにキッと睨みつけた。

「ロベール、教えて。私とあなたは十年来の付き合いよね？」

ロベールはゲタゲタ嗤って答えた。

「やだなあ、僕がかわいいかは教えてくれないんだ。まあいいや、そうだね。君とは出会ってからそんなに経つんだねえ。時が過ぎるのはあっという間だ！」

「私、あなたとはいい友だちだと思っていたわ」

「僕もさ！　当たり前だろう？」

「なら、聞くわ。あなたは今まで、私にいろんなアドバイスをしてくれた。大好きなお姉ちゃんを守るためにどうしようかって相談した時、あなたは古代の特別な魔法を教えてくれたわ。魔法学園に入ってからも、霧の魔法を使えばいいと言ってくれたし、私が人生に迷った時、いつだって私に助言をしてくれた。あなたは優秀だった」

「お褒めの言葉を賜り、恐悦至極に存じます……なんちゃって！」

　ロベールが戯けた瞬間、ローゼマリーは瞳に涙を滲ませた。震える声で続ける。

「……突然、転生前の記憶を思い出して混乱してた私にとって、あなたの存在はとてもありがたかったの。本当に。本当によ。だから盲目的に信じた。……信じてしまった。ねえ、ロベール。お姉ちゃんと話していて気が付いたの。私の行いはすべて間違いだったたって」

　目を瞑ってひとつ息を吐く。再び目を開けたローゼマリーは、その瞳に怒りの炎を灯らせてロベールを睨みつけた。

「あなた、私になにをしたの。こんなのおかしいって子どもにでもわかる。大好きなお姉ちゃんを守るためとはいえ、地下牢に閉じ込めて、ろくにご飯も与えないなんて……そんなの、普通だったら考えられないわ。でも、私はそれが正しいことだと思っていた。ううん、思わされていたんだ。答えて、ロベール。あなたの仕業なの……？」

　妹の怒りの感情を押し殺したかのような声に、ロベールは無邪気に答える。

「うんっ！　そうだよ。僕は君から倫理観を奪ったんだ。僕と過ごした十年間、楽しかったろう？　君の常識は世界の非常識。ひどいことをたくさんしたね！　楽しかったね！」

「……ロベール‼」

たまらず抗議の声を上げた妹に、ロベールはまるで歌うように語りかけた。

「なにをそう怒ることがあるのさ。仕方ないだろう？　おもしろかったんだから。仕方ないよね？　君が僕の言うことならホイホイ聞くんだもの。仕方ないよ！　最初は冗談だったのに、段々本気になっちゃったんだから。だって僕は、妖精みたいにかわいらしいけれど……」

最後にニィと邪悪に笑む。

「──悪魔だからね。ロベールは悪魔！　悪魔は人を誑し込み、堕落させるのが仕事！」

ギャハハハハハ！　と不愉快な笑い声を上げるロベールに、妹が顔色を失っている。

「でも、企みがバレちゃったからなあ。霧で遊ぶのはもう無理だろうし。ローゼマリーにかけた術もリリーの聖属性魔法で解けちゃったみたいだし。どうしよっかな」

その瞬間、ロベールはパッと表情を輝かせた。

「僕、いいこと思いついちゃった！」

「え、あっ……ちょ、待って！」

そして、そのまま扉が壊れて開けっぱなしになっている外へ向かって飛んでいく。その腕には、妹を抱いたままだ。

「ローゼマリー！」

私は慌てて後を追おうとして、師匠であるカイが立ち尽くしているのに気が付いた。

「し、師匠……？」

いつも、どこかしら傲慢で自信満々の彼が青ざめているのを見て、思わず足を止める。

声をかけると、カイはハッと正気に戻り、不愉快そうに眉根を寄せた。

「くそっ……。おい、弟子。行くぞ……！」

「は、はい！」

駆け出したカイの後に続く。

外に出ると、すでにとっぷりと日が暮れていた。

ダンスホールの前は馬車止めになっていて、かなりの広さがあった。

上空を見上げれば、そこには妹を抱えたままのロベールがいる。

「おい、リリー！　いったいなにが……！」

すると、異変を察知したヴィクトールや傭兵たちが姿を現した。簡単に事情を説明する。

ヴィクトールは苦々しい表情になり、傭兵たちへ指示を飛ばし始めた。

ロベールは私たちが到着したことを確認すると、どこか楽しげに言った。

「僕さ、退屈なのが大っ嫌いなんだよね。いつだって人間たちで遊ばなくちゃ気が済まない。だから、次の遊びを考えたよ。ローゼマリーが言ってた、古代の魔道士。その人を蘇らせて、世界を危機に陥れちゃうのはどうだろう！」

するとロベールの手に一冊の本がどこからともなく出現した。

古めかしい装丁の本だ。羊皮紙で綴られたずっしり重そうな本。

それを見た瞬間、ローゼマリーはまるで悲鳴のような声を上げた。

「だっ……駄目っ！　そ、それは……っ！」

「あはっ！　わかっちゃった？　わかるよねえ、君なら」

「そ、それをちょうだい！　アンタなんかが持っていていいものじゃない！」

「だ〜め。僕はこれから、この本で遊ぶんだ！」

ローゼマリーが本へ懸命に手を伸ばす。

しかし、ロベールはまるで弄ぶかのように、妹の手が届かない場所へと本を移動させた。

――もしかして、あれがゲームの中の私が封印を解いてしまったという本……⁉

恐ろしく嫌な予感がして、背中に冷たいものが伝う。

すると、必死に本へ手を伸ばすローゼマリーをうざったく思ったのか、ロベールが不愉快そうに眉を顰めた。途端に真顔になった彼は、パッと妹を支えていた手を離す。

「邪魔しないでよ。僕ってば、しつこいのも大嫌いなんだ」

「……っ！」

その瞬間、妹は悲鳴を上げる間もなく地面に向かって落ち始めた。

「ローゼマリー……！」

必死に駆け出す。落下地点が近いようで遠い。心臓がバクバクと早鐘を打ち、ドレスや飾りつけられた頭が重くて、体が動いてくれなくて。無力感に苛まれて泣きそうになる。

「弟子、どいていろ」

すると、近くで冷静な声が聞こえた。

青白い光が駆け抜け、妹の落下地点に到達する。それはカイの操る砂だった。妹の体が地面に近づくと、まるで意思を持っているかのように優しく受け止め、衝撃を吸収した。

なりふり構わず駆け寄る。砂に埋もれるように着地した妹を強く抱きしめた。

「ろ、ローゼマリー……！　大丈夫、痛いところは⁉」

「……あ、ああ……おね、お姉ちゃん……私は平気。でも……でも……」

妹はガクガクと頷くと、ギュッと私を抱き返した。

ホッと胸を撫で下ろす。すると、上空からいやに陽気な声が聞こえてきた。

「邪魔者もいなくなったことだし！　さあ、ゲストを呼ぼうかな！　あははは！」

慌てて上空を見上げる。なんと、ロベールが禁断の書を開こうとしているではないか！

……確か、妹はこう言っていたはずだ。

あの本を読むことで蘇る魔道士は、王国へ深い恨みを抱いている。

彼は闇の軍勢を率いて国中を襲う。それが原因で、国内は大混乱に陥るのだ。

すると、真っ青な顔をした妹は、私の手を強く握って言った。

「お姉ちゃん、逃げて。ここは私が時間を稼ぐから」

「ローゼマリー……!?」

「大丈夫、私はこう見えても〝主人公〟だもん。そこらの人よりかは魔力を持ってる。だからきっと、時間稼ぎぐらいはできるよ」

そう言いつつも、ローゼマリーの体は小さく震えている。

「この世界はゲームの世界だから、どう頑張ってもお姉ちゃんは悪役令嬢になって死んじゃうんだって思ってた。でも、今の……〝聖女〟であるお姉ちゃんならきっと大丈夫」

妹は私を強く抱きしめると、どこか無理をして強がっているような声で言った。

「ひどいことをいっぱいして、本当にごめんね。お姉ちゃんは私を許さなくてもいい。十年分の償いをさせて」

「……まったく」

私はため息をこぼして、妹からそっと体を離した。優しく微笑むと首を横に振る。

「私だって、いつまでもか弱くて、力のないリリーのままじゃないんだよ。〝主人公〟かもしれないけど、ローゼマリーばっかりが責任を背負うことなんてないんだから」

ローゼマリーは驚いたように目を瞬いた。すると――私たちの前に誰かが立った。

見慣れた逞しい背中は――ヴィクトールだ!

「そうだぜ、ローゼマリー。ここは俺らに任せておけよ。いいだろ、リリー?」

顔だけこちらに向けて、ヴィクトールはパチンと片目を瞑った。

「お義父様……！」

頼もしい姿に胸を高鳴らせていると、ヴィクトールは、すっと片手を上げる。

「じゃあ、魔道士召喚の儀と……ぐっ!!」

その瞬間、どこからともなく飛んできた無数の矢が、ロベールの体へと突き刺さった。

ロベールのそれほど逞しくない体が、まるで針山のようになっている。ぽたりぽたりと滴るのは紫の血だ。

「リリー！　大丈夫ッスか！」

遠くから陽気な声が聞こえた。少し離れた庭木の上で、なにかが月光を反射して光っている。どうやら矢尻のようだ。ジッと目を凝らすと、枝の上にヒューゴの姿を見つけた。

彼はヒラヒラ手を振り、茶目っけたっぷりに笑う。

「ここは兄ちゃんたちに任せておくッス。さって、これだけじゃないッスよ～！」

すると、一陣の風が吹いた。黒い影がロベールへ向かって一直線に突き進む。よくよく見るとそれは人だった。地を這うほどに低い体勢で槍を携え走るのは――ヴィルハルトだ！

ヴィルハルトは垂直に飛び上がると、恐るべき跳躍力で、はるか上空にいるはずのロベールのもとへと容易に接近した。

鍛え上げられたしなやかな体を捻って、勢いそのままに槍を突き出す。

「――御免！」

「ぐっ……！」

彼が狙ったのは、ロベールの手もとだ。槍の穂先はロベールの手を正確に貫いた。

握られていた本がこぼれ落ちる。地面に着地したヴィルハルトが、すかさず落ちてきた本へ手を伸ばすが――その手が届く直前、急降下してきたロベールにかっさらわれてしまった。

「……ぬ、いまだ動けるか。化け物め！」

ジロリとヴィルハルトが睨みつける。ロベールは頬に垂れた紫色の血を舌で舐め取り、にやりと縦長の瞳孔を細めて笑った。

「アッハハ！　悪魔を舐めないでよ。僕からなにかを奪いたいなら、十回殺して、十一回灰になるまで燃やすんだね！」

「次回の参考にさせてもらおう」

真面目くさったヴィルハルトの言葉に、ロベールの表情が歪む。

彼はすかさず本を開くと、まるで勝ち誇ったかのように言った。

「まあいいや。おもしろくなってきた。古代の魔道士を目覚めさせたら、もっと楽しいよォ！」

素早く本の内容に目を通す。口にしたのは、あまり耳馴染みのない言語。古代語の呪文をスラスラと淀みなく読み上げたロベールは、最後にこう言った。

「さあ、偉大なる魔道士様の登場だ！　僕たちで盛大に歓迎しようじゃないか……！」

瞬間、恐ろしいほどの雷鳴が辺りに響き渡る。星空が一面黒雲で埋め尽くされていき、仄かな星明かりで照らされていた世界が、見る間に闇で塗りつぶされていく。

冷たい風が吹き込み、上空に雲が渦を巻く様を戦々恐々と眺めていると――。

「……あれ？」

ロベールが首を傾げた。繁々と本を眺める。それ以上、なにも起こらなかったからだ。

「おっかしいなあ。魔の森にある遺跡に封じられた魔道士が復活するはずなのに」

――魔の森……！

思わず、ヴィクトールの方へ顔を向ける。

すると、怪訝そうな顔をしていたヴィクトールが、ポンと手を叩いた。

「遺跡……ああ！　もしかしてアレか？　うちの屋敷の裏手にあった奴！　あれな～。薪に使う木を植えるのに邪魔だったから、ぶっ壊したぞ？」

「「はっ……？」」

あまりにも突拍子もない話に、私とローゼマリー、ついでにロベールで素っ頓狂な声を上げる。ヴィクトールは恥ずかしそうに頭をかくと、犬歯を見せて笑った。

「いや、リリーが来てから薪の消費量が増えてよお。夜、獣人に明かりはいらねえが、お前はそうはいかねえだろ？　これからのことを考えて、木を増やそうかと思ってな」

すると、アルマンが驚いたような声を上げた。

「おっと。まさかこの間、僕が買い取った遺跡から出土した品々って……」

「多分それだろうな～。そういや、遺跡の最奥になんかデカイ宝珠があったんだが、うっかり落として割っちまったんだよな！　モヤ～ってなんか出てきたが、気味が悪かったからパパッと払っといた」

「パパッと」

「おう！　別になんもなかったぜ？　ワハハハハハハハ！」

「……ヴィクトール、今度からそういう遺跡を見つけた時は、僕に一報をくれないかな……」

「お？　おお、いいぜ！　カイが許可してくれたらな！」

アルマンが頭を抱えている。ヴィクトールは場違いに朗らかだ。

「……なにそれ。つまんない」

ロベールはぷうと頬を膨らませ、ぽいと古びた本を放り出した。

その瞬間、ヴィクトールの目つきが変わる。瞳に鋭い光を宿した彼は、背負っていたバスタードソードをすらりと抜き放ち、それを片手に持って構えた。

勢いよく振りかぶると――。

「ワハハ。油断してんなあ。これだから悪魔は」

信じられないことに、剣を空中のロベールへ向かって投擲したのだ！

「ぐうっ……！」

鋭い剣先はロベールの胸を貫いた。紫の雫をこぼしながら、薄い体が傾ぐ。苦悶の表情を浮かべたロベールは地面に向かって真っ逆さまだ。

ニッと不敵に笑ったヴィクトールは、右腕をぐるぐる回しながら言った。

「ふてえ野郎だぜ。俺の娘を哀しませるなんて。なあ？　――カイ」

「まったくその通りだ、ヴィクトール」

その瞬間、上空に人影が現れた。ゆらり、ゆらゆら。まるで炎のように青い砂を揺らめかせ、じぃと落下するロベールを見下ろしているのは――瞳に剣呑な光を宿したカイだ。

カイは魔法で喚びだした砂の上に乗り、悠然と腕を組んでいる。

「――悪魔よ。やられ放題ではないか。どうした、お前の実力はその程度か？」

カイは、青い砂を空中で蹴ると恐ろしい勢いで落下するロベールへ接近した。バスタードソードが刺さったままのロベールの体に、黄金の杖をさらに突き刺して地面に縫い止める。

「ひとつ聞きたいことがある。ロベールとやら、同胞に南の小国を滅ぼした男はいないか。お前よりも体躯は大きい。ひどく虫唾が走るしゃべり方をする奴だ」

「ガハッ……ぐううう……さ、さあ？　僕が知るかよ。し、知っていても教えは……」

「なるほど？」

ニィと悪魔顔負けの邪悪な笑みを浮かべたカイは、パチンと指を鳴らした。

途端に彼の瞳と同じ色をした砂が足もとから沸き起こり、まるで蛇のようにうねりながらロベールの体へ巻き付く。次の瞬間、それは大量の血をこぼし続けているロベールの体を、容赦なく絞り上げ始めた。

「ぐっ、ううう。うううううっ……！」

「どうやら出血が多いせいで、頭へ血が回っていないらしい。止血が必要だな。手当をしてやろう。礼はいらないぞ。先日、弟子に優しいと褒められたばかりでな」

「う、あああああああああああっ……！」

バキ、ベキとロベールの骨が軋み、折れる音がする。耳を塞ぎたくなるような音だ。それなのに、カイはうっすら笑って眺めている。

――その様はまさに悪い魔法使い。

あまりにも容赦のない攻撃に、ロベールは早々に音を上げた。

「あ、ああ！　いいいいい、いるよ。確かにいる。同じ悪魔で、馬鹿な子どもを騙して国ひとつを滅ぼしたと自慢げに語っていた奴が――」

「……そうか」

するとカイは小さく頷いた。にこりと穏やかな笑みを浮かべると、パチンと指を鳴らす。

「では、後ほどじっくりと話を聞かせてもらうことにしよう」

その瞬間、砂がロベールの全身を包んだ。悪魔の悲鳴もなにもかもを包み込んで、あっという間に見えなくなる。

「……すごい」

　すると、その様子を見ていたローゼマリーがぽつんと呟いた。

「あの人たちは誰？　ゲームには出てこなかったよ……？」

　私は自慢げに笑うと、頼もしい彼らの姿を眺めながら言った。

「私を拾ってくれて、なによりも大切にしてくれて、甘やかしてくれた家族たちだよ」

「……そっか」

　ローゼマリーが寂しそうに笑う。その顔を見た瞬間、つきりと胸が痛んだ。

「うおあああああああああああああっ‼」

　その時、唸り声と共にカイが悪魔を捕らえていた砂が四方八方に飛び散った。

　中から現れたのは、満身創痍のロベールだ。

「お前らあああああああ……悪魔を舐めやがって……！」

　真っ赤な瞳に殺意を滲ませたロベールは、ジロリと私を睨みつけた。

「クソがッ！　楽しく遊びたかっただけなのにッ！　なんなんだっ、お前はっ！　ローゼが得るはずだった聖女の証を奪い、こんな厄介な奴らを引き込んでっ！　知ってるぞ、偽聖女の事件もお前が解決してしまった。幽霊大公をローゼの支配下に置けたら、もっともっとおもしろいことになったはずなのに！　全ブ、ゼンブオマエノセイダ……！」

　紫の血を滴らせ、ふらつきながらも立ち上がったロベールは、勢いよくこちらに向かって駆けてきた。顔を顰めたカイが私へ声をかける。

「チッ……さすがに悪魔はしぶといな。弟子よ、なにをぼうっとしている。お前がやれ」

「へっ？　えっ？　ええええええっ⁉」

「なにを驚くことがある。悪魔払いは聖職者の専売特許だろうが！」

――そ、そうだった。私ってば聖女だった……！

ごくりと唾を飲み込んで、キッとロベールを睨みつける。

「お姉ちゃん……」

不安そうなローゼマリーへ笑いかけて、体の中に魔力を漲らせる。

「大丈夫。言ったでしょう。私は地下牢に閉じ込められていたあの頃とは違うって」

そしてそのまま、ロベールへ浄化の魔力を放った。

「穢れなき白。甘やかな香り。憐れなる悪魔に永遠の安らぎを」

「グ、グウウウウウウウウウウウ……」

すると、ロベールの体の輪郭が文字通りに滲んだ。さらさらと外側から砂のように崩れていく。走ることもままならなくなった彼は、かくりとその場に膝を突くと、ひどく情けない顔になって私へ手を伸ばした。

「タ、タスケテ……！　デキゴコロダッタンダ、モウニドトシナイ！　ドウカ、セイジョサマ！　ドウカ、ジヒノココロヲ……‼」

ボロボロと大粒の涙をこぼし、助けてくれと訴えかけてくる。

私は眉を顰めると、ゆるゆるとした足取りでロベールへ近づいた。

「タスケテクレルノカ……？」

私は、今にも崩れ落ちそうになっているロベールのそばへしゃがみ込み、にっこりと笑顔になって言った。

「嫌です」

「ハ……？」

そして、カイ直伝の邪悪な笑みに表情を作り替え、凍てつくような視線を注いだ。

「ごめんなさい。私、聖女の前に〝悪役令嬢〟なんです。目標はかっこよくて優しい魔法使いなんですが……聖女には〝ときどき〟なるくらいなんですよ。ちなみに、拾っていただいた家にこんな鉄の掟がありまして」

「ハ、ヤメ……ウソダロ、ヤメロッ……！」

人差し指に聖属性魔法を込めて、ロベールへ向ける。

「他者を理由なしに貶めないこと。理不尽な暴力には鉄槌を、やられたら倍にしてやり返せ。妹を騙し、私を苦しめたこと。一生後悔してくださいね。さようなら」

「アアアア……」

容赦なく、聖属性魔法を叩き込む。さらさらとロベールの体が崩れ落ちていく。

最後にそこに残ったのは、真っ黒な灰だ。

私はどこか爽やかな気持ちになって、みんなの方へ向いて言った。

「終わりました！　みなさん、お疲れ様でした……！」

ぺこりと頭を下げる。ゆっくりと顔を上げると……大切な家族たちが笑っているのに気が付いて、ニッと私も笑みを返した。

ふと空を見上げれば、先ほどまで暗雲が垂れこめていたというのに、雲間から数多の星々が顔を覗かせていた。なんて美しい夜空だろう。こうして、世界は平穏を取り戻したのだ。

＊

あの衝撃の事件から数週間後。私は徐々に日常に戻ろうとしていた。

妹が引き起こした魔法学園乗っ取り事件については、アルマンの手によって内々に処理されたようだった。ローゼマリーの支配下に置かれていた人々の記憶が曖昧だったのに付け込んで、色々と強硬手段に出たようだ。まだ学生であった妹に簡単に支配されてしまったことは、プライドの高い貴族からすれば醜聞以外の何物でもなく、事を大きくするわけにもいかなかったようでもあるのだが。

ローゼマリーの身柄は、一旦、アルマンに預けられることになった。

事件が表沙汰にならなかったぶん、どういう処分が下されるかはわからないが、極刑は免れたようだ。しかし、なにかしらの償いをするのだろうとは聞かされている。

私はというと、妹が償いを終えるのをシュバルツ家で待つことにした。

実のところ、クラウゼ家へ戻るという選択肢もあった。お養父様たちへかけられていた忘却の魔法も解けたため、私を今まで通りに娘として迎えてくれると言ってくれたのだ。

しかし、私はそれを断った。

『……本当にいいのかい？　クラウゼ家との養子縁組を解消して』

『はい。妹がこれだけご迷惑をかけたのに、私だけがここに残るわけにもいきません。これからも面倒を見てくれるとおっしゃってくれたシュバルツ伯爵のお言葉に甘えて、あちらで暮らそうと思っています』

『彼は獣人の英雄だ。リリーのこれからについては、なにも心配していないよ。むしろ、うちで暮らすよりも豊かな生活を送れるはずだと確信している。君がそう決断したなら止めないさ。でも、これだけは覚えていてほしい。僕は君のことを、実の娘のように愛していた』

『……はい。ありがとうございます。お養父様……』

お養父様やお養母様への愛情は、まだ私の中にあった。

しかし十年もの間、幽閉されていたあの場所へ戻る勇気はなかったのだ。

それに、自分を拾ってくれたヴィクトールへ恩返しをしたい気持ちが強く、そんな私の気持ちをお養父様は汲み取ってくれた。子がいないという理由からの養子縁組であったのに、私の事情を最大限に優先してくれたのだ。本当に……いい人だと思う。

——それに、妹をヴィクトールが〝末っ子〟として受け入れてくれると言ってくれたのだ！

ああ、あの甘やかし地獄からの解放。そして、自分で妹を甘やかせることへの喜び。

——早くローゼマリーがここに来ないかなあ……！

それからというもの、妹との再会を心待ちにしながら、私は師匠と一緒に魔法の修行に明け暮れていた。目的はもちろん……妹にかけられた呪いを解くためだ。

「まったく。本人にも解呪できないとはどういうことだ」

十年前にかけられた呪い。解呪してみようと、妹と色々頑張ってみたものの、結局は解けなかった。私が成長しないかと不安に駆られた妹が、何重にもかけ直したせいだ。そのため、呪いが想像以上に複雑に私の体を縛っていた。

「それに、ロベールにまた変なものをかけられちゃいましたしね……」

実は、私の右腕には新しい痣が浮かび上がっている。鎖状の真っ黒な文様。薔薇に絡みつくように浮かび上がったそれは、ロベールに舐められた時につけられたものらしい。

効果は不明。今のところ、呪いの具体的な症状は出ていない。

「あのクソ悪魔め。絶対に吐かせてやるからな」

そういうカイは、妹さんを……そして自分の国を破滅に追いやった悪魔の情報を知るために、ロベールから情報を引き出すのに四苦八苦しているようだった。

ロベールは黒い灰になった。しかし、あんな状態でもまだ死んでいないらしい。

「フン。アレも言っていただろう。十回殺して、十一回灰にしないと死なないと」

「師匠。疑問なのですが、十回殺したら、十回しか灰にできなくありませんか？」

「ああ、そうだ。つまり、悪魔は〝殺せない〟ということだ。厄介だな。あれらは悪意の固まりだ。いつの時代にも騒乱を巻き起こす。ここ数年は動きを沈静化させていたと思っていたというのに……なにを企んでいるやら」

ブツブツ言いながらも、カイの瞳は普段よりも輝いていた。妹の敵……それに近づいている実感が、彼にやる気を起こさせているようだった。

彼の生きがいである〝復讐〟。その達成に一歩近づいたことは、弟子として喜んでいいやら、悪いやら……よくわからないけれど。師匠は普段より生き生きとしている。

こうして、呪いのこと以外は、なんの憂いもなくなった。

そんな生活はとても穏やかで優しくて。

妹が償いを終えたらああしよう、こうしようと想像しながら過ごす日々はあっという間に過ぎていき――季節は巡り、春の柔らかな日差しが大地を照らす頃。

ヴィクトールの執務室で、私は驚きの報告を受けていた。

「ほっ……本当ですか、お義父様……！」

「ああ、お前が魔法学園に行けるように手配した。もちろん、聖女だってバレねえように、細心の注意を払うようにすることが条件だけどな」

「え、え、え……!?　でも私、まだちっちゃいままで」

「海の向こうに、大人になっても子どもにしか見えねえ人種がいてな。お前もそれだってことになってる」

「じゃ、じゃあ……！」

ヴィクトールはニッと笑うと、茶目っけたっぷりに片目を瞑った。

「なんの心配もいらねえよ。行きたかったんだろ？　学園によ」

「……！　お、お義父様、ありがとうございます……！」

私はヴィクトールに駆け寄り、思い切り抱きつく。

すると、その瞬間を見計らったかのように執務室に大勢入ってきた。

「リリー、見て！　学園の制服を仕立てたのよ。試着してほしいわ！」

「通学用の鞄、頑丈なのをオレが作っておいたッスよ。へへ、かわいいでしょ！」

「教科書も取り寄せておいたぞ。予習をしなくてはな。学用品は後で一緒に買いに行こう。私も荷物持ちに付き合うぞ！」

「お義兄様がた……！」

あまりのことに、感激で目が潤む。

けれども、すぐにふるふると首を振ると、ビシリと指を突きつけて言った。

「ありがとうございます。すごく嬉しいです……で、でも。みんな、私を甘やかしすぎですよ。ローゼマリーが来たら、私は末っ子じゃなくなるんですから、いい加減そういうのはやめてください！　私もお姉ちゃんにならなくちゃいけないのに！」

「――それはどうだろうな？」

するとどこかおもしろがっているような声が響いた。

「し、師匠。不吉なことを言わないでください……」

ノロノロとカイの声がした方に顔を向ける。

そこに信じられないものを見つけてしまって、私は言葉を失った。

「お姉ちゃん、久しぶり！」

それは、紛れもなく私の妹であるローゼマリーだった。

しかしどうにも格好がおかしい。メイド三姉妹と揃いの給仕服を着ている。

「……ど、どどど、どういう……」

私が混乱していると、ローゼマリーはにっこり微笑んで、軽く膝を折った。

「私ね、これからアルマン様の下で働くことになったの。罪滅ぼしもかねて、こき使われる予定。でも、仕事がない時はこの屋敷でメイドとしてお仕えすることになったのよ」

「え？　ええ？　いや、だって末っ子……」

「あっ！　それは断ったの！　正直、罪を犯したのに伯爵の義理の娘に収まるっていうのに抵抗があったのも理由のひとつだけどね。私ってば、お姉ちゃんから絶対に離れたくなかったからさあ～。メイドの方が、四六時中一緒にいられるかなって！」

「で、でも……この屋敷のメイドだなんて、どうやって……」

目を白黒させて訊ねれば、妹はどこか自慢げに胸を張って言った。

「お姉ちゃんを魔の森に捨てたのって、今でも私だって思ってる？」

こくこくと激しく首を縦に振る。すると、ローゼマリーは小さくため息をこぼした。

「そんなこと、私がするわけがないじゃん。私は、お姉ちゃんを手放したくなかったのに。お姉ちゃんをあそこに捨てたのは、アルマン様の配下のメイドさんだよ。あの人、私がお姉ちゃんを幽閉してたの、ずっと前から知ってたんだって。それで、いよいよお姉ちゃんがやばそうだからって、救出させたらしいよ。それにしても森にぽーいってひどくない!? 下手したらお姉ちゃんは死んでた。そこを突いて、私をお姉ちゃん付きのメイドにしろって脅したの！」

「おど、脅した……!?」

「ヴィクトール様も協力してくださったのよ！　フフフ、そういうわけで。私は、この家の末っ子にはなりませ～ん！」

――ア、アルマン様ってば、本当に底知れない……！

若干、めまいを覚える。私が幽閉されていたのを知っていたのなら、救い出すこともできただろうに。しかし、目に見える〝利〟がなかったから動かなかったのだろう。あの人らしいという思いと同時に、どうにもやりきれない気持ちが募る。

するると、妹はにんまり笑うとどこか意地の悪そうな口調で言った。

「と言うわけで、お姉ちゃん。今日からずっと、ずっと一緒だからね！　ふふふ、十年分の謝罪もこめて、精いっぱい甘やかせてもらうんだから！」

「えええええ〜〜〜〜〜〜!?」

私の間抜けな声が屋敷中に響く。

……せっかく、末っ子から脱却できると思っていたのに……！

たくさん甘やかされたり、チヤホヤされたりするのは、いつまで経ってもお尻がムズムズして慣れない。けれど、私の甘やかされライフはまだまだ続くようで……。

「か、勘弁して……！」

私はなんとも情けない顔になると、ひとり途方に暮れたのだった。

了

あとがき

初めましての方も、お久しぶりの方もこんにちは、忍丸です！

このたびは、「捨てられ幼女は最強の聖女でした〜もふもふ家族に拾われて甘やかされています！〜」をお読みいただき、誠にありがとうございました！

ここ最近は、キャラクター文芸ばかり執筆していたものですから、挿絵つきのライトノベルはデビュー作以来となります。いやあ……本当に楽しい執筆でした。

ついでにいうと、悪役令嬢ものを書くのが初めての体験でして。色々と苦戦しつつも、リリーたちキャラクターに助けられつつ、最後まで書き終えることができました。執筆の機会を下さったスターツ出版の皆様には感謝しております。

ファンタジーなら、普段よりもキャラクター造形をデフォルメしても許されるはず……！とウキウキで要素てんこ盛りした今作。結果がこれです（笑）。台詞だけで、誰が喋っているかわかる程度には盛れたかな?と思っています。実は、踊り子と神様は絶対に出すんだ〜と、執筆前から決めておりました。獣人の神の描写とマルグリットのダンスシーンの力の入れよう……読み返す機会があれば、ぜひともお確かめください。私の浮かれっぷりがおわかりいただけるかと思います。ファンタジーは楽しいですね〜。私の〝好き！〟をギュッと詰め込みました。楽しんでいただけたら幸いです。

ここで謝辞を。

担当様。いつもテンション高めの感想を下さるので、メールの返信をいただくのが楽しみでした。あなた様に勇気づけられ、作品の質を高められたと思っています。どうもありがとうございます！　そしてイラストレーターのみつなり都様！　まず初めにラフを拝見させていただいた時からリリーが滅茶苦茶可愛くて「ひええ……」と悲鳴を上げ、何度も眺めてはほうとため息を漏らしておりました。本当に素敵なイラストをありがとうございます！

その他、執筆にあたって衣服関連などで相談に乗ってくれた友人たち。家族。出版に携わって下さった皆々様。本当にありがとうございます。皆様がいたからこそ、出版にこぎ着けられたものと思っております。

最後にちょっとだけ宣伝を。スターツ出版様からは、「化け神さん家のお嫁ごはん」と「龍神様の押しかけ嫁」というキャラクター文芸作品を出版させていただいております。どちらも人ならざる者……神様との異類婚姻譚です。現実世界を舞台にした恋愛作品になります。どうぞ、そちらも興味がありましたらよろしくお願いします。

ではでは、また出会えることを願って！

忍丸《しのぶまる》

捨てられ幼女は最強の聖女でした
～もふもふ家族に拾われて甘やかされています！～

2021年1月5日　初版第1刷発行

著　者　忍丸

発行人　菊地修一

発行所　スターツ出版株式会社

〒104-0031　東京都中央区京橋1-3-1　八重洲口大栄ビル7F
☎出版マーケティンググループ　03-6202-0386
（ご注文等に関するお問い合わせ）

https://starts-pub.jp/

印刷所　大日本印刷株式会社

ISBN　978-4-8137-9069-3　C0093　Printed in Japan

［忍丸先生へのファンレター宛先］
〒104-0031　東京都中央区京橋1-3-1　八重洲口大栄ビル7F
スターツ出版（株）　書籍編集部気付　忍丸先生

異世界ファンタジー

元・平凡OLが巻き起こす、異世界メシ革命

平凡女子のレイラは、部屋で転びあっけなく一度目の人生を終える。しかし…目が覚めると…なんかゴツゴツ…これって鱗?　どうやらイケメン竜王様の背中の上に転生したようです。そのまま竜王城で働くことになったレイラ。暇つぶしで作ったまかない料理（普通の味噌汁）がまさかの大好評!?　普段はクールな竜王をも虜にしてしまい…!?

ISBN:978-4-8137-9047-1